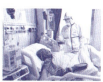

我与省医的故事人文丛书

奋战在抗疫一线的日子

主　　　编	刘同柱　刘连新
副 主 编	胡礼源　刘　军
执行副主编	李　矗　方　萍
编　　　委	刘同柱　刘连新　胡礼源
	刘　军　李　矗　方　萍
	方　雯　朱伟华　黄　歆
	吴家炜

中国科学技术大学出版社

内 容 简 介

本书收录了抗"疫"期间中国科学技术大学附属第一医院(安徽省立医院)重大、重要事件报道,战"疫"人物专访以及医务人员的战"疫"日记、图片等第一手材料,集中呈现奋战在抗"疫"一线的那些难忘的人,难忘的事,难忘的场景和经历,以传递中国科大人"科教报国、追求卓越"的家国情怀和百年老院"仁本济世、求实创新"的时代担当,传递抗"疫"正能量。同时,展现新时代医务工作者救死扶伤、甘于奉献的职业操守,进一步增强社会各界对医学的认知、理解和对医务人员的尊重、信任。

本书适合大众读者阅读使用。

图书在版编目(CIP)数据

奋战在抗疫一线的日子/刘同柱,刘连新主编. —合肥:中国科学技术大学出版社,2021.4

ISBN 978-7-312-05074-9

Ⅰ.奋… Ⅱ.①刘… ②刘… Ⅲ.①新闻报道—作品集—中国—当代 ②日记—作品集—中国—当代 Ⅳ.I217.1

中国版本图书馆 CIP 数据核字(2020)第 200241 号

奋战在抗疫一线的日子
FENZHAN ZAI KANGYI YIXIAN DE RIZI

出版	中国科学技术大学出版社 安徽省合肥市金寨路96号,230026 http://press.ustc.edu.cn https://zgkxjsdxcbs.tmall.com
印刷	安徽国文彩印有限公司
发行	中国科学技术大学出版社
经销	全国新华书店
开本	710 mm×1000 mm 1/16
印张	19
字数	351千
版次	2021年4月第1版
印次	2021年4月第1次印刷
定价	68.00元

前　　言

人民至上，生命至上。在抗击新冠肺炎疫情的人民战争中，医务人员白衣执甲，逆向而行，与时间赛跑，与病毒较量，筑起一道守护人民生命健康的血肉长城。

中国科学技术大学附属第一医院（安徽省立医院）护皖、援鄂、支援国际三线作战，7000余名医务工作者放弃春节假期，坚守疫情防控第一线；300多名医务骨干组成"敢死队"集中奋战感染病院区，85位确诊患者重获新生；省级专家组成员近百人次奔赴全省各地指导参与危重症患者救治，大担当助力安徽战"疫""清零"。163位"最美逆行者"驰援湖北，精锐尽出，圆满完成支援任务。托珠单抗治疗重症患者的"科大方案"令500余位安徽和湖北患者受益，并在美国、意大利、伊朗等多国推广，为世界抗"疫"贡献"中国经验"。医院也是安徽唯一一家同时荣获"全国抗击新冠肺炎疫情先进集体""全国先进基层党组织"两项国家级最高表彰的医疗机构。

战"疫"的宏大叙事中，你我身边的平凡人变身为守卫我们的英雄：在患者眼里，他们是医生、护士，是白衣战士，带来生的希望；在家人面前，他们是子女、父母、爱人，更是家庭支柱。大疫之年的时代之光，不仅来自医务人员的逆险而行、冲锋在前，更来自背后一个个家庭的奉献付出，来自社会各界的无私帮助。

作为中国科大附一院（安徽省立医院）"我与省医的故事人文丛书"之一，本书收录了医院众多一线医务人员在抗"疫"期间的日记、书信、散文、诗歌、图片等第一手材料及相关媒体报道，真实记录了一个个闻令而动、逆向而上、舍身为国、守望相助的真实故事，温情传递中国科大人"科教报国、追求卓越"的家国情怀和百年老院"仁术济世、求实创新"的时代担当。文字朴实感人，感情真挚温暖。一位位你我身边的"他"和"她"，正是中国战"疫"群像的一帧帧像素，共同绘就出伟大抗"疫"精神的时代表达。

疫情防控工作已进入常态化,希望通过本书,读者能进一步增进对医学的认知和理解,增强对医务人员的尊重和信任,全社会构筑起更加和谐良性的医患关系。

是为记。

编者

2020年11月

目 录

前言 ………………………………………………………… （ⅰ）

篇一 抗疫故事

在科技战"疫"赛道上争分夺秒
　　——中国科学技术大学附属第一医院党委书记刘同柱访谈 ………（ 3 ）

守住"安徽战场" 发出"安徽声音"
　　——中国科大附一院（安徽省立医院）执行院长刘连新访谈 ………（ 10 ）

向新冠肺炎发起挑战的人
　　——记中国科大新冠肺炎防控科技攻关临床研究团队 ………（ 13 ）

中国科大附一院徐晓玲教授：迎战"炎症风暴" ……………………（ 17 ）

他们距离病毒最近，但依然开朗乐观 …………………………（ 20 ）

做"白衣战士"的守护人 …………………………………………（ 22 ）

"80后"护士长坚守抗疫一线 ……………………………………（ 24 ）

圣文娟：在金银潭医院的奋战是一次心灵洗礼 ………………（ 28 ）

"我想让大家看到我们的笑脸！" …………………………………（ 31 ）

她输着液 送闺蜜出征 …………………………………………（ 33 ）

这张武汉隔离病房里医患相互鞠躬的照片，看哭了 …………（ 35 ）

安徽支援湖北医疗队的行李箱里装着啥"秘密"？ ……………（ 38 ）

拎着行李的理发师，还以为要跟着去湖北呢 …………………（ 43 ）

向"逆行"天使传喜讯：放心！ 母子平安 ……………………（ 46 ）

他们俩的故事都跟救援有关，如今妻子奔赴武汉 …………………（48）
勇担战疫先锋　永葆军人本色 ……………………………………（51）
病房内手机作画　送给心中"天使" ………………………………（53）
这个"战地"生日　祝福送给"战地" ………………………………（55）
安徽支援湖北医疗队员自制呼吸操宣教视频助力患者康复 ……（57）
纸短情长，"逆行者"书信致谢"摆渡人" …………………………（60）
一张自拍照　神奇"治愈"患者 ……………………………………（62）
患者的"拒绝"让刚强男儿落泪 ……………………………………（65）
拼命的工作　时常的失眠　只为亲人的安睡 ……………………（68）
85 后妈妈打"大灰狼"40 天，隔离后最想做 ……………………（71）
鲁朝晖 & 王晓兵：跨越近三十年春秋，杏林精神在他们手中传递 ……（79）
徽故事：听！援鄂医生回家后的诉说 ……………………………（81）
140 位逆行英雄凯旋后再请战："我们愿为世界贡献力量" ……（83）
安徽两名病理专家在武汉"红区"的 42 个日夜 …………………（87）
了不起的爸爸 ………………………………………………………（92）
直击新冠肺炎隔离病房 ICU："这不是演习，这是真枪实弹的
　'战场'！" …………………………………………………………（94）
"我们每天都在为患者打气、加油" ………………………………（98）
"我能听到面屏后汗水滴落的声音"
　——华中科大皖籍教授在肥痊愈出院　感谢家乡医护人员 …………（100）

篇二　家　国　情　怀

我还是我 ……………………………………………………………（105）
不管付出什么代价，我都要带你们平安回家 ……………………（107）
驰援武汉，总有感动在心间 ………………………………………（109）

"面对未知的疾病，护士不仅给予患者精心的护理，更给予他们战胜疾病的信心与力量" ………………………………………………（112）

所学专业可以有所用，是我们这些人的荣幸 ……………………（115）

吾望摘取庐州月　抖落光华到江城 ………………………………（117）

救回来一个人就是救回来一个家庭
　　——一位ICU男护士的武汉重症护理日记 ………………（120）

看到他们好转、康复，是我不枉此行的信念 ……………………（125）

我的抗疫故事 ………………………………………………………（126）

别怕，有我们在 ……………………………………………………（128）

谁是最可爱的人
　　——安徽第二批支援湖北医疗队领队"满月"战疫手记 …（130）

生命之舟，爱的纽带 ………………………………………………（134）

我不会忘记 …………………………………………………………（139）

医护人员现在是"消防员"，最主要的任务是先灭火、保护"房屋"
………………………………………………………………………（141）

"逆行者"的爱与被爱 ………………………………………………（144）

一块果丰糕 …………………………………………………………（148）

镜头下的温暖 ………………………………………………………（151）

抗疫情路上　爱在传递 ……………………………………………（155）

康复人的武汉抗疫之路 ……………………………………………（158）

"感觉你就像我女儿，一下午都盼着你来"
　　——战"疫"满月，总有感动在心间 ……………………（166）

白衣虽轻披作甲　战疫路上践初心 ………………………………（169）

逆行援鄂 ……………………………………………………………（172）

你们莫担心，小闺女把我照顾得好好的！ ………………………（175）

和武汉阿姨说武汉话 ………………………………………………（178）

- 温暖伴我逆行 ·· (181)
- 欺负宝宝的"怪兽"我可以打跑,这次也更有勇气打跑"大怪兽" ······ (184)
- 致"武汉先生" ·· (188)
- 赴一场永不后悔的"生死之约" ···································· (191)
- 身着白衣,心似莲花 ·· (194)
- 我援伊,我愿意 ·· (198)
- 跨越鄂皖大地,驰援中伊之间 ······································ (200)
- 你们素颜朝天,却一身白衣胜雪
  —— 一位医生的隔离病房小记 ·································· (209)
- 驰援感院七日记 ·· (213)
- 退掉年三十回家的车票和母亲一起坚守在抗疫前线 ·················· (215)
- 等待是最长情的告白 ·· (217)
- 一个都不能少
  —— 一个非感染科护士支援隔离病房的那些日子 ·················· (220)
- 黑夜里的光与姑娘 ·· (226)
- 我的"抗疫"故事 ·· (230)
- 直击疫情 迎刃而上
  —— 一位老党员在一线抗击疫情纪实 ···························· (232)
- 发扬小小火柴精神,坚守发热门诊一线 ···························· (235)
- 发热门诊,筑起新冠防控的第一道防线 ···························· (237)
- 驻村日志
  —— 抗击新冠,百医驻村医生在一线 ···························· (241)
- 带你回家 ·· (244)

篇三 飞鸿传书

写给全院同事们的一封信 …………………………………… (249)

朱哥哥写给朱爸爸的一封信
　　——我们要各司其职做好自己的事情 ………………… (253)

援湖北已然 45 天的你,知道吗? ………………………… (255)

寄往武汉东西湖方舱医院的一封家书 …………………… (260)

我们终将等到春暖花开 …………………………………… (263)

致敬我的逆行妈妈 ………………………………………… (266)

来自武汉抗"疫"一线的一封家书 ………………………… (270)

愿你像十二年前一样平安归来 …………………………… (273)

我很渺小,但我不会退缩 ………………………………… (275)

爱出者爱返,福往者福来 ………………………………… (277)

来自"小恐龙"妈妈隔空的爱 ……………………………… (280)

你在武汉的第 22 天
　　——写给武汉抗疫前线妻子的一封信 ………………… (285)

写给奔向春天的宝贝 ……………………………………… (288)

给妈妈的一封信 …………………………………………… (292)

篇一
抗疫故事

在科技战"疫"赛道上争分夺秒

——中国科学技术大学附属第一医院党委书记刘同柱访谈

2020年2月25日,一支临时组建的抗疫专家医疗队奔赴武汉。他们此行的目的只有一个——阻断"炎症风暴"。

中国科学技术大学附属第一医院(简称"中国科大附一院")(安徽省立医院)党委书记刘同柱就在这支队伍中。随他而来的还有中国科学技术大学(简称"中科大")生命科学与医学部魏海明教授,以及阻断"炎症风暴"的重要"武器"——"托珠单抗＋常规治疗"免疫治疗方案,此方案被业内人士称为"科大方案"。

中科大声音写进国版诊疗方案

中国科大附一院(安徽省立医院)党委书记刘同柱

"科大方案"在雷神山、火神山、武汉金银潭等14家医院推广应用,513名患者采用该方案进行治疗,无一例严重不良反应,有效提升了武汉地区重症患者救治的成功率。

经专家严格评审,托珠单抗免疫治疗方案被国家卫生健康委正式纳入《新型冠状病毒肺炎诊疗方案(试行第七版)》。

"习近平总书记强调,战胜疫情离不开科技支撑。"刘同柱书记表示,越到关键时刻,科技的支撑作用越凸显,对切实有效的科研成果的需求也越迫切。

疫情大考,是国与国之间科技力量的较量。国内何尝不是如此?疫情发生以来,各高校附属医院倾力救援的同时,也在奋力攻关,科技战"疫"赛道上的大牌选手比比皆是,中国科大附一院也在之列。

2017年12月,安徽省立医院(中国科大附一院前身)与中科大"联姻"，成立中科大生命科学与医学部。刘同柱书记表示，安徽省立医院大而不强，教学和科研"两翼"薄弱，导致临床只能跟跑。强强联手成功激发了优势互补的叠加效应。"背靠中科大这棵大树，意味着其生物医学的创新力量和人才优势可以为我所用，再加上国家卫生健康委员会（简称"国家卫健委"）和安徽省政府的支持，理工医交叉融合、医教研协同创新、生命科学与医学一体化发展的'科大新医学'实践，结出了不少果实。"刘同柱书记如是说。

2018年，中科大生命科学与医学部两项研究成果分别入选"中国生命科学十大进展"和"国内十大医学新闻"。2019年，中国医院影响力排行榜中，中国科大附一院（安徽省立医院）强势挺进50强，位列第35……

在刘同柱书记看来，"科大方案"也是医教研协同创新的典型案例之一。"魏海明教授长期致力于NK细胞、IL因子等研究，关注免疫细胞与重大疾病发生发展的共同规律。"刘同柱书记介绍说，魏海明教授团队很熟悉炎症风暴的形成过程。"与医院科研团队结合后，从临床需求出发，开展研究，研究结果再拿到临床进一步验证，成就了基础与临床协同创新的典型案例。"

把实验室搬到感染病专区

刘同柱书记一再强调，能够在战"疫"中贡献中科大力量，秘诀就一个字——快，即反应快、行动快。

在他的讲述下，研究团队争分夺秒开展研究的情景跃然眼前。1月29日，奋战在抗疫一线的该院副院长徐晓玲给魏海明教授致电，描述了新冠肺炎轻症患者病情突然恶化的情况，请魏海明教授帮助查找原因。

经过反复讨论，团队的思路逐渐清晰：免疫反应过强导致的"炎症风暴"。刘同柱书记说，为了能尽快找出诱发"炎症风暴"的机制，魏海明教授干脆把实验设备搬到了医院实验室。

通过对33例患者血液30项免疫学指标的全面分析，团队发现新型冠状病毒感染后，迅速激活炎症性T细胞和炎症性单核巨噬细胞，通过粒细胞-巨噬细胞集落刺激因子（GM-CSF）和白介素6（IL-6）通路，形成"炎症风暴"。

得出这个结论后，医院立刻组织召开伦理委员会会议。经委员会批准和患者知情同意，第一批患者用上了阻断白介素6通路的"托珠单抗"。

"14名重症、危重症患者体温全部降至正常，呼吸功能氧合指数均有不

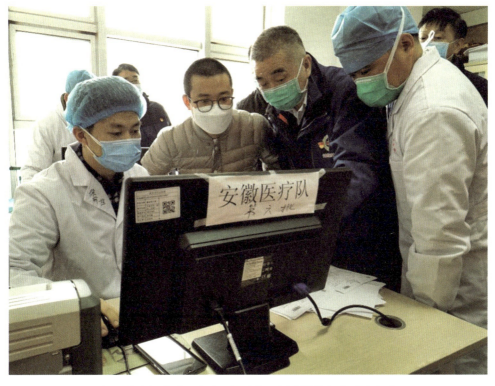

刘同柱书记赴武汉市中心医院指导托珠单抗免疫治疗方案

同程度的改善；4名患者肺部CT显示病灶吸收好转。"在总结首批患者使用情况，临床证实取得很好疗效后，中国科大附一院（安徽省立医院）通过安徽省卫生健康委员会（简称"安徽省卫健委"）和中科大将结果向上级汇报。

中国科学院启动"新型冠状病毒应急防控"专项攻关，成立中科院临床研究医院应对疫情科技攻关联合指挥部，依托中科院临床研究医院（合肥），汇集中科大等相关研究力量，在病毒检测、流行病学分析、感染免疫机理与新治疗方法等方向重点攻关。安徽省委、省政府高度重视，要求中科大与安徽省卫健委共建公共卫生联合实验室，开展联合科技攻关。

2月15日，在国务院联防联控机制新闻发布会上，中国科学院副秘书长周琪院士用"令人鼓舞"来形容实验结果。全国人大常委会副委员长、中国红十字会会长陈竺也密切关注实验结果，并指示组成专家组到武汉开展临床诊治工作。

开篇中的抗疫专家小组应运而生，在安徽省红十字会的组织下，于武汉推广使用"科大方案"。

刘同柱书记在武汉火神山医院介绍托珠单抗免疫治疗方案

为全球战"疫"贡献安徽力量

据刘同柱书记介绍，目前，在安徽省卫健委支持下，中国科大附一院（安徽省立医院）联合安徽省新冠肺炎定点治疗医院，加速推进"托珠单抗在新型冠状病毒肺炎中的有效性及安全性的多中心、开放、随机对照临床研究"。很快，一系列研究结果将被陆续推出。

大国有大国的担当，大型医院也要有大胸襟、大境界、大格局。手捧沉甸甸的科研成果，除了奔走在武汉各大医院、在线培训全国同仁外，刘同柱书记也时刻关注着日益严峻的国际疫情，并派专家赴意大利、伊朗等国家，将"科大方案"及相关临床研究，在中国应用于新冠肺炎患者的救治情况及治疗经验，与同行分享。

"通过远洋连线等形式，中国科大附一院（安徽省立医院）已与24个国家的同行分享了'科大方案'，包括美国、英国、德国等。"刘同柱书记介绍说。

疫情期间，中国科大附一院（安徽省立医院）在科研上的发力还有很多，如一款新冠肺炎自我决策支持系统，大众按提示进行科学的自我评估后，系统会给出专家意见，判断其是否需要前往医院进一步就诊。刘同柱书记说：

中国科大附一院与海外同行远程分享"科大方案"救治经验

"这样一来,把寻找疑似患者和预检分诊的关口前移,3个月来100万人参与评估,其中7人确诊。"

我们的青年有力量

中国科大附一院(安徽省立医院)共派出4批次共163名医疗队员支援湖北,队伍的队长由医院领导班子成员担任。刘同柱书记不仅带领本院队伍,同时也是安徽省支援湖北抗疫前方指挥部副指挥长。

"安徽省1362名白衣战士安全回家。"刘同柱书记一直悬着的心终于放下了,而且该院第三批137名队员,整建制接管华中科技大学协和医院肿瘤中心Z6病区,通过分层诊疗、人性化护理,在协和医院肿瘤中心13个国家级医疗队中收治重症患者总数、医疗质量考核双第一。

"队员中80%是青年人,而且大部分是党员。"作为医院党委书记,哪里最困难,哪里最危险,他就把党组织派到哪里;成立了援鄂医疗队临时党委,下设两个党支部。疫情期间,全院有76名医护人员向党组织递交了入党申请书,20人火线入党。

曾被称为"垮掉的两代人的'80后''90后'"令刘同柱书记刮目相看,

3月4日，支援湖北医疗队队员通过远程视频面向党旗庄严宣誓

"平时早上不起床的青年，在一线可以连轴转，没有一句怨言。"疫情期间，刘同柱书记流过两次泪，都是被青年医护人员所感动。"这些青年党员敢于承担责任的魄力和朝气蓬勃的干劲，让我看到了青年的力量，民族的希望。"

刘同柱书记的泪水中包含喜悦和感动之情。他表示，关键时刻最能考验人，所有队员无一人表现出厌战畏战情绪。"有一名小党员，个头小小的，连续工作，非常劳累，条件还异常艰苦，我安排她到任务轻一点的普通病房工作，被她拒绝了。困难在哪里，党员的身影就出现在哪里，这就是党员的模范带头作用。"

回到合肥后，通过在线形式，刘同柱书记又给队员们上了一堂生动的党课。"在这场疫情阻击战中，无不体现中国共产党的领导力、组织力、凝聚力。"课上，刘同柱书记鼓励青年党员，要接过时代的接力棒，肩负起时代赋予的使命。

狭路相逢勇者胜。刘同柱书记认为，这场遭遇战，不仅是大无畏的实战，也是磨练年轻队伍的亮剑。经过艰苦卓绝的战斗，在刘同柱书记的带领下，安徽省援鄂医疗队3个团队、9名医务人员荣获全国新冠肺炎疫情防控工作先进集体、先进个人，实现了零感染、零投诉、零事故的目标。

作为安徽省政协委员，在安徽省推进疾控体系建设界别协商会上，刘同柱书记说出一段本应藏在心中的一段话："1362名队员的安全，是我最大的压力。最大的愿望就是，保证他们零感染，把他们安全带回家。"庆幸的是，刘同柱书记实现了这个愿望，让他在疫情后期能更加安心地守牢下一个防线。

链接·思变

依托大医院发展传染病专科

作为安徽省新冠肺炎重症集中救治基地医院，中国科大附一院（安徽省立医院）共完成发热筛查2000余人，累计治愈出院确诊患者85人，其中重型及危重型29人。经此一役，刘同柱书记对应对重大突发公共卫生事件的思考更加深入。

"疫情暴露出重大公共卫生事件应急防控体系的缺陷，最主要的问题还是在基层。但是不能为了应对疫情，建孤立的专科医院。"刘同柱书记建议，依托大医院发展传染病医院，以"大专科、小综合、重预防、应突发"为目标，平战结合，以备战时需要。

按照这个思路进一步延伸，刘同柱书记表示，可以借力医联体，依托完整的分级医疗体系，对每一级医疗机构进行功能定位，传染病医院也可纳入其中。如此一来，医院之间可以通过远程形式协同发展，实现医疗服务的同质化。

（原载于2020年5月11日《健康报》"战疫院长访谈录"专栏　作者：王天鹅）

守住"安徽战场" 发出"安徽声音"

——中国科大附一院（安徽省立医院）执行院长刘连新访谈

在新冠肺炎疫情防控期间，中国科大附一院（安徽省立医院）7000多名职工放弃春节假期，数千人请战，163位骨干医务人员驰援湖北；勇担省级定点收治医院和省重症患者集中救治基地医院的医疗救治重任，300多人组成的精锐医疗队伍奋战在感染病院区，多位专家多次奔赴全省各地指导参与救治；由中国科大与附一院联合攻关团队开展的"单克隆抗体药物托珠单抗＋常规治疗"免疫治疗方案作为新冠肺炎重症治疗手段被列入国家卫生健康委《新型冠状病毒肺炎诊疗方案（试行第七版）》向全国推广，发出新冠肺炎研究和治疗领域的"安徽声音"。

这是一次检验，更是一次考验

2020年1月24日，安徽省决定启动重大公共卫生事件一级响应，这个春节对于所有人来说并不轻松。

"全院7000多名职工放弃了休假，全部加入战斗。"中国科大附一院（安徽省立医院）执行院长刘连新介绍，医院第一时间成立新冠肺炎防控工作领导小组，制订工作方案，建立10个工作组，统筹协调，全面做好疫情防控和患者救治工作；不到两天时间紧急改造发热门诊并顺利开诊，将徽州大道与繁华大道交叉口的感染病院住院病区全部腾空，用于疑似和确诊患者的集中收治。"此次疫情对医院的应急处置能力、危重患者的救治能力、后勤和物资保障能力、医院感染防控能力、运营管理能力等均发出了巨大的挑战。"中国科大附一院（安徽省立医院）经受住了考验。

该院感染病院是安徽省首批省级定点收治医疗机构和省级四个新冠肺炎重症集中救治基地医院之一。战"疫"以来，中国科大附一院（安徽省立医院）累计治愈出院确诊患者85人，其中重型及危重型29人，占比超过三分之一；合肥市外（含外省）患者34人，占比40%。治愈患者中年龄最大的93岁，年龄最小的4岁。安徽省年龄最大患者、首位新冠肺炎肾脏移植患者均从这里治愈出院。

既是孩子，又是抗疫前线的战士

自1月27日起，医院相继派出4批支援湖北医疗队共163位医务人员奔赴武汉疫情防控一线。队员们集中了该院重症医学科、呼吸与危重症科、感染病科、院感管理等20余个学科和部门的骨干中坚力量，分别在武汉市金银潭医院、东西湖区人民医院、太康医院、肺科医院、东西湖方舱医院、华中科技大学同济医学院附属协和肿瘤中心等医院开展新冠肺炎患者救治工作。

"防护服很紧张，在隔离病房，孩子们不吃、不喝、不上厕所，防护口罩在脸上压出印痕，有的甚至溃破，可能会留下瘢痕，但他们毫无怨言。"刘连新亲切地称他们为"孩子们"，"很多都是90后，这么年轻的同志，都还是孩子，在抗疫前线，他们又成为战士。"

疫情期间，该院感染病检验诊断中心作为全省首批新型冠状病毒核酸检测的定点医疗机构，担负着安徽省定点发热门诊及收治新型冠状病毒肺炎病例的检验任务，主要开展标本的接收、核对、灭活、核酸提取、核酸检测及报告出具和审核等工作。

"疫情期间，实验室完成核酸检测1500余人次，使得患者从疑似到确诊的时间缩短，为患者的救治提供了重要的诊断支撑。"刘连新表示。

积极推广"科大方案"

中国科大附一院（安徽省立医院）坚持科技支撑，运用科技成果助力战"疫"。在中科院和安徽省新冠肺炎应急科技攻关项目支持下，中国科大魏海明教授和附一院徐晓玲教授牵头组成的联合攻关团队，在国内最早开展炎症风暴机制与干预策略研究，在发现新冠病毒感染致重症肺炎炎症风暴可能的关键机制后，迅速提出"单克隆抗体药物托珠单抗＋常规治疗"的免疫治疗方案。在安徽省先期开展的探索性治疗中，20位采用该治疗方案的新冠肺炎患者（重型18例、危重型2例）均治愈出院，其中发热患者在用药后体温24小时内全部降至正常，呼吸功能、氧合指数均有不同程度改善。

3月3日，托珠单抗免疫治疗方案作为新冠肺炎重症治疗手段被列入国家卫生健康委员会《新型冠状病毒肺炎诊疗方案（试行第七版）》向全国推广。

3月4日,在国家卫健委医政医管局召开的全国新冠肺炎医疗救治工作视频培训会上,徐晓玲向国内同行专家介绍了新冠肺炎免疫治疗的"科大方案",发出新冠肺炎研究和治疗领域的"安徽声音"。2月15日和3月6日召开的国务院联防联控机制新闻发布会上,两次介绍了这一方案治疗重症患者的相关情况。

(原载于2020年4月15日《市场星报》"致敬安徽抗疫英雄百医访谈"专栏 作者:祁琳)

向新冠肺炎发起挑战的人
——记中国科大新冠肺炎防控科技攻关临床研究团队

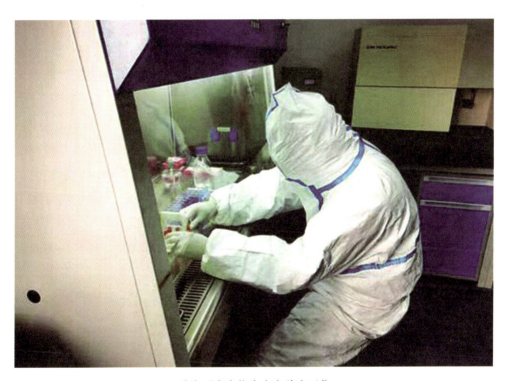

魏海明在生物安全实验室工作

2020年1月29日（大年初五）的上午，奋战在抗击新冠肺炎疫情第一线的中国科大附一院（安徽省立医院）副院长、安徽省新型冠状病毒肺炎医疗救治工作专家组组长徐晓玲打了一个电话"搬救兵"。

接电话的是她的同事、中国科学技术大学生命科学与医学部党委常务副书记魏海明教授。原来，在安徽省新冠肺炎患者中，出现多例轻症患者病情突然恶化的情况，原因不明，情况危急。

魏海明当即召集3位实验室成员商讨对策。"当时没有多想，就是以救人为目的，早一天认识清楚，也许就能多救一个人。"他向《中国科学报》回忆说。

事实证明，这通电话成为这些危重患者病情的转折点。

魏海明团队随后发现新冠病毒感染诱发"炎症风暴"的关键细胞因子，通过对症使用阻断药物缓解了病情。目前，这一治疗方案通过临床试验注册，正在进行多中心随机对照试验，或将成为危重病人的福音。

抗击"炎症风暴"

接到徐晓玲电话的当天下午，魏海明实验室的小会从 2 点一直开到天黑。经过讨论，魏海明带领大家理出一条思路：如果是抵抗病毒的免疫力不足，病情不会突然恶化；而突发的恶化更像是免疫反应过强导致的"炎症风暴"。

所谓炎症风暴，实际是由免疫系统过度反应引发的。"病毒来了，免疫系统要向它们扔炸弹，火力不够控制不住病毒；还有一种情况是，免疫系统刚刚认识这种病毒，一下丢了太多炸弹，结果反而伤害了自己。"魏海明解释说。

对临床来说，免疫力不足和免疫力过度需要采取截然不同的治疗手段，盲目提高免疫力可能会火上浇油。如何确认原因？

"不能坐在家里瞎猜，必须分析样本。"魏海明当即拍板，进驻中国科大附一院（感染病院）生物安全实验室，与徐晓玲团队联合攻关。

1月30日，流式细胞仪等精密仪器从魏海明实验室运达感染病院实验室。1月31日下午2点，样本检测正式开始。夜里11点，初步结果出来了。淋巴细胞、单核细胞等处于高度活化状态，这正是过度免疫的表现。魏海明当即打电话跟徐晓玲沟通此事，提出可能的治疗方案。

随后的几天，通过对 33 例病人血液 30 项免疫学指标的全面分析，魏海明团队发现新冠病毒感染后，迅速激活炎症性 T 细胞和炎症性单核巨噬细胞，通过粒细胞-巨噬细胞集落刺激因子（GM-CSF）和白介素 6（IL-6）通路，形成炎症风暴，导致严重肺部免疫损伤。

2月5日晚上，经中国科大附一院伦理委员会批准和患者知情同意，第一批病人用上了阻断白介素 6 通路的风湿性疾病药物"托珠单抗"。

目前，在第一阶段临床研究中，14 例重症、危重患者体温全部降至正常，至今稳定；呼吸功能氧合指数有不同程度的改善；4 例患者肺部 CT 显示病灶吸收好转。

据报道，在此次新冠肺炎疫情中，炎症风暴成为导致重症和危重症死亡的原因之一。来自中国科大附一院的临床数据提示，此项新治疗方案很可能通过阻断炎症风暴来阻止病情恶化，降低死亡率。

带领年轻人往前冲

魏海明实验室平时主要研究乙肝等慢性病毒性传染病，接触急性病毒性传染病，这还是第一次。面对来势凶猛的新冠病毒，几位成员都对《中国科学报》坦言："不害怕是不可能的，好在有防护。"

但在魏海明面前，大家没有表现出丝毫犹豫。"这几位年轻人干劲很大。"魏海明这样评价说。

听说要进行样本检测，博士后周永刚主动请战。

"我同学在医院做新冠病毒的病原检测，特别忙、特别累，我就想我们实验室的人也应该上，可惜实验室安全级别不够。听魏老师一说要做这件事，我就很积极。"周永刚回忆。

周永刚是内蒙古人，刚刚结婚，今年第一年留在合肥过年，从1月31日开始就跟着魏海明进入生物安全实验室检测样本。这也是他第一次穿防护服。为了节省物资，他们一进实验室就是8小时，不吃、不喝、不上厕所。

第一天实验结束已是凌晨，浑身汗透的周永刚和魏海明脱下防护服后，不约而同地说："一线医护人员太不容易了。"

魏海明对这位弟子相当满意："他是党员，以前是学生党支部书记，意识很强。"

副研究员郑小虎也有十多年党龄。由于他的孩子刚刚9个月，细心的魏海明让他负责实验前准备和实验后数据分析，不直接接触样本。虽说是做准备，工作量也相当大。每天早上七八点开始工作，才能保证其他成员11点钟检测。开始几天检测指标较多，郑小虎都是头一天晚上做好指标设计和抗体配对。

特任教授傅斌清2019年获评国家"优青"，是另外两位成员的大师姐，也在团队中担当了"学术大脑"的角色。提想法、找文献，她总有建设性意见。为了减轻魏海明和周永刚的工作量，尽快获得分析结果，傅斌清后来也进入一线，加入生物安全实验室检测。

"其实师姐的孩子也才小学一年级，但她没有提出任何困难，我要给她点赞。"郑小虎说。

从年龄上说，年近六十的魏海明是年轻一代的父辈。但在实际工作中，他不仅是学术带头人，更是冲锋在前的榜样。

"最危险的活他都干了。"周永刚告诉《中国科学报》，装血液样本的试管在开盖时容易产生气溶胶，有一定风险。每次开盖取样时，魏海明都说，"我来，你们年轻人靠边站。"

郑小虎说："魏老师是老党员，又是我们学院党委书记，他自己冲锋在一线的精神令我们感动。有他带队，我们心里有底。"

一切从临床出发

病情突然恶化的可能原因是什么、如何证实？免疫分子有无数个，到底哪个是导致炎症风暴的关键因子？这是魏海明团队最初面临的难题。

为了解答这两个问题，团队成员连夜查文献，从SARS、MERS等冠状病毒相关文献中寻找可能的答案，站在前人的肩膀上制订实验方案。先进行量大面广的初筛，分析后慢慢集中再细筛，最后明确临床靶点。

2017年12月，中国科大生命科学与医学部成立，安徽省立医院成为中国科大附一院，这是中国科大实质性进入医学研究领域的起点。经过两年多的发展，医教研协同创新有了实质进展，魏海明和徐晓玲的联手便是明证。

"我们实验室跟临床一直结合紧密，魏老师也一直鼓励大家把研究做到临床。不同的是，平时做科研从动物模型到临床试验，可能五六年才能出一项成果，这次由于临床对危重症没有更好的方法，我们也是破纪录的快节奏。"傅斌清告诉《中国科学报》。

学生们常听魏海明说，"做免疫的人要有一颗治病救人的心，用自己掌握的知识去救更多的人。"慢慢也受到潜移默化的影响。

郑小虎告诉记者，团队有两大宗旨：一是把临床问题转化为科学问题，二是找到解决科学问题的办法，再用于临床，经过多年沉淀，在国家需要的时候做出贡献。

采访中，魏海明反复强调："跟一线医护人员相比，我们的辛苦不值一提。"他说："虽然这些年轻人不是学医出身，但经过这次战'疫'，相信他们今后面对类似险情时，会更有信心走到一线。"

（原载于2020年2月17日《中国科学报》 作者：陈欢欢）

中国科大附一院徐晓玲教授：
迎战"炎症风暴"

2020年1月下旬，在中国科大附一院（安徽省立医院）感染病院，一名40岁左右的新冠肺炎确诊患者引起了副院长、呼吸与危重症医学科专家徐晓玲教授的关注。患者发病5天，高热不退，影像检查提示双肺毛玻璃阴影，肺部炎症反应明显。多年的经验积累与敏锐的职业嗅觉告诉徐晓玲："炎症风暴"又来了！

徐晓玲对"炎症风暴"的关注源于17年前的非典型肺炎（SARS）感染病例。那时，由于临床上缺乏应对"炎症风暴"的有效治疗措施，很多轻症患者转成了危重症，很多危重症患者失去了生命……

"感染的过程是病原体与免疫系统的一场博弈。'炎症风暴'是这场博弈中，人体免疫系统针对外界病毒、感染、药物的一种过度反应。当这种反应达到'敌我不分'的程度，就会导致免疫系统的'自杀式'行为。"6月8日，在中国科大附一院，徐晓玲向记者做起了科普。 新冠肺炎疫情肆虐期间，正是记者眼前的这位谦谦医者挺身而出，迎战新冠病毒带来的"炎症风暴"。

为科学应对新冠肺炎疫情，1月底，安徽省和中科院紧急启动"新型冠状病毒感染应急科技攻关"专项，力争通过协同攻关，尽快形成一批用于疫情防控的实际产品和治疗方法。 徐晓玲迅速与免疫学家、中国科大生命科学与医学部魏海明教授联系，牵头组成联合攻关团队，国内最早的新冠肺炎"炎症风暴"机制与干预策略研究就此开启。

随即，一台流式细胞仪被直接送到了中国科大附一院感染病院治疗新冠肺炎的最前线。 三天时间，联合攻关团队接力完成了33份新冠肺炎患者的血液样本检测，新冠病毒感染致重症肺炎"炎症风暴"可能的关键机制被逐渐揭示出来。

以此为基础拟定的"单克隆抗体药物托珠单抗＋常规治疗"的治疗方案在武汉14家重症患者定点救治医院推广应用，500多位患者因此受益。 国家卫健委将这一治疗方案列入正式发布的《新型冠状病毒肺炎诊疗方案》（试行第七版）。

作为中国政府第三批赴意大利抗疫医疗专家组顾问，徐晓玲还将"托珠单抗＋常规治疗"的相关临床研究与救治经验带到了异域他乡,在包括意大利在内的20多个国家推广应用。

"临床＋基础研究"的联合攻关模式让徐晓玲意识到机制创新、科技创新在疾病的预防、诊断、治疗、康复等重点科研领域所迸发出的强大动能。

"医生解决不了的问题,就找科学家。"如今的徐晓玲在日常诊疗工作之外,正将更多精力投入到"理工医交叉融合,医教研协同创新,生命科学与医学一体化发展"的科大"新医学"理念实践中,并为之奔走呼号。

35年的专业临床经验让徐晓玲多次奋战在SARS等急性呼吸道感染性疾病公共卫生事件一线,同时也见证了中国医学科学和公共卫生体系建设的长足进步。

"非典暴发时,我们只有单一的影像检查方法来确诊病例。今天,我们已拥有了多元化的检测和诊断手段,在疫情早期就能迅速组建联合应急攻关团队。我相信,经历过这次疫情大考,中国医生能更好守护人民群众的生命健康。"徐晓玲说。

(原载于2020年6月17日《光明日报》红船初心专刊"实践者风采"专栏 作者:马荣瑞)

他们距离病毒最近，但依然开朗乐观

一场疫情，让核酸检测进入了普通大众的视野。从试剂盒是否充足，到核酸检测确诊了多少病例。重重隔离的实验室，令人闻之色变的传染病，让从事核酸检测的医生多了几分神秘的色彩。

可能很少有人知道，这些在实验室中忙碌的医学检验师，是距离病毒最近的人。隔离病房的医生、护士接触患者，而检验科的医生直接接触活的病毒样本。从这个意义上说，检验科医生可谓离病毒最近的人。

中国科大一附院（安徽省立医院）感染病院诊断中心是安徽首家核酸自主检测医院。每天完成的检测数量在安徽处于领先。2月14日，记者来到这家医院的核酸检测实验室。这里担负着安徽省定点收治的新型冠状病毒肺炎确诊病例的检验任务。

这座实验室配备了先进的PCR设备和基因二代测序装置。在这次疫情里，实验室有时每天要检测过百的标本量，时常深夜才能结束。整个春节，医生们都坚守在自己的岗位上。

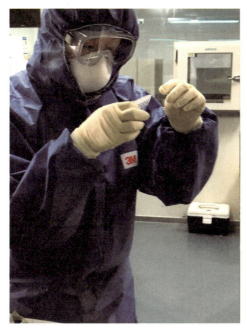

由于新型冠状病毒感染性强，检测风险大，需要三级防护。在进入实验室前，医生要穿好医用防护服，戴上护目镜，穿戴双层的鞋套和手套，戴专用的口罩和防护面具。这一套行头穿下来，少说也要二十多分钟。防护越严格，穿上感觉越不透气。只要半个小时，穿戴者浑身就仿佛浸泡在了汗水里。而通常来说，他们还要在这样的状态下工作三四个小时。每次离开实验室，他们的脸上都留下深深印记。

尽管工作压力大、风险高，但是面对镜头，这里的医生告诉记者：他们虽是距离病毒最近的人，但自己责无旁贷。

（原载于2020年2月15日央视新闻客户端　作者：王宁）

做"白衣战士"的守护人

"我年纪虽然大些,但身体条件挺好,作为一名医务工作者,支援前线是我义不容辞的责任。"安徽省首批支援湖北医疗队医疗救治组临时党支部书记、中国科大附一院(安徽省立医院)感染管理办公室副主任护师谢少清,已经在武汉"疫"线坚守了20多天。

今年56岁的她,是安徽首批医疗队中年龄最大的队员,承担着安徽省支援湖北医疗队医院感染防控工作。如今安徽有近千名医护人员奋战在武汉,而谢少清的工作就是做"白衣战士"身后的守护人。

保护好自己,才能更好地守护患者的健康

每一名安徽支援湖北医疗队医务人员,在进入武汉一线病房之前,都需要进行系统的防护培训。每一次培训,谢少清都亲自示范,指导他们如何穿脱防护服,细心传授他们防控处置经验,并完成与当地医院的沟通对接。

"疫情形势越严峻,医院感染防控就显得越为重要,我们要严格按照国家的相关标准和指南,紧跟疫情防控形势,加强医务人员的培训,提高医务人员的院感防控意识,科学防控,避免交叉感染发生。"谢少清说。

来武汉的20多天里,谢少清一直奔走在安徽医疗队的7个支援点之间,上岗前的强化培训,核验医护人员防护物资,制订医院相关防控制度及流程,医院院感流程改造……哪里有防控需要,哪里就有谢少清的身影,她常常忙碌至深夜才能休息。

安徽省第四批支援湖北医疗队的队友程义飞在抗疫日记里写道,"安徽医疗队的老师们过来给我们传授经验了,指导我们穿脱防护服……看到谢老师心情十分激动,瞬间就感觉安心了。"在安徽医疗队的队员心中,谢少清作为安徽医疗队的感控专家,就是他们的定心丸。

连轴转高强度工作，努力将风险降至最低

随着安徽一批批医疗队陆续奔赴武汉支援，谢少清的工作强度越来越大。即使夜里回到宾馆也不能休息，接着制订疫情防控应急预案和流程、通过电话等指导防控工作中的疑难问题、对一天的工作进行总结……谢少清的睡眠常常只有4个小时左右。

连轴转的高强度工作下，谢少清需要靠安眠药才能入睡，但她并没有太在乎自己的身体，而是用实际行动默默地关心着每一名医护人员的安全，用专业的防护知识为心里有担忧的年轻医护人员打气鼓劲，"只有医护人员自身安全保护好了，才能更好地投入战斗"。

一些年轻的医护人员刚来时心理负担重，谢少清会针对他们做一些心理辅导，告诉他们，"做好标准防护，正确地认识疾病的传播途径，科学地进行防控，一定会打赢这场疫情战。"在谢少清和整个团队的共同努力下，目前安徽医疗队无一例医务人员感染，这也消除了大家的恐慌心理。

延续红色家庭优良家风，做人民群众的贴心人

谢少清深受家庭影响。她的父亲退休前在基层乡政府工作，党龄58年，工作兢兢业业，勤勤恳恳，谢少清说："父亲就是我的榜样，他是人民的好公仆。"

父母的言传身教也影响着谢少清的成长。令谢少清终身难忘的是，工作后有一年过年回老家，父亲拿出节日礼物，递给谢少清和两个弟弟——每人一本新党章。

谢少清说，父亲的叮嘱一直都在耳边，"听党的话，跟党走"。在防疫一线，谢少清也正用自己的敬业、务实、严谨、细致延续着这个红色家庭的优良家风。

"我会一直在这里和大家并肩作战，直到战胜疫情的那天！"谢少清坚定地说，"相信这一天很快就会到来。"

（原载于2020年2月19日人民网　作者：周坤　刘旸　方萍）

"80后"护士长坚守抗疫一线

2020年1月26号,安徽省卫健委紧急召唤,要组建一支由呼吸、重症、检验、院感管理等专业医护人员组成的医疗队驰援武汉。中国科大附一院(安徽省立医院)迅速行动,不到两个小时便组建了一支由1名院感专家和9名重症监护专业护理人员组成的医疗队,带着安徽人民的嘱托、家人朋友的牵挂,怀揣着"召之即来、来之能战、战之必胜"的勇气,随安徽省第一批支援湖北医疗队奔赴武汉疫情防控最前线。该院重症医学科二病区护士长朱守俊便是其中一位。

祖国召唤,他驰援武汉

"我和护理真是很有缘。"朱守俊告诉记者,当初填高招志愿时阴差阳错选择了护理专业,在学校学习了护理知识后却渐渐爱上了这个专业。2005年毕业后,朱守俊成了中国科大附一院(安徽省立医院)重症医学科(ICU)的一名护士,在护理岗位上表现优异,曾于2006年和2014年分别出色完成了甲流特护和H7N9重患特护任务。

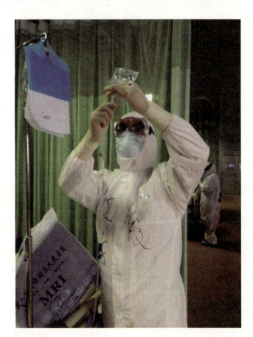

"我是党员,我先上。"1月26日,安徽省卫生健康委紧急通知,要组建一支专业医护人员组成的医疗队奔赴武汉。作为一名党员,中国科大附一院重症医学科二病区护士长朱守俊第一时间报了名,短短数小时内,他收拾好行装,告别家人,于1月27日跟随安徽省第一批支援湖北医疗队驰援湖北防疫救治工作。

1月29日,中国科大附一院首批支援湖北医疗队10名队员在参加完系统培训、完成与当地医院的沟通对接后进入"战场"。根据当地防控工作需要和安徽省支援湖北抗疫医疗队的整体安排,朱守俊被分配到武汉市东西湖区人民医院和武汉市太康医院,主要承担两所医院的ICU组建以及重症护理人员调配管理和重症护理工作。

出征武汉深入抗疫一线,不仅让朱守俊对疫情有了更深的了解,更让他看到祖国的强大。"在最短时间内采取最有效的方法控制住了疫情,真的非常不容易。"朱守俊说,"我们肯定能战胜疫情。"

抗疫一线,他临危不乱

武汉市太康医院是一所以外科治疗为主的民营医院,疫情发生以来,重症护理人员匮乏。根据安排,朱守俊不仅要负责近百位护理人员的排班管理工作,还肩负协助组建医院ICU的重任。

"刚开始来的时候很多医疗设备都没有,很多事情我们想做也做不了,的确很焦虑。"面对如此繁杂的工作,朱守俊表现出了极强的专业素养和心理素质,将事情安排得井井有条。从简单的几张床和几个监护仪,到后面资源和设备慢慢配齐,"真的是从无到有,从有到全"。

朱守俊告诉记者,刚来武汉的时候病人很多,且大都情绪低落,"我们首先做心理护理,告诉他们全国的医务人员都来支援了,大家很快都会好起来。病人看到希望了,负面情绪就会越来越少"。巡房的时候,朱守俊有空就会和病人聊两句,"有人陪着说说话,病人心情好了,就会积极配合治疗"。

"哪里有需要,我就去哪里。"安徽省第一批支援湖北医疗队共有180多人,除50名护士一直在武汉市金银潭医院支援抗疫外,剩下的130多人兵分两路,一部分去往东西湖区医院接管3个病区,另一部分去了武汉太康医院承建一间ICU病房并且接管了两个病区。3月初,武汉太康医院的新冠肺炎患者"清零",所有人又在东西湖区医院会合,接管2个重症病区。

"幸不辱使命。"在朱守俊和队友的共同努力下,重症、危重症患者好转并出院的好消息越来越多,180多名医护人员无一人感染。"我们是一支团结的队伍,大家相互配合支持,最困难的时候已经挺过来了。"朱守俊说,他们收到了很多封患者的感谢信,还有患者出院后发来信息邀请医护人员有时间去家里坐坐,"患难时刻见真情,我觉得再怎么辛苦也值得。"

辗转战场,他冲锋在前

3月21日下午,武汉市肺科医院ICU一区,来自北京、江苏、浙江、安徽、湖北、内蒙古的10所医院的12名呼吸、重症、心外等学科的顶级专家联手,用全球最高生命支持仪器VVAECMO(体外膜肺氧合的最高形式),为一名已经休克的急危重新冠肺炎患者争取5%的生还希望。

这是新冠疫情发生以来,在武汉进行的最高难度的救治行动。在这个《人民日报》等众多媒体点赞报道的患者救治行动中,重症护理专业出身的朱守俊是重要的参与者和见证人。"穿着隔离衣、防护服、手术服,佩戴护目镜、面屏和3层手套,我们行动很困难,而且视野不清。"朱守俊说,经过团队一个多小时的艰难手术,患者血管通路建立起来,ECMO发挥作用,患者低氧血症明显缓解,循环功能逐渐恢复。朱守俊说:"重症护理是我的专业,为了患者康复,我们愿意搏一搏。"

一周前,武汉市东西湖区医院新冠肺炎患者"清零",安徽130名医护人员又"转战"急危重症新冠肺炎患者集中收治点武汉市肺科医院,接管一个普通病区,并且协助管理一间ICU病房。如今,后几批支援湖北的医疗队都已陆续回皖,朱守俊和第一批的队员们仍坚守武汉。"一切听从指挥,疫情不退,我不退。"朱守俊说。

朱守俊说,来武汉之前确实有点担忧,"好多东西都是未知的"。但选择来武汉,他从未后悔,"国家最需要用人的时候,我能贡献自己的力量是十分光荣的"。朱守俊告诉记者,来到武汉后大家相互加油打气。"工作起来其实是顾不上担忧的,一心就想着怎么做好本职工作,救治更多患者。"

在武汉的两个多月里,朱守俊偶尔通过手机和家人视频,"平时工作时间不确定,有时候深夜才有空休息,可家人都睡了"。朱守俊告诉记者,回到合肥后,他最想做的就是好好睡一觉,多陪陪家人。既要确保负责管理的护理人员零感染,又要做好医疗救治工作,还要面对各种突发状况,朱守俊没睡过一个好觉,"总觉得睡不踏实"。

尽管身在武汉,朱守俊却心系全国,"现在境外输入病例很多,回合肥后我想总结下,把在武汉的工作经验用到医院的疫情防控工作中"。朱守俊说,在武汉这段时间,省里、医院都寄来了很多物资,社会各界也寄来了各种物品,"没有这些防护物资很难保证安全,感谢他们在后方的支持,让我们能平安来平安回"。

(原载于 2020 年 3 月 31 日《新安晚报》 作者:方萍 韩诚)

圣文娟：在金银潭医院的奋战是一次心灵洗礼

对于安徽第一批支援湖北医疗队队员、中国科大附一院（安徽省立医院）西区护士长圣文娟来说，武汉并不陌生。作为一名武汉媳妇，原计划一家到武汉过春节的她，在武汉市金银潭医院投入了战疫工作。"重症患者大部分都插着呼吸机，不好表达自己的需求，我们尽最大的努力给他们进行清洁和护理，让他们感觉好受些。"圣文娟坦言，这次特殊经历对她来说不仅是一次心灵的洗礼，也让她对自己的职业有了新的认识。

尽力让重症患者好受些

在金银潭医院，来自安徽的50名重症护士分散在不同的病区、班次。圣文娟和来自不同医院的护士搭伴组成了新的重症护理团队，四个班次的医护人员共同负责南楼五层这一病区30多名重症病人的监护工作。

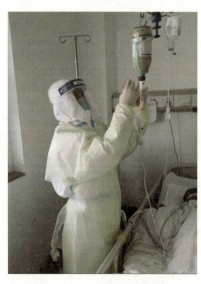

圣文娟在给患者输液

圣文娟是中国科大附一院（安徽省立医院）西区的一名护士长，也是安徽省急诊急救专科护士，有着丰富的临床工作经验。初到金银潭医院，面对陌生的工作环境和新组建的团队，圣文娟快速进入了工作状态。

"1月29日上班时，接手的ICU病房是临时成立的，所有规章制度几乎从零开始，团队搭档来自不同医院，彼此还不熟悉，需要磨合。"圣文娟说，重症监护不是靠一个人就可以完成的，团队意识非常重要。

在新病房，除了团队的磨合外，护士

们遇到的第一个难题就是供氧问题。病房是临时改建的，氧气压力不够、管道供应不足，再加上病人多，而且都需要高流量的给氧，供氧保障紧张。有一天突然来了11个病人，为了保障新来病人的吸氧，护士们不得不用人力去挪氧气瓶。"往常医院有专门的移动推车，但那天没有，所以几个护士就从楼梯口一点一点挪到五层隔离病房。"

因为是特殊时期，没有家属和日常护工的帮忙，重症病房护士的工作比以往更加繁琐，从病人治疗、护理到吃喝拉撒、打扫卫生、帮病人清理口腔、喂饭等，都需要护士来做。除此之外，他们还要完成一些更重要的、有技术含量的操作，如呼吸机参数的调节、血液净化、心电监护。"我一个人负责照顾四个重症患者，他们大部分都插着呼吸机，不好表达自己的需求，我们尽最大的努力给他们进行清洁和护理，让他们感觉好受些。"

"在武汉多了一个亲戚"

在重症病房，患者生理和心理上都面临着巨大的挑战。一位大叔企图放弃生命的行为对圣文娟触动很大。以往这位大叔一看到或听到她的声音，都会给她竖个大拇指。圣文娟也一直觉得这位大叔很乐观。

2月18日晚，原本已经撤下呼吸机的大叔病情出现了反复，不得不又插管上了呼吸机。圣文娟在巡视病房时，连续几次发现这位大叔将约束带往脖子上缠绕，有自杀的倾向。

"我从没想到他会有这种举动，可能因为太痛苦了，不想熬了。我心里真的好难过。"圣文娟说，"我们花了那么大的精力，把他从生死边缘拉回来，可病情反复带来的那种喘闷、那种压抑，很容易让病人有心理创伤。"当天晚上，她一直给这位大叔做心理疏导，并帮助他联系家人，给他鼓励。慢慢地，大叔的状态好了很多了。

在经历了一个月的高强度作战后，2月24日，圣文娟得到轮休的消息，下夜班前她反复叮嘱这位大叔及她负责护理的其他病人要坚定信心，配合医护人员的治疗。"当时不知道后期组织安排我们去哪里工作，休息前一天，我和大叔聊了很多，让他不要放弃。"圣文娟说，大叔看到她哭了，给她敬了一个礼。

让圣文娟欣喜的是，当她休整一周后再次回到金银潭医院时，大叔的病情已经好转了很多，还主动摆手和她打招呼。3月2日，经历了65天的治疗，这位"九死一生"的大叔出院了。已经回到合肥的圣文娟收到了他发来的短信："以后你在武汉多了一个亲戚。"

回想起在武汉抗疫的日子，圣文娟还是心怀感动。"因为走得匆忙，我们刚到武汉时很多东西都没带，热心的志愿者给我们送牙膏、牙刷、拖鞋等物资，我们住的酒店对面是居民楼，一天晚上有居民唱起了国歌，真的特别震撼，让人动容。"圣文娟坦言，这次特殊的经历对她来说不仅是一次心灵的洗礼，也让她对自己的职业有了新的认识。

（原载于 2020 年 4 月 7 日安徽网　作者：方萍　叶晓）

"我想让大家看到我们的笑脸!"

2月16日这天,中国科大附一院(安徽省立医院)西区、安徽省肿瘤医院支援湖北医疗队员陈川惠子像往常一样,穿戴好全套的防护装备,从容地走进病区。和平日不同的是,今天她的手里拿着的不是血压计和输液袋,而是两盒牙膏和两把牙刷。

陈川惠子一路径直走到25床和26床病人身边,将袋子放在他俩之间的床头柜上说:"大爷,那天听你们说没有牙膏牙刷了?给,这个你们用吧!"两位老爷子惊讶极了,不迭地说着:"谢谢,谢谢!可我们记得昨天没和你说,你怎么知道的啊?"

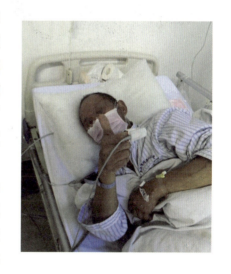

陈川惠子笑着说:"昨天你们两位老爷子聊到这个事儿,正好我听见了。我想着牙刷和牙膏是生活必需品,您二位现在也不方便让人送来,就从酒店拿过来给你们用了。"

26床的老爷子感激地说:"谢谢啊,姑娘你太有心了!多少钱啊,我给你。"

陈川惠子连连摆手:"不要钱、不要钱。"

"那可不行",老爷子严肃地说,"拿人东西是要给钱的,这是做人的基本道理啊。你们从安徽那么远的地方过来帮我们,我们已经很感激了,哪能白要你们的东西啊!"说着,老爷子就费力地起身,在口袋里面掏啊掏,想要把钱拿出来。

陈川惠子急忙上前一把按住老爷子,让他重新躺好,急切地说:"老爷子,真的不要钱,这也是咱当地的爱心人士捐赠的,本来就是给大家免费用的，您就拿着吧。"

25床的老爷子也转过身来："真是感谢国家，感谢政府，感谢所有帮助我们的人，特别是要感谢你们医护人员啊！"老爷子说，"我是被我老婆传染上的，她现在也被隔离了，家里乱成一团也没个照应。好在疾控中心的人每天都给我打电话，问我有没有困难，缺不缺东西。虽然身上很难受，但有这么多人关心我，我心里还是很温暖的。"

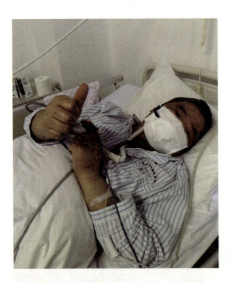

26床的老爷子紧接着说："是啊是啊，我们真是幸运了，我老婆前两天也康复了，已经顺利出院，真是太开心了！"

陈川惠子笑着说："那可真是天大的好消息！老爷子，那您老婆可是比您厉害啊，您是不是也要加把劲？努力努力也争取早点儿出院？"

老爷子连连点头："是的是的，这可要多谢你们安徽来的医生护士啊。别瞧你们一个个都是小丫头、小伙子，可干起活儿却这么利索，精气神儿十足，对我们也是好的没话说，我一定会好好配合你们的治疗，争取早点回家！"说着，老爷子合起手掌，连连作揖。

正当陈川惠子和两位老人家聊得开心时，她的一位同事举起手机，从背后拍下了这温暖的一幕。25床的老爷子见状，连声招呼着："要给我们拍照吗？好啊好啊，我想让大家看到我们的笑脸！我们真是由衷感谢你们安徽医疗队，你们不但尽心尽力为我们治病，连我们生活上的小需求都能主动顾及，真是太让我们感动了！"

面对镜头，两位老爷子都竖起了大拇指。尽管口罩遮住了大半张脸，但他们眼角眉梢露出的笑意还是感染了惠子和同事。相信在医护人员的精心照顾下，他们一定能早日康复，再次和家人团聚！

（原载于2020年2月20日《合肥晚报》 作者：夏韫华 唐萌）

她输着液　送闺蜜出征

2020年2月4日,中国科大附一院七名医护人员整装待发,他们将作为安徽省第二批援鄂医疗队队员驰援武汉。中午,不少队员们的亲朋好友前来送别,而在送别的队伍中,一位护士手举着吊水袋,站在远处,默默地目送着即将出征的队员。

罗红举着没有输完的吊水袋,站在远处,送闺蜜出征武汉

她是中国科大附一院血液净化中心护士罗红,在此次出征的队员中,中国科大附一院急诊内科高年资护士刘媛和罗红是大学同学。两人从一起读书到一起工作,两人结伴而行20年。"我们在一起的时间,甚至比家人都多。"罗红说。

"前两天得知她准备去武汉,即是情理之中,也是意料之外。"罗红告诉记者,平日里刘媛工作认真负责,任何时候都是冲在第一线,所以肯定会去支援武汉,"但是没想到她会瞒着我报名,一开始心里有点担心,但是作为医生,能够去武汉支援,也是一份荣耀,还是替她感到开心的。"

昨天深夜,刘媛接到医院的出征通知后,并没有告诉罗红。今天上午,罗红突然因为肾结石疼痛难忍,来到刘媛的科室吊水止疼。当她来到刘媛的科室时,却发现护士们正在收拾行李,此时,她才得知刘媛今天即将驰援武汉。

罗红举着没有输完的吊水袋,站在远处,送闺蜜出征武汉

于是便有稿子开头的一幕,罗红输完止疼药后,一手举着还没输完的葡萄糖,一路赶到医院楼下,站在远处,看到了已经整装待发的闺蜜。

"你怎么来啦!我准备上车后再告诉你。"看到站在角落的罗红后,刘媛惊喜地说道。而此时,罗红已经忍不住眼角的泪水。"放心,我一定会保护好自己,一定安全回来,我只是换个地方工作而已。"刘媛安慰道。

一点半,中国科大附一院七名医护人员纷纷上车前往安徽医学高等专科学校集结。今天下午,他们将作为安徽省第二批援鄂医疗队,和其他来自全省多家医院的队员们一起驰援武汉,助力疫情阻击战。

(原题为《她举着吊水 送闺蜜出征》,载于2020年2月4日人民网 作者:周坤)

这张武汉隔离病房里医患相互鞠躬的照片,看哭了……

"战疫"的特殊时期,一张隔离病房里医患相互鞠躬的照片在朋友圈不胫而走,令人瞬间泪目!

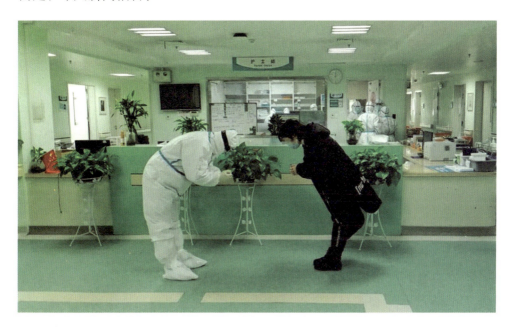

2月23日下午,中国科大附一院(安徽省立医院)第三批支援湖北医疗队整建制接管的华中科技大学同济医学院附属协和医院肿瘤中心Z6重症病区。武汉的一对夫妻李先生和蒋女士治愈出院,夫妻双双把家还。

出院前,蒋女士代表夫妻俩向医疗队领队、中国科大附一院(安徽省立医院)党委委员、南区党委书记、感染病学专家鲁朝晖教授鞠躬,表达感谢之情,鲁朝晖随即回礼,"感谢病人理解我们的工作,感谢医患密切配合,共同战胜病毒。"

医患从来就是一个战壕里的战友,愿这样的医患互信一直延续下去。据悉，这对夫妻也是中国科大附一院（安徽省立医院）第三批支援湖北医疗队整建制接管病区以来首批治愈出院的患者。期待越来越多的好消息！

2月23日，是中国科大附一院（安徽省立医院）第三批支援湖北医疗队来到武汉的第10天，也是整建制接管武汉华中科技大学同济医学院附属协和医院肿瘤中心Z6重症病区的第8天，这一天，对于远离家乡，奋战在抗"疫"一线的医疗队员来说，是最开心的一天，一对夫妻新冠肺炎患者治愈出院，成为病区首批治愈出院的患者。

当日下午3点，新冠肺炎患者李先生和蒋女士夫妇从重症病区同时治愈出院。他们都是武汉市人，是Z6重症病区收治的首批患者。李先生患病前也战斗在抗疫一线，他的同事中有一人被确诊为新冠肺炎，随后李先生也因胸痛伴咳嗽住院，同时，他的妻子蒋女士，也出现了咳嗽症状。2月13日，夫妻俩在武汉亚洲心脏病医院同时被确诊为新冠肺炎，2月15日，夫妻俩因病情加重，同时转入武汉协和医院肿瘤中心Z6重症病区。为了让他们能相互陪伴和鼓励，主班护士将他们安排在同一间病房。因夫妻俩同时患病，家中还有3岁的宝宝，他们入院时情绪十分低落，尤其是李先生，认为是自己把病毒传染给了妻子，非常自责；老人替他们照顾孩子，现在又是"封城期"，生活很不方便，他俩非常惦记一家老小的生活与安危。外加听说有的患者病情进展很快，危重患者死亡风险大，两人思想负担很重。

病区医护团队在给予抗病毒等对症支持治疗的同时，经常对他们说："莫慌，你们蛮杠，蛮快就要出克了，葛自噶加油（不要慌张，你们非常棒，很快就要出去了，给自己加油）"，增强他们的战"疫"信心。在病情出现反复的时候，领队鲁朝晖带领大家进行病例讨论，及时调整治疗方案；夫妻俩也相互鼓励，增强信心。经过科学诊疗和精心救护，经专家组讨论认为，李先生和蒋女士诊断明确，治疗确切有效，体温正常已超过3天，无明显呼吸道症状，连续两次呼吸道病原核酸检测均为阴性。按照国家卫健委《新型冠状病毒肺炎诊疗方案（试行第六版）》，两人均达到解除隔离及出院标准，建议解除隔离出院，居家医学观察14天并做好密切随访。

当得知病已治愈，可以出院了，夫妻俩终于舒展眉头，露出了久违的笑容。

领队鲁朝晖和副领队王锦权查房时，对两位患者治愈出院表示祝贺，并叮嘱他们回家后再居家观察14天，注意加强营养、多休息，如果遇到问题随时与医务人员联系。当天值班的医护人员也非常开心，给夫妻俩送上一曲经典黄梅戏《夫妻双双把家还》,夫妻俩非常激动,亲手写下感谢信。出院前,蒋女士代表夫妻俩向领队鲁朝晖鞠躬,对医务人员的精心救治表示由衷感谢,鲁朝晖随即回礼,对他们能理解、配合医务人员治疗、医患携手战胜病毒表示感谢。

(原载于 2020 年 2 月 24 日《合肥晚报》 作者:方萍 费明明)

安徽支援湖北医疗队的行李箱里装着啥"秘密"?

2月13日,安徽省第四批援鄂医疗队员乘专机飞赴武汉。274人,274个行李箱,里面有女儿连夜画给妈妈的手抄报、有爱人放进的清热解毒的菊花茶、有同事塞进的紧缺的医用口罩、有医院准备的医疗物资……行李箱里装满了亲人和医院的嘱托和思念,愿他们早日平安归来。

最"有爱"的行李箱:爱人把衣服剪短塞进行李箱

姬丽莎是中国科大附一院(安徽省立医院)南区内分泌科的护士,昨天晚上接到电话通知后,她的爱人和婆婆就开始帮忙收拾行李,一直忙活到夜里两三点。

"家里人担心换洗的衣服不够,把他们的衣服都'捐'给我了。"姬丽莎说,她爱人甚至把自己的秋衣、秋裤剪到合适的长度,塞进了她的行李箱。除此之外,她还带了很多夏天的T恤,"短袖的衣服可以穿在防护服里,因为防护服里面比较闷热,另外也方便脱洗。"

为了多带一些东西,婆婆帮姬丽莎把行李箱里的物品收拾得整整齐齐。由于她容易皮肤过敏,怕到武汉没时间去买药,家人还往里面塞了一些常用的药品。"我家里有两个宝宝,一个六岁、一个两岁,他们都很支持我。"姬丽莎说。

临行前,姬丽莎的爱人还在帮她打包行李,纸箱里装着成人尿不湿、口罩、鞋子等生活和防护用品。为什么给她带那么多衣服?面对记者的提问,姬丽莎的爱人说:"在那边工作估计挺辛苦的,多带点方便她换洗。"

最"暖心"的行李箱:9岁女儿深夜画画送给妈妈

在送行的队伍中,身穿蓝色衣服的小女孩显得格外显眼。昨天晚上,她连夜画了一幅手抄报,放进了妈妈的行李箱。

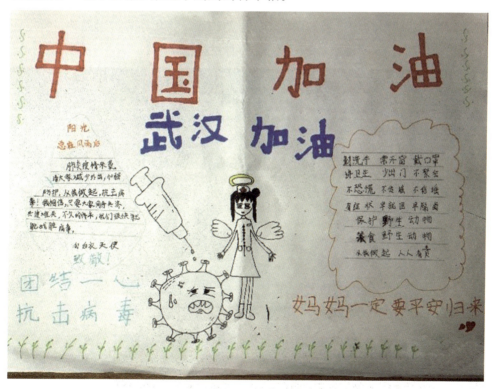

"孩子上四年级了，昨晚听说我要去武汉支援，非要给我画一幅手抄报，画到了夜里12点。"

刘凯的女儿对记者说："我妈妈是英雄妈妈，希望妈妈能平平安安回到家里。"

其实，这是46岁的刘凯第二次走向抗疫一线。2003年，在安徽省立医院感染科工作的刘凯主动请缨，在发热门诊待了整整32天，出来后得了尿路感染。"上厕所就要浪费一套防护服，当时不敢多喝水，七八个小时才上一次厕所。"刘凯说。

如今，刘凯在中国科大附一院（安徽省立医院）南区门诊部工作，看到武汉的疫情，她再次写下了"请战书"。"我是一名老党员，又有抗击非典的经验，我去不但能上前线，还能给年轻的孩子们做指导。"刘凯说。

除了女儿的画之外，刘凯的爱人把暖宝宝和一包包装好的菊花放进了她的行李箱。"他怕在那边工作负荷太大了我会上火，菊花能清热解毒。放暖宝宝是因为住在酒店不能开中央空调，怕夜里太冷。"

"我的行李箱里装得满满当当，里面都是家人的爱，医院的爱。"刘凯笑着说，除了医院给他们准备的医用口罩、防护服、鞋套等防护用品外，科室还给她们准备了牙膏、牙刷、雨伞、棉签等日常生活用品。

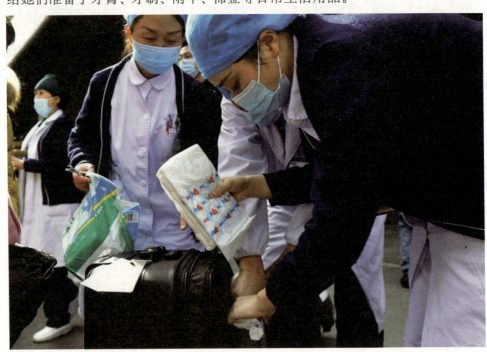

最"贴心"的行李箱：医院、科室备齐防护用品

一次性口罩、外科口罩、N95口罩、隔离衣、手术衣、防护衣、鞋套……对于奔赴前线的抗疫医疗队队员来说，这些防护用品都是保护他们生命的"屏障"。由于武汉防护用品比较紧缺，中国科大附一院给137位队员准备了足够的"弹药"。这些物资虽然没有装进他们的行李箱，但可随时给队员们提供保障。

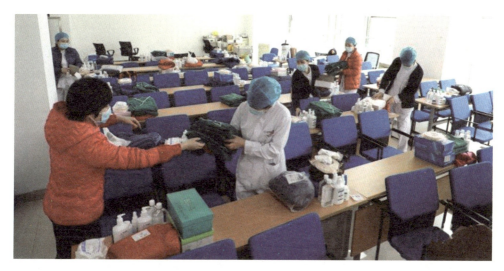

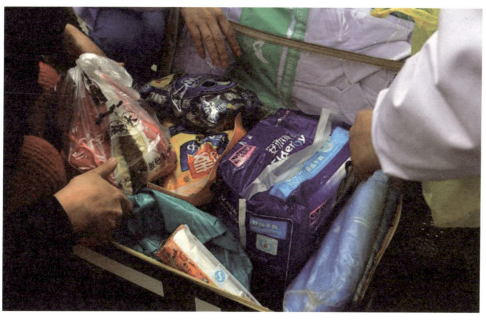

随队而行的还有援助武汉的物资，除了防护服、口罩等医疗用品外，还有一些常用的医疗设备，如人工肺、呼吸机（有创、无创）、除颤仪、监护仪等。

中国科大附一院（安徽省立医院）南区神经外科护士长靳玉萍表示，他们科室有4个护士去武汉支援，"听说那边比较冷，我们护理部和科室的大家庭接到通知后，连夜梳理物品清单，给她们准备了羽绒服、拖鞋、电热毯，还带了榨菜、方便面等食品。希望她们在那边都能好好工作，早日完成任务，平安归来。"

（原载于2020年2月13日《新安晚报》大皖客户端　作者：方萍　刘娟　李军军　叶晓　王从启）

拎着行李的理发师，
还以为要跟着去湖北呢

2月13日，接到医院的电话，叫我到店里准备好家伙，给医护人员理发。我以为要跟着去湖北呢。一激动，也没做啥心理建设，挂了电话就开始跟我爱人收拾行李。

然后打电话给亲戚，托付两个孩子。交代上高一的儿子，要照顾好妹妹。虽说着急忙慌，却也一气呵成。很快，我俩骑上电瓶车就往店里赶。

结果，到了店里才发现，是我理解错了。叫我回店里准备理发工具，是要给援助湖北的医疗队员们剪头发。他们一行130多个人，下午就要出发去机场了。

我开的这家便民美发室，就在中国科大附一院（安徽省立医院）门口斜对面，已经干二十多年了，一直是我们夫妻俩经营。由于店面小，又是大众化的理发店，年轻人不乐意来。

司开先的便民美发室外景

这次医疗队从接受任务到出发，中间的间隔本身就很短。当天我们从早上9点多，一直剪到下午1:30，一个接一个。

听医院的人说，前一晚10点钟，才接到国家卫健委的紧急通知，临时抽调这些医护人员，组建安徽省第四支援助湖北的医疗队。

这么多年，好多医护人员都习惯来我这里剪头发，相处得跟朋友一样。平时大家都会聊聊天、开开玩笑，我知道医生的辛苦，就用这种轻松的方式给他们打气。

但那天，我话说得很少。也许是因为他们都戴着口罩，看不出表情，不知道他们临行前在想什么，在想谁。

虽然我知道把头发剪短是为了降低感染风险，但还是会每个人都问一遍，有什么要求吗？不论男女，很多人就一句话，"剪得越短越好"。还有的男生干脆地说："剃成光头。"

看样子，这次参加医疗队的"90后"不少，他们平时都比较注意形象。我剪的时候，尽量保持他们原来的造型。

大家刚来的时候，气氛挺轻松的。排队等着剪头发，还有说有笑。一旦坐下来理发，很多人没看面前的镜子，而是有意低着头。这时候剪头发，可能更像是一场留给自己的仪式。

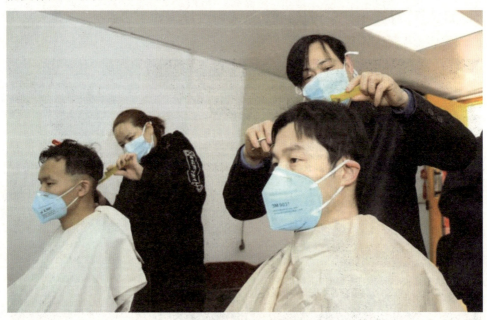

司开先郑家梅夫妇在给援鄂医疗队员理发

毕竟离接到任务，也只过去了几个小时，还没空整理好思绪。一个男孩子掉了眼泪，说妈妈给准备了好些吃的，行李箱都塞满了。

最让人心疼的，是一位要拍结婚照的姑娘。她来的时候，用皮筋扎着个低马尾。我特意看了下，长发及腰、乌黑发亮，发量也多。她坐下后说，从扎皮筋的那个地方，直接剪下去。

剪的时候，这姑娘还是忍不住哭了。临走时，又要了一截头发，留作纪念。

剪完头发，我们跟着队员回到医院。准备上车时，大家伙儿立刻进入到作战状态，那种激动隔着口罩都能感受到。

当时，我特别想说，带我一起去吧！我想去湖北给医生护士们剪头发。

干完活，医院后勤部门给我俩送来了盒饭。想着家里还有孩子，我们准备带回家吃。他们还让我算一下，医疗队员们理发一共多少钱。

我说这个钱不要了，全部免费，就当我们是志愿者了。以前，汶川地震伤员来安徽治疗，我们当时也志愿到病房里，义务给伤员和家属们剪头发。

他们去支援湖北了，我们也没别的本事，只能用这一技之长来支援他们。

这么多年了，天天跟医生护士们打交道，熟悉我的知道我在家里排行老四，都叫我"小四师傅"。我们家跟别家理发店不一样，关门时间不是固定的。他们下班晚，有的可能忙到11点才有时间过来理发。

所以，我们到晚上十点、准备关门的时候，会再看看、再等等。哪怕关了门，听到"咚咚"的敲门声，叫着"小四师傅"，我们立马开门迎接。

我们理发店的这个位置，人流量大，客人不少。我们怕医护人员们来的时候要等，后来想了个办法。他们一早可以先来店里拿个号，下了班再来，到时凭号直接剪头发，不耽误时间。

多年来，我们的价格表一直没变。剪发5块钱，如果加上洗和吹，是8块钱，烫发就五六十块钱。

早上8：30开门，中途我爱人回家给孩子们烧烧饭，再过来。收入还可以，养两个孩子，日子很安稳。

很快，理发店就能恢复正常，开门营业了。期待再次见到医疗队的这些人，一定要让他们说说，在湖北战"疫"的故事。

（原载于2020年3月4日《新华每日电讯》　口述：司开先　整理：汪奥娜）

向"逆行"天使传喜讯：
放心！母子平安

"13点10分，二宝出生，男宝，母子平安！"2月29日下午，正在武汉华中科技大学同济医学院附属协和医院肿瘤中心收集临床研究数据的单本杰，收到了远在合肥的家人发给他的信息，还有刚出生宝宝的视频。单本杰是安徽省第四批、中国科大附一院（安徽省立医院）第三批支援湖北医疗队

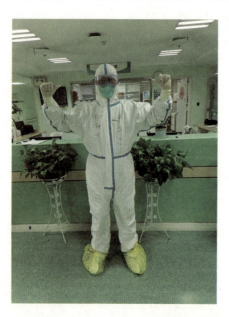

员，肿瘤化疗科的一名主治医师，离家已经半个月了。收到孩子出生的消息，单本杰悬着多日的心终于放下了。

2月12日晚，单本杰接到医院通知，需要组建第三批支援湖北医疗队，第二天出发整建制接管武汉华中科技大学同济医学院附属协和医院肿瘤中心Z6重症病区。医生救死扶伤的职业本能让他想立刻报名，而再过十几天，就是他爱人的预产期。

单本杰的爱人在安徽医科大学附属第一医院药剂科工作，两人结婚5年多，有一个4岁的女儿，即将迎来他们的第二个孩子。因为新冠肺炎疫情，单本杰的爱人在春节期间也一直坚守在工作岗位上，女儿由外公外婆照顾。单本杰说，妻子临产，女儿还小也需要照顾，虽然想立刻报名驰援武汉，但也担心爱人生孩子的时候没人照顾。至于为什么最终毅然选择奔赴一线，单本杰说："也没有什么高大上的理由，更多的可能还是医生的职业使命感，而且我是一名共产党员，关键时刻冲锋在前也是一名共产党员的职责所在。同为医务人员，爱人对我的决定也很支持，毕竟家庭的困难还可以克服，能为抗击疫情出一份力，挽救更多生命比什

么都重要。"

2月13日下午,单本杰和其他136名队友一起,乘包机来到武汉,2月15日接管协和医院肿瘤中心内科Z6病区,正式收治重症患者。目前,单本杰已经和队友们在武汉奋战了半个多月。密不透风的隔离服让单本杰很不习惯,走几步就气喘吁吁,一个班下来,身上的衣服全湿透了。虽然工作辛苦,单本杰说:"在大家的共同努力下,看到患者核酸检测结果转阴,CT报告显示肺部病灶吸收,最终治愈出院,就是我们最欣慰的事情。"2月23日,一对夫妻新冠肺炎患者治愈出院,成为该病区首批治愈出院的患者,让所有队员备受鼓舞。

上周,单本杰的爱人产检发现羊水少、羊水污染,必须住院监测胎心,远在武汉不能陪在爱人身边,让他十分焦急与内疚。单本杰的家人一直支持和鼓励他,让他不要担心家里,安心工作,保护好自己,爱人和孩子他们会尽心照顾好,医院的领导和同事们也十分关心他们,尽力提供帮助,这让单本杰十分感动,倍加努力地奋战在工作岗位上。

2月29日,单本杰接到了家人的信息:"孩子出生了,男孩,7斤3两,母子平安!"单本杰说,得知孩子出生,自己既开心又愧疚,觉得亏欠了家人,尤其是爱人。他最想对爱人说:"老婆辛苦了,等我回去,请你吃烧烤,涮火锅。"现在,单本杰最大的愿望是能尽自己所能,救治好患者,等疫情结束,平安回家,与家人团聚,尽到做丈夫、做父亲的责任。

单本杰刚出生的孩子

(原载于2020年3月3日央广网 作者:王利 方雯 方萍)

他们俩的故事都跟救援有关，如今妻子奔赴武汉

"这次不能陪你了，希望你像十二年前一样平安归来。"暖阳下，面对即将出征武汉的妻子刘颖，陈志昊什么话都没说，紧紧握住她的手，不忍离别……13号下午，中国科大附一院（安徽省立医院）派出137名医护人员组成的医疗队支援武汉，麻醉科护士刘颖就是其中的一员。

十二年前，合肥小伙陈志昊和重庆姑娘刘颖在四川理县参加抗震救灾时相识、相爱。当时，陈志昊是合肥市公安局特警支队的队员，而刘颖是第三军医大学附属新桥医院的护士，此后他们在合肥组建了家庭。

篇一 抗疫故事

十二年后,陈志昊已转岗至合肥市公安局交警支队高速四大队,新冠病毒疫情爆发后,陈志昊从大年三十起就一直奋战在防疫检测点一线,每天配合医护人员做好车辆及人员检测,保障运送防疫物资车辆通行。 刘颖所在的医院作为安徽省第四批赴武汉增援单位,她主动请缨前往一线抗击疫情。 夫妻二人互相叮嘱照顾好自己,陈志昊更是告诉刘颖:"你,武汉抗"疫";我,合肥坚守,虽然不像十二年前可以并肩作战,但我们的心连在一起,家里和两个孩子有我呢,你自己一定要注意身体,你的工作关系到很多人的生命安全,你集中精力全力救治患者,家里的事你别担心!"

刘颖随队赴武汉后,陈志昊将小女儿托付给父母看管,将大女儿交由岳母照顾,自己坚守岗位,下班后就照顾孩子和

老人。特殊时期,夫妻俩每天忙于工作,只能利用每天换班间隙,一家人通过视频相互问候和叮嘱。陈志昊对妻子说:"你增援武汉,我坚守合肥,相信爱能战胜一切,等到胜利再团聚!"

不同的"战场",一样的坚守,携子之手,共战疫情! 等你平安归来!

(原载于合肥市广播电视台 作者:张文婷)

勇担战疫先锋　　永葆军人本色

在今年的战疫中，有这样一群人，他们虽早已脱下军装，却初心不改，无论他们身在何处，热血从未冷却，誓言依旧铿锵。中国科大附一院（安徽省立医院）医院西区感染管理办公室主任张浩就是其中之一。在这场没有硝烟的战斗中，他用实际行动书写"若有战，召必回"，诠释了一名退伍军人的本色。

逆行出征

张浩是一名退伍老兵，2003年退伍后，来到中国科大附一院（安徽省立医院）医院西区感染管理办公室工作。当疫情爆发后，面对迅速疫情蔓延的态势，他和其他医护人员一样放弃春节休假，投入到这场战疫之中。

2020年2月12日晚上，正要准备休息的张浩接到了院领导的紧急电话，"支援武汉，做好准备随时出发"。

挂掉电话，时间太仓促，张浩简单地通知了家里一声，边收拾行囊前去支援武汉。"爱人和孩子都知道我干的就是这份工作，父亲也曾是军人，更能够明白我，虽然他们不会去阻止，但心里肯定还是挺担心的。"张浩告诉记者，"我心里最放不下的是自己的家人。不过在疫情面前个人得失不算什么，更何况我是一名退役军人，只要有需要、有召唤，我就会立即前往最需要的地方。"尽管退役多年，张浩的话，透出的依旧是军人风貌。

2月13日下午6点，张浩和其他136名医院同事，作为安徽省第四批支援武汉医疗队飞赴武汉，整建制接管华中科技大学同济医学院附属协和医院肿瘤中心的一个重症病区。

负重前行

这并非是张浩第一次参加战疫，2003年即将退伍的时候，张浩就曾经参加过抗击"非典"。

"以前经历过'非典'的防控，但只是停留在准备阶段。而这次疫情扑面而来，我终于上战场了，还是在主战场。"张浩说，"进驻医院后，形势确实非常严峻,但他们每一位医护人员都在坚持,我们相信只要不放弃,希望就在不远的前方。"

尽管深临险境,然而张浩从不缺乏挑战任何困难的意志和决心,其中原因,或是军人父亲的言传身教,或是自己出身军人锻炼的意志品质。

一切为病患服务,一切为医护着想。在137人的医疗队里,只有张浩一人是感控专家。为了保护医护安全,做到"零感染",他带领几位护士组成感控小组,一方面做好进驻医院的感控隔离,另一方面全员培训穿脱防护服,人人学习人人考核,考不过关不给上一线。

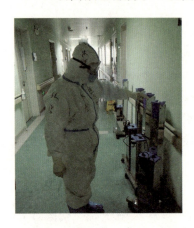

很多人以为感控就是"管后勤"的,但是张浩平日的工作是穿梭在医院各个角落,严防感染源。不仅是医疗和护理过程,还包括保洁、后勤、医疗废物等各环节。"所有细节都不能马虎,规范标准必须贯彻落实。"张浩说。

英雄凯旋

黑夜无论怎样悠长,白昼总会到来。对患者来说,白衣天使就是灯塔,灯塔就是希望。

经过一个多月的奋战,通过分层诊疗、人性化护理,中国科大附一院在支援武汉协和医院肿瘤中心的13支国家医疗队中,实现收治重症患者总数、医疗质量考核"双第一"。

在这期间,累计做了多少场培训,张浩已经记不清了。

但他记得最清楚的是,在武汉战疫的一个多月时间里,137名医护人员没有一人发生新冠肺炎感染事件,筑牢了病区最安全的阵地。

"谢谢你",是张浩和战友们在武汉听到最多的话,这一声声感谢的背后,饱含着最真挚的感情,也饱含着患者的期许与重托。

曾经猖獗一时的新冠肺炎疫情,终于在全国军民众志成城的激战中败下阵去,胜利交响中有退役军人奏出的高亢音符。

一日入伍,军魂入骨。

"正是军队培养了我敢于冲锋、勇于担当的精神。"张浩说,无论未来面对怎样的困难,他都会用实际行动彰显退役不退志、退伍不褪色的军人本色。

(原载于人民网 作者:周坤)

病房内手机作画　送给心中"天使"

日前,安徽支援湖北医疗队队员陈欢欢像往常一样来到华中科技大学同济医学院附属协和肿瘤中心 Z6 病区工作。当他推着车把饭送到 22 号房间时,223 床的患者急步走到他身边激动地说:"终于等到你啦,还以为见不到你了呢,你还记得我吗?"

据悉,2 月 15 日,中国科大附一院(安徽省立医院)第三批医疗队整建制接管上述病区,而 223 床患者王欢(化名)是当日下午首批收治的患者之一。接诊时,陈欢欢恰好是她当时的接诊护士。由于隔离病房、责任制护理及人员轮班等原因,时隔 12 天后,小姑娘才再次见到了陈欢欢,向他送上了自己用手机画的简笔画,表达她的感激之情。

王欢介绍,2 月 15 日那天,自己从隔离点转移到病区,途中的颠簸使她精疲力尽。进了病区后,在众多"大白"中,她发现有一件防护服上写着:"陈欢欢,加油!"巧的是,此后"欢欢"朝她走来,耐心帮她办理住院手续、带她找到自己的床位、介绍病房的环境规章制度,还送上生活用品及热水。一切安顿妥当后,陈欢欢鼓励她说:"相信自己,你一定会平安健康地踏出这个病区,加油!"

"他就像突然出现的天使,说的话在当时就是一针强心剂,让我坚定了信心,后期更加努力地配合治疗。在病房里,我用手机替他画了一幅简笔画,心想着如果可以再遇到他,便送给他,然后一直等着,最终还是等到了。"王欢笑着说。

据了解,陈欢欢是中国科大附一院(南区)心脏外科监护室护士,主动请战支援武汉。收

到这幅画,陈欢欢也很开心:"一句话一件事,在我看来只是本职工作,却没有想到在患者心里是那么重要。我非常感谢她对我的认可,这幅画我要好好珍藏,在以后的工作中我会以此为激励,更加努力地去照顾好每一位患者。"据了解,2月29日,王欢已顺利康复出院。

(原载于2020年3月4日《安徽商报》 作者:戴晓熹 李军军 汪漪)

这个"战地"生日 祝福送给"战地"

3月6日,是中国科大附一院(安徽省立医院)第三批支援武汉医疗队在武汉开展工作的第22天,也是中国科大附一院(安徽省立医院南区)急诊病房护师尚玥的生日。尚玥告诉安徽商报融媒体记者,在武汉的这个特别生日,让她更为自己的职业感到骄傲。

"这22天里,我们和患者们的相处越来越融洽,彼此之间越来越熟悉。"尚玥还记得,171床的梁阿姨有高度近视,但听力特别好,能靠声音分辨出我们医疗队的很多队友,前几天她发了长篇微信,写出了她这些天的感想,把大家感动得"一塌糊涂"。她记得,进舱第一天,对71床张大叔进行问卷调查,其中有个问题是问他"想什么"。他说自己没文化不想写。尚玥说:"你就当我们发了一张白纸,你想写什么就写什么。"大叔一下明白了过

右图:3月15日,武汉同济医学院附属协和医院肿瘤中心完成新冠肺炎定点医院使命,每名队员都收到了武汉协和医院发来的抗疫证书,尚玥高兴地跃起

来,他说,那我就写四个字:我想回家。这不也是所有患者心中所想吗,一屋子人全笑了。后来张大叔写了满满一张纸,具体是什么尚玥没看到,因为那时护目镜早已满是雾气。"但我觉得,他一定把对康复后生活的美好憧憬都写在了纸上。"

她还记得第一次在武汉值夜班。凌晨一点,她与同事们坐在车上准备去华中科技大学协和医院肿瘤中心,尽管车程只有十分钟,接班时间也在凌晨两点,但大家必须提前1个多小时就到达医院做好各种准备,才能保证两点准时进入病房。接班后开始查房,300米的距离,走走停停花了30分钟。

清晨5点,尚玥和同事们开始为患者量体温,测血压,测血氧饱和度,分发药品,完善护理记录,这些平常得心应手的"小活",因为穿着防护服都需慢慢进行;习惯性地快走几步,立即就会出现缺氧、头晕的状况。"但是每当我看到病人那一双双充满感激的眼睛,就一点也不觉得累。"尚玥想努力把每一个患者都治好,把每一个患者完好地送回各自家人身边。

特殊的时间,特殊的地点,特殊的生日,尚玥很是感慨。回想起以前过生日时,总是会和家人聚在一起,热热闹闹。"而现在,我和在武汉的战友们过'战地生日',真正地去用行动践行医者使命,我又那么地深感荣幸。"尚玥说,这一刻,很想拥抱自己的父母、爱人和3岁半的宝宝,跟他们诉说思念。

她还想对自己说,作为一名普通的医务工作者,她为自己的职业感到骄傲和光荣,为这份职业能给人减轻痛苦而自豪,在以后的日子里,她要把关爱患者、救死扶伤真正当成自己的事业,把帮助苦难的人作为责任和使命。春天来了,胜利的脚步,更近了。

(原载于2020年3月7日《安徽商报》 作者:李军军 汪漪)

安徽支援湖北医疗队员自制呼吸操宣教视频助力患者康复

记者 2 月 27 日从中国科大附一院(安徽省立医院)获悉,该院支援湖北医疗队员们近日精心拍摄制作了两组呼吸操的宣教视频,用视频结合轻音乐的方式帮助患者进行呼吸功能的锻炼,受到患者的欢迎,也让他们因为住院隔离带来的焦虑感得到明显的缓解。

中国科大附一院(安徽省立医院)第三批支援湖北医疗队(安徽省第四批)137 名医护人员整建制接管华中科技大学协和医院肿瘤中心 Z6 重症病区已十余天。首批入院患者在队员的精心治疗和护理下,部分患者病情已明显好转。随着病情好转,部分患者可以下床做一些功能锻炼了,但新冠肺炎康复期患者不适宜进行剧烈活动,有什么好的方法既可以让患者们进行适当的锻炼,又能不增加他们太多耗氧量呢?队员们在工作之余纷纷开动脑筋,查阅相关资料。

医疗队护理组的李从玲护士长,在胸外科工作多年,在呼吸功能恢复锻炼方面具有丰富的经验,曾帮助多例肺移植患者进行术后的呼吸训练,取得良好的效果。她带领队员通过查阅资料和实践研究发现,在众多的呼吸功能恢复锻炼的方法中,腹式呼吸、缩唇呼吸两种呼吸功能锻炼方法适用于恢复期的新型冠状肺炎患者。

在她的带领下,队员们为患者制订了详细的康复计划,针对患者的不同病程,分阶段精准施策。虽然是看似简单的几个动作,但是对于患者来说还是有一定的困难,比如口唇动作僵硬、呼吸方法不得当、呼气时间短等,常常不得要领,但队员们不厌其烦地一遍遍教方法、一次次纠正动作。在李从玲护士长和队员们的悉心教导下,病友们渐渐掌握了"呼吸操"的练习方式,开始认真练习起来。

为了便于患者掌握动作要领,他们找到武汉当地的志愿者制作了彩图,把呼吸功能锻炼的动作步骤以彩色图片的形式打印出来,张贴在每个房间,

奋战在抗疫一线的日子

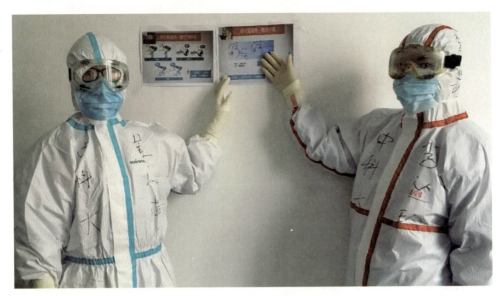

医护人员找到武汉当地的志愿者制作了彩图,把呼吸功能锻炼的动作步骤以彩色图片的形式打印出来

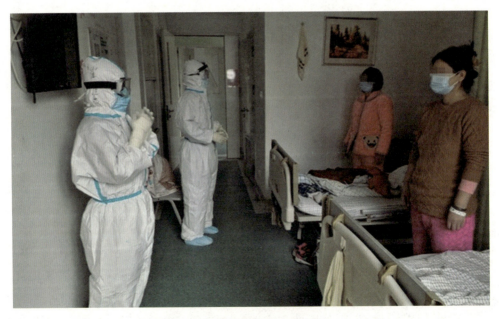

医护人员教患者练习呼吸操

每天上、下午由责任护士指导患者练习。他们还利用自己的休息时间精心拍摄制作了两组呼吸操的宣教视频,用视频结合轻音乐的方式传递给患者,病友们认真地跟着队员们进行康复训练,因为住院、隔离而带来的焦虑感也得

到了明显的缓解。

据了解,中国科大附一院(安徽省立医院)第三批支援湖北医疗队自整建制接管武汉华中科技大学同济医学院附属协和肿瘤中心 Z6 重症病区以来,科学管理,精心诊治,目前已有三位患者治愈出院。

(原载于 2020 年 2 月 27 日中国新闻网　作者:李从玲　朱伟华　张强)

纸短情长,"逆行者"书信致谢"摆渡人"

"千里面朝夕相见,一寸心死生可同。"今天(2020年3月18日),安徽省支援湖北医疗队的374名队员,分3个班次包机陆续返回合肥。临行前,这群"逆行者"用书信致谢并肩战斗过的"摆渡人"。

中国科大附一院(安徽省立医院)支援湖北医疗队领队鲁朝晖,带队向30多天来携手战"疫"的武汉当地医务工作者、志愿者、酒店员工、通勤车队司机以及医疗队驻地的解放军战士,分别送去了感谢信。

在给武汉协和医院肿瘤中心医务工作者的感谢信中,医疗队员列举了很多感人细节:"上班时,你们每天为我们进舱人员准备防护用品,下班时,贴心的你们为我们准备好食物和矿泉水。考虑到空腹喝凉水不好,还会为我们备好一壶烧好的热水。"信中还特别提到Z6病区护士长郭潇,"您的细心、耐心和责任心深深打动每一位队员。初来乍到,在电子病历系统处理等方面存在困难,每一次找到您,您总给予耐心的指导,及时有效帮我们解决问题。"

在安徽医疗队的驻扎点旁边,解放军战士连夜冒雨修整了一小块空地,供医护人员锻炼身体、缓解身心压力,还挂上向医疗队致敬的横幅。在给解放军战士的感谢信中,安徽支援湖北医疗队队员感慨道:"一条简单的横幅让我们感受到了来自部队的温暖。虽然我们彼此无法见面,我们医疗队却感受到了那浓浓的关心。这份战友情,是我们医疗队收获的一份大礼!"

"只有亲身经历才知道人间百态,只有尝遍苦难才明白生活美好。"在武汉的35天、840个小时即将成为过去时,3月17日,医疗队队员杨琳琳提前将一封手写书信放在宾馆房间的桌子上,将千言万语化作一纸浓情。"回想起在武汉35天的一幕幕,感动充盈着我的内心。无论是前方抗击病毒的医护人员,还是后方无私奉献的志愿者,大家聚在一起,亲密配合。"杨琳琳说,这场疫情改变了她的人生。

"有人说我们是英勇的'逆行者',我们同样要致谢那些生命的'摆渡人'。"鲁朝晖说,纸短情长,期待一起见证"疫"散花开。

(原载于2020年3月19日《工人日报》 作者:陈华)

一张自拍照 神奇"治愈"患者

3月18日上午,当飞机在合肥新桥机场落地那一刻,李从玲如释重负,她完成了"家里"交代的艰巨任务:"把100人平安带回来。"作为百人护理团队的负责人,李从玲没有辜负院领导和同事们的信任。

把"呼吸操"带进病房

李从玲是安徽省第四批、中国科大附属第一医院支援湖北第三批医疗队护理组组长。其所在的医疗队共137人,整建制接管华中科技大学同济医学院附属协和医院肿瘤中心Z6重症病区,而护理人员共100人。

因为是整建制接管,自2月13日抵达武汉后,医疗队就紧张地忙碌起来,陌生的环境、全新的系统及众多还不熟悉的队员,让李从玲备感压力。到达武汉后的当夜,她迟迟难以入睡,满脑子想的都是怎么分组,怎样在完成64张病床护理工作的同时确保每一位队员的安全。

李从玲充分结合武汉病区实际,将护理人员分成6个护理小组,确保各组人力结构合理。每组设立护士长、质控护士、感控护士,保证每组至少有2名临床经验丰富的重症医学或重症相关专业护士。

她工作时发现,面对突如其来的疫情,不少患者都有着恐惧、焦虑等心理。因此,在患者治病的同时,缓解他们的不安情绪,尽早进行心理疏导,同样重要。作为国家二级心理咨询师的李从玲发挥特长,带领护理人员对病区住院的新冠肺炎患者进行了焦虑自评,对存在焦虑等问题的人员,他们因地制宜地制作心理护理方案,对患者实施心理干预。

李从玲在胸外科工作20多年,在呼吸功能恢复锻炼方面具有丰富的经验,她带领队员通过实践研究发现,在众多的呼吸功能恢复锻炼的方法中,腹式呼吸、缩唇呼吸两种呼吸功能锻炼方法适用于恢复期的新冠肺炎患者,他们用视频结合轻音乐的方式帮助患者进行呼吸功能锻炼、指导患者做康复健康操。

一时间，"呼吸操"成了众多患者康复过程中简而有效的训练方式。

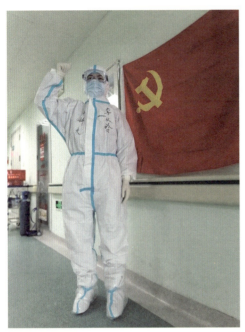

一张自拍照温暖了彼此

一个月的时间，在百人护理团队精心护理下，70多名重症患者纷纷出院，对李从玲来说，这段时间必将成为她终生难忘的日子，而在她的手机里也留下了一个个令她感动的瞬间。

李从玲刚去武汉不久，看到病床上一个20来岁的女孩情绪低落，她看到这个女孩就想到了自己将要高考的儿子，便主动上前去询问女孩的情况。"来，我们一起拍张照片吧。"李从玲拿出手机凑了上去。让她没有想到的是，女孩低声问了她一句："你不怕我吗？已经好久没有人敢离我这么近了。"这句话让李从玲有些意外，她没想到自己的一个小小举动却感动了女孩，让女孩感受到了来自陌生人的温暖。其间，女孩对李从玲说了句"谢谢"。而李从玲也被女孩的反应所感动，"她当时第一个反应是对我的保护，怕我离她太近被感染。这张自拍照也同时带给了她战胜疾病的信心。"

女孩最终治愈出院，而留在李从玲手机内的这张照片成了永恒的记忆。"我会珍藏起这张特殊的照片，以后看到照片就会想起这个女孩，想起这段不平凡的经历。有机会我还会再跟小姑娘拍一张露脸的自拍照。"

隔离结束后要给儿子解馋

让李从玲感到欣慰的是，一个月的护理下70多名患者治愈出院，而自己所带领的百人护理团队也平安回家。"我们医院护理部储主任再三跟我交代，让我一定要把护理人员都平平安安地带回来，现在我做到了，所以刚下飞机看到储主任时我激动地想哭。"

在大巴车开往休整目的地的路上，李从玲想到了自己的家人，尤其是今年要高考的儿子。她回忆起出发去武汉的前一晚，她故作轻松地将消息告诉儿子，"看得出儿子内心的担心和不舍，他想哭但是小男子汉强忍着，我当时也很心疼，毕竟当时去武汉充满了各种未知。"

据了解，在一个月的任务期里，李从玲只要有空就会跟儿子通话，而儿子提到最多的就是糖醋排骨，"知道我要回去了，他激动坏了，说一个月没吃到我做的菜，馋'死'了。"

得知李从玲还要隔离休整14天的消息后，爱人和孩子打算开车去李从玲休整的附近转一转，"他们说这样就能离我近一点，等我隔离结束后，一定要赶紧回家给孩子做一次糖醋排骨。"

（原载于2020年3月19日《安徽商报》 作者：张剑）

患者的"拒绝"让刚强男儿落泪

都说男儿有泪不轻弹,只因未到伤心处,夏大庆在此次任务中流过一次泪,但不是到了伤心处,而是被一名患者的一句话暖哭了;除了感动,中国科大附属第一医院(安徽省立医院)呼吸与危重症医学科的副主任医师夏大庆,也为身为安徽支援湖北医疗队的一员而感到无比骄傲,那是缘起于一个苹果的故事……

全家都支持,妻子还下了命令

"我是呼吸科专业医生,我不去谁去?"夏大庆作为一名呼吸与危重症医学科医生,正是此次抗击新冠病毒疫情的专业人员,当疫情发生后,夏大庆主动请缨,等待出征。而他的家人也都全力支持着他的决定。父亲告诉他:"男儿当自强,但是要平安回家。"

夏大庆的妻子也是该医院的一名主治医师,妻子说:"你去武汉一线义不容辞,要做好防护。"2月13日,夏大庆出发前往武汉,为其送行的妻子表现得很平淡和镇定,在夏大庆心中,妻子一直很坚强,几乎没见她哭过。"多日之后,我们打电话时她才告诉我,送走我之后,她在回医院的路上哭了一路。"夏大庆说,家人的支持让他没有了后顾之忧,专心支援武汉。

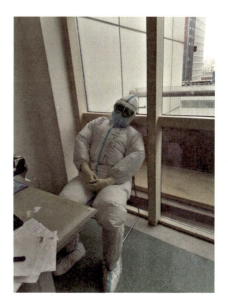

到达目的地后,夏大庆成为医疗队11个小组其中一组的组长,来到陌生的环境,充满对疫情的未知,夏大庆和大家一样免不了有恐惧心理,但是这种恐惧心

理在接收病人那一刻全都忘在了脑后。"我们一共 64 张床位，在接诊新冠肺炎患者两个小时后全都住满了。"夏大庆和同事们穿着厚厚的防护服连续工作了七八个小时，"防护服护目镜都是汗水，那一天的辛苦难以想象，所以根本顾不上恐惧"。

另据夏大庆的同事介绍，夏大庆患有肠易激综合征 10 年余，刚去武汉因水土不服，一直断断续续腹泻。为了不给大家带来负担，他强忍着腹痛。直到后来大家发现他每日吃饭的次数递减，才知道这事。同事们提出要代替他上班，都被他一一回绝。夏大庆笑着说，夏天要到了，这是他回归"型男"最佳的时机。

削了个苹果全体患者点赞

在执行任务的一个月时间内，夏大庆落下过男儿泪，那是在他刚接手工作不久的时候。当时，他在为一名 50 多岁的女患者采集咽拭子时，被对方"阻拦"了。原来，因为采集咽拭子时需要近距离接触患者，患者要张开嘴巴，该患者怕传染给夏大庆，因此让夏大庆到旁边去，不要离她这么近。

"她说，让我离她远一点，当心气溶胶传播，让我保护好自己。"夏大庆称，患者的举动让他倍感温暖，"她当时病情还挺严重的，双肺病变。但那时还能想到我，怕我被感染。"夏大庆说，都说男儿有泪不轻弹，但那一刻他眼睛湿润了，觉得来对了，做的一切都是值得的。也暗下决心，一定要治好更多的患者。最终，作为一名专业医生，夏大庆还是在做好防护和患者解释工作后，为该患者完成了相应检查，令他欣慰的是，这名患者最终治愈出院了。

病区中，还有一位 91 岁老人也让夏大庆印象深刻，这名老人思维不是很清晰，自理能力较差。一次在查房时，他看到老人想吃苹果，但颤抖的手削苹果显得吃力。夏大庆就顺手拿过苹果，给老人削了起来，削完后病房内的患者纷纷竖起了大拇指，有的患者感慨地说："感谢安徽医疗队，你们是我们的亲人。"在那一刻，夏大庆为自己是安徽医疗队的一员感到骄傲，也为自己能来到武汉而感到幸运。

待隔离结束买个全家桶"哄"老婆

此次任务中，夏大庆还想特别感谢当地志愿者们为医务人员所做的一切。3月17日，当知道夏大庆他们要回安徽的消息后，志愿者们特地赶来为大家做了一顿饺子。"特殊时期,他们以这种方式给我们送行,我们吃着热乎乎的饺子暖进了心里。"

完成了艰巨的任务回家,夏大庆说也算兑现了对5岁儿子的承诺。原来,在他在武汉的一个月的时间里,儿子总是在电话中问他何时回家,每到这时候夏大庆都回答说:"爸爸在外面打小病毒,打完病毒就回家了。"3月18日中午,夏大庆到达休整隔离的酒店后,和妻子通电话报了平安。他说,等到隔离结束后,他会第一时间去肯德基买一个全家桶,兑现此前"2月14日给爱人买全家桶"的承诺,这个承诺因出征武汉没实现。

另外,夏大庆说家里还有一件事等着他做。"听说家里下水道堵了,回家要先把下水道疏通了。"夏大庆笑着说。

(原载于2020年3月19日《安徽商报》 作者:张剑)

拼命的工作　时常的失眠
只为亲人的安睡

离开合肥支援武汉的第 35 天，中国科大附一院（安徽省立医院）南区血液净化中心护士长齐永扎回到了这座熟悉的城市，由于需要隔离，他暂时还见不到一直牵挂着的家人、同事以及血液净化中心的那些病人，"很想他们"。

出发当天同事自发相送

2 月 12 日晚上 10 时左右，齐永扎接到通知，他将随安徽第四批支援湖北医疗队赶赴武汉。"此前报名了，也有心理准备，但真要出发了，还是手忙脚乱。"齐永扎笑着回忆，妻子听说武汉会下雪，第二天一大早跑了很多地方，给他买了一件棉睡衣。

原本自己将要出征武汉的消息，齐永扎并没有告诉科室的其他同事，然而第二天他到了科室准备交接工作的时候，那些上下午班次的同事们早就在办公室等他了，给他的行李箱中塞进创口贴、口罩、暖宝宝等物品，"很感动，大家一一上前鼓励我"。

2 月 13 日下午，齐永扎出发前往武汉，其所在的医疗队整建制接管了华中科技大学同济医学院附属协和肿瘤中心重症病区。3 月 15 日该病区病人清零，共有 59 名重症患者治愈出院。

初到武汉失眠一个星期

"到了以后接受简短的培训，2 月 15 日就正式投入工作了。"齐永扎介绍说，他们队伍共有 100 名护理人员，分成 6 个小组，面对亟待救治的患者，迅速开始摸索建立完整的重症病房护理工作制度与流程。

一开始，工作流程不熟悉、有一定的焦虑情绪，齐永扎所在的小组在救治工作中"步伐"迈得有些慢，"面对的是重症患者，大家略显吃力，我能看得出来，有些组员对于进危重患者病房比较小心。"对此，作为小组组长的齐永扎一方面带领组员尽快熟悉医院工作流程，另一方面每次进病房或是需要近距离接触重症患者时，他总是在最前面。

既要救治病人，又要"操心"组员，在武汉的第一个星期，齐永扎没有睡过一个好觉，"每天工作十几个小时，休息的时候时常失眠。"齐永扎坦言，那段时间压力真的很大，不过在自己和组员们的共同努力下，他们挺过了最难的时期，工作很快步入正轨。

难忘医患间亲人般相处

在齐永扎和同事们的努力下，病区每天都有好消息传来，"我们在那里最开心的事，就是病人情况得到缓解，直至治愈出院。"齐永扎说，这一个多月的工作，让他印象深刻的可能并不是某次医学上的救治过程，而是医护人员和病患之间如亲人一般的关系。

病区里很多病人进院时比较匆忙，很多生活物资都没来得及带，"有的人要手机充电器啊，有的人要梳子啊。"得知病人们的需求后，医护人员总是第一时间去满足，要么请求所住酒店志愿者，要么直接把自己的拿过来给病人们用。

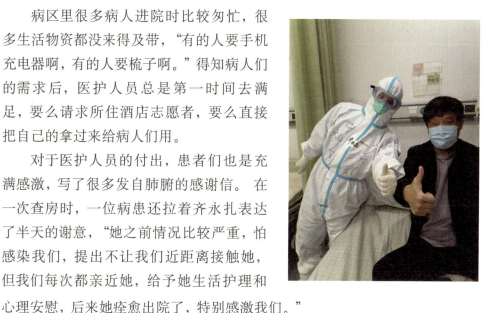

对于医护人员的付出，患者们也是充满感激，写了很多发自肺腑的感谢信。在一次查房时，一位病患还拉着齐永扎表达了半天的谢意，"她之前情况比较严重，怕感染我们，提出不让我们近距离接触她，但我们每次都亲近她，给予她生活护理和心理安慰，后来她痊愈出院了，特别感激我们。"

回来后想陪母亲过生日

工作之余，在武汉的每一天，齐永扎都会抽空和妻子联系一下，报个平安，"基本上不和她聊这边的困难，都是'汇报'一些好消息。"齐永扎说，自己有个 2 岁的女儿,疫情期间一直跟岳父岳母生活在老家,老人不怎么会用手机,所以自己和女儿只能打电话交流,无法视频,"后来女儿回合肥第一次跟我视频,都不认识我了,我怎么哄她都不叫爸爸。"

除了家人,齐永扎还牵挂着血液净化中心的同事们和 150 余名需要透析的病人,他告诉记者,自己每天都要和科室的同事联系,了解科室的运行情况和病人们的治疗情况,由于妻子是一名护士长,有的时候,实在不放心的,齐永扎还会让妻子去科室帮忙看看,有什么情况再及时告诉自己,便于及时处理。

"武汉的工作、合肥的工作,两边都放不下。"齐永扎说,确实是很累,不过武汉的病患逐渐痊愈、合肥的病患状况良好,又觉得自己付出的一切都很值得。

今年齐永扎母亲 60 岁,原本全家约定春节回去给老人家过生日,可是因为疫情安排都取消了。这次返家,齐永扎最大的心愿就是,等到疫情结束,回家陪母亲补过生日,然后陪岳父岳母、妻子、女儿吃个饭,陪科室同事们吃个饭,"生活只要这样简单,平安就是福。"

(原载于 2020 年 3 月 19 日《安徽商报》 作者:李萌)

85后妈妈打"大灰狼"40天，
隔离后最想做……

篇一 抗疫故事

3月23日下午，巢湖岸边，酒店的阳台上，杨琳琳正捧着一本周国平的《我喜欢生命本来的样子》，电话铃声将她从散文世界里拉回到了现实，"喂，快递吗？"得知记者打电话的缘由后，她才缓过劲来。在武汉时，因为长时间穿防护服、戴口罩、护目镜，脸上捂出很多湿疹，她的亲戚朋友给她寄了眼药水、药膏；因为有末端食道炎，她的护士长怕她吃不好，经常给她寄米糊养胃……自3月18日随首批返程的安徽省支援武汉医疗队队员到达合肥后，杨琳琳一直与战友们在巢湖集中隔离，离开家40天，她说，隔离结束的第一件事就是冲回家抱抱三岁的女儿。

"宝贝，妈妈要去打'大灰狼'了！"

大年初二那天，我是大夜班，初三上午8点下班后就回家休息了。下午，我正在带孩子，手机接到一条信息，大概的意思是"湖北疫情严重，我们要去支援湖北，希望有意愿的可以报名参加"。我的第一反应是报名。

首先，我从2010年毕业后就进入中国科大附一院（安徽省立医院）呼吸与危重症科工作至今，在这10年里，我积累了一定的危重症护理经验，每个人都要体现自己工作的价值；第二，那几天，我看到有这样一则新闻，武汉的一线医务人员，因为抗击疫情，很久没有见到自己的孩子，给我感触很大，我想

在武汉协和医院肿瘤中心的杨琳琳

同样作为医务人员，我应该要去帮助她们。于是，我当时就报名了。后来听护士长说，我是全科室第一个报名的。

当天，我把报名的事跟家里人说，他们也很支持，唯一让我放心不下的是三岁的女儿，因为这次我真的不知道要离开她多久。

半个月的时间过去了，武汉的确诊人数还在持续上升。2月12日晚上10点左右，微信上又来了一条信息："明天要出发了。"因为前期我们已经得知武汉疫情的形势，知道工作的基本流程，于是我开始连夜收拾东西，哪些还没带，哪些带的不够，连夜去买。其间，我想了很久，怎么跟女儿说呢？我帮她洗完澡，我就跟她说："宝宝，妈妈跟你说个事情，妈妈明天要去武汉了，因为武汉有很多细菌跑出来了，很多叔叔阿姨哥哥姐姐都生病了，妈妈要去抓细菌。"她犹豫了一会儿，"妈妈，你是不是要去打'大灰狼'？""对，对，妈妈要去打'大灰狼'了，妈妈只要完成工作，第一时间就回来了。"当晚，我一夜没合眼。

2月13日中午12点多，爱人带着孩子送我去医院门口集中乘车。大巴开动时，爱人和孩子朝着大巴车使劲挥手，那时我实在绷不住了，眼泪夺眶而出。

当天下午6点，我们从合肥新桥机场乘坐飞机出发，到武汉天已经黑了。下飞机后，队员们乘坐大巴车先行达到武汉宜必思酒店，再有人专门把行李和物资统一运过来。我记得我们在酒店等了很久，行李和物资才到，因为车停的地方离酒店门口还隔着一条小道，我们就排成人桥，一个接一个地将行李运至大厅，物资运至酒店门口。那天晚上，我们回到房间已经凌晨2点半了。

进入房间后，第一件事是消毒，然后将房间划分为清洁区、半污染区、污染区，严格执行消毒隔离。根据安排，我们将要接管武汉协和医院肿瘤中心Z6重症病区。第二天，在经过一系列的培训后，我们正式接管病区。

"穿脱防护服是一大挑战，脱一次要洗20次手"

2月14日下午，我们在武汉的工作开始了。作为护理人员，我们负责给病人发放一天三餐的饮食，给危重症患者完成喂饭、清理大小便等基础生活护理，每日按时给每位患者发放口罩，给每个患者按时间段进行静脉治疗、雾化吸入治疗，按时间点发放口服药物及中药，监测每位患者的血氧饱和度并观察氧疗患者的用氧效果，按时间段监测患者的体温、监测糖尿病患者的五点血糖、监测患者血压，记录每位患者护理记录，每日完成医嘱核对执行，完成每班次的物品清点。夜班还要完成病区消毒工作。

这些工作本身对我来说已经很熟悉了，因为我一直在重症病房工作，见惯了重症病人以及各种仪器，这些没有太大的问题。但是与以往不同的是，这次要穿着防护服工作，这对我们来说是一大挑战。

培训时，我们看了穿脱防护服的现场教学，自己也练习了很多次，但正式工作后，面对的是真正的患者，与病毒近距离接触，防护服的穿脱是否规范，直接影响医务人员的自身安全。

在穿防护服时，全部操作流程很繁琐，但却不能有一丝一毫马虎，包括七步洗手、戴帽子、戴口罩、戴手套、穿防护服、穿靴套、戴防护镜、戴二层手套，再戴帽子、戴口罩、穿隔离衣。然后队友之间还要相互检查密闭性，保证完全不让皮肤暴露在空气中。

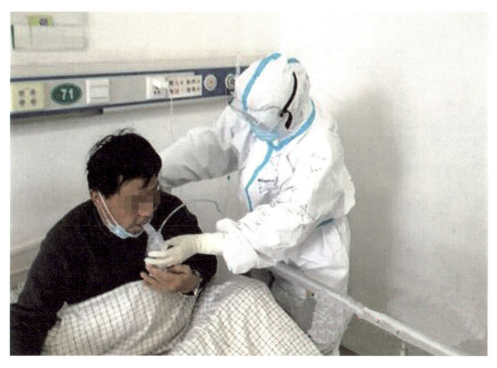

杨琳琳正在为患者做雾化吸入治疗

一开始因为我们不熟，每一步都要特别小心仔细。等到下班脱防护服的时候，才知道原来穿与脱相比，真是"小巫见大巫"了。脱防护服时，每脱一件就要洗一次手，整个脱完至少要洗 20 次手，花费近 30 分钟时间。这期间，动作要缓，防止产生气溶胶传染，每一步都不能出错，一旦出错就有被感染的风险。

"9 小时不吃不喝，胃酸灌进嘴里只能咽下去"

防护服给我们带来的挑战还不只是穿脱，正常的工作也受到了很大的影响。我们采取轮班制，每个班 7 个小时，加上排队穿脱防护服的时间，将近 9 个小时，这期间我们戴尿不湿工作，且不吃不喝。

这对于我来说也是从未经历过的。我一直患有末端食道炎，有一次我上早晨 8 点到下午 2 点的班，中午最饿的时候，胃酸一下涌了上来，涌进了口腔，很难受，当时也不能吐出来，否则就会污染防护服，增加感染风险，然后我强忍着咽了下去，那种滋味我永远不会忘记。

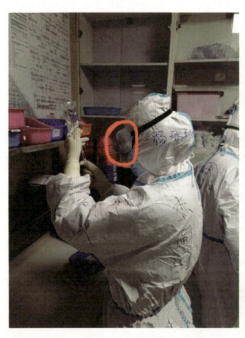

杨琳琳的护目镜上起的水雾

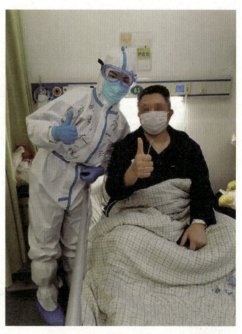

杨琳琳为患者"点赞"

还有一点就是护目镜起水雾。因为穿上防护服之后，里面是密闭的空间，穿久了就会产生水雾凝结在护目镜上，眼睛面前全是水，看不清。这是大家都会遇到的问题。我们从网上也查了很多去雾的方法，包括喷防雾剂、涂抹洗洁精、擦洗手液，刚擦上还有点效果，但渐渐都不管用了。每次护目镜上水雾多的时候，我只能使劲摇头把水滴摇下去，看不见就摇，一直到下班。本身穿上防护服，呼吸就不太顺畅，基本上每次到快下班的时候，大家都是处于缺氧的状态，浑身是汗，头晕、头昏时常发生。

所以你要是问我，每天什么时候最开心。我们的回答不是吃饭、睡觉，而是每天脱掉防护服，换下旧口罩带上新口罩的那一刻，终于呼吸到了新鲜空气，有一种重生的感觉。

"病人的一句关怀，让我觉得所有的付出都值得"

武汉协和医院肿瘤中心 Z6 重症病区共有 64 张床位，从我们去的第二天下午就开始收治病人，全部为重症患者。虽然他们呼吸困难，也不知道什么时候能出院，但很多患者却很乐观，这也让整个病区不是想象中的那样沉重。

我们每天早上要给病人量一次血氧饱和度，对于一些血压高的患者，每天早上还要测血压。18181 病房有一个奶奶，虽然我记不起来她的名字了，但她给我的印象特别深刻。每次不管什么时间，只要我进了她的房间，她都会跟我说"小姑娘，辛苦了"，就是这样简单的一句"辛苦了"，让我感到特别温暖。

有一天早晨 5 点多，我去给这个奶奶测血压，当时因为我的护目镜里全是水，加上病房里没有开灯，怕影响其他病人休息，光线很暗，我必须凑得很近才能看清血压仪上的数值。就在我弯着腰低下头看数值的时候，这位奶奶立马紧张地捂住了自己戴着口罩的嘴巴，对我说："小姑娘赶紧站起来，不要离我这么近啊，感染了怎么办？你要学会保护自己，你还有家人，他们都在等着你呢！"

当时，我真的很感动，在这样的时刻，还有人关心你是多么幸福的事情，我觉得我们付出的一切都是值得的。

随着时间的推移，我们也渐渐适应了这种特殊时期下的护理工作，我们穿脱防护服更快更熟练了，对每个病人的病情特点也更加了解了，每个病人都得到了我们专业细心的护理。3 月初开始，病人陆陆续续出院了。3 月 15 日，我们病区的所有病人全部出院。我们将整个病区规整后移交给武汉协和医院肿瘤中心。

3 月 17 日上午召开网络会议时，得知我们圆满完成了这次支援的任务，第二天就要回合肥了。其实就在这之前，我们已经做好转战下一个战场的准备，根本没有想过马上就可以回家了。因为没有期待，反而没有太兴奋，只为自己能完成任务而感到高兴。

"志愿者最辛苦，谢谢你们的一直陪伴"

明天要回家了。回想起在武汉的每一个日夜，让我感动的不仅仅是医务人员的恪尽职守、无私奉献，患者乐观的心态和大家一起努力的坚持，还有武汉的志愿者。他们从武汉发生疫情开始就离开了自己的家庭。我觉得没有他们，我们也很难圆满完成任务。

因为，每天与我们朝夕相处的除了队友、病人，就是这些志愿者。他们包括酒店里的工作人员、居民志愿者、接送我们的司机师傅，等等。每次我们下班时，不管是凌晨还是晚上的任何时间，只要一个电话，他们就会赶来接送；每次不管我们回去多晚，他们永远在门口等着，总是问我们饿不饿，要不要吃的……

杨琳琳留在酒店房间的感谢信

3月17日下午，我想明天我们就要离开武汉了，也不知道如何感谢一直为我们服务的这些志愿者，而我又不是一个善于表达的人，就留一封感谢信吧。

"今天是在武汉的第35天，回想起刚来的这一幕幕，满满的回忆。在这里让我看见了志愿者们的无私奉献，一切都看在眼里。英雄不问出处，他们值得我去尊敬，很开心有幸入住这里，与大家并肩战斗。""在这里跟大家像家人一样，也许太多的言语描述出来都过于苍白。突然接到撤退的消息有点感伤，对于宜必思真的非常不舍，我是一个念旧的人，住在哪里习惯了就不会去挪动。感谢你们在条件艰苦的时刻给我们准备茶叶蛋、银耳汤、水饺、鸡蛋面……你们真的很好！"

我认为没有谁为你做什么是应该的，我们要学会感恩。

"等明年这个时候,要再回武汉看盛世繁华!"

自武汉回来,已经隔离 5 天了。 现在每天还保持着正常的工作作息。 这几天,我们一直在锻炼身体,早晨起来要做早操、跑步,晚上也要慢跑。 因为我们在武汉的一个多月,长时间穿着防护服,经常缺氧憋闷,所以现在我们要通过适当的有氧运动保持心肺功能稳定,把身体调养好,准备投入到下一阶段的工作中。

离开武汉的前一晚部分队员与志愿者合影留念

35 天,5640 小时,只有亲身经历过才知道人间百态,只有尝遍苦难才明白活着是多么美好。 以前,我对女儿的要求很高,总想着要把她培养成多么优秀的人,现在我的观念改变了,我觉得没有什么比平安、快乐更重要。

等隔离结束,我要做的第一件事就是回去抱抱女儿,自从 2 月 13 日离开合肥,40 天没见到了,从来没有离开过她这么长时间。 然后,我要带着她去孤儿院看望那里的小朋友,武汉的经历让我懂得了什么是感恩,将来我也要把孩子培养

杨琳琳温馨的一家三口

成一个懂得感恩的人。

还有,这几天我和几个队友已经说好了,等到明年这个时候,我们要再回武汉,还住原来的酒店,看一看曾经的战友不戴口罩的样子;我们要赏尽武汉美景,看一看武汉的樱花;我们还要自信地走在武汉的街头,看一看江城崛起的繁华……那是我们曾经战斗过的地方。

(原载于2020年3月26日合肥在线 讲述者:杨琳琳 整理:李磊)

鲁朝晖 & 王晓兵：跨越近三十年春秋，杏林精神在他们手中传递

安徽省第四批支援湖北医疗队的队员王晓兵，是中国科大附一院（安徽省立医院）西区重症监护室主治医师，也是该院第三批支援湖北医疗队中最年轻的医生。回忆起刚到武汉的情景，一幕幕、一天天至今仍历历在目。"说不害怕那是假的，我记得接管病区的那一天还下着雪，下午1点去的医院，第二天凌晨才回到酒店，特别感谢鲁书记对我们的关爱，书记和我爸爸同龄，每次看到他就像看到了家人……"

王晓兵口中的鲁书记正是该院第三批支援湖北医疗队领队、中国科大附一院（安徽省立医院）党委委员、南区党委书记、感染病学专家鲁朝晖教授。他们恰巧是这支医疗队中"最年长"与"最年少"的医师，这次共同战"疫"使他们成了"忘年交"，跨越近三十个春夏秋冬，杏林精神在两代医者手中传递。

是"定心丸"，更是和蔼长辈

作为医疗队领队，鲁朝晖书记曾对所有队员和他们的家属郑重承诺："不管付出什么代价，我都要带你们平安回家。"自从2月13日星夜兼程赶赴武汉以来，鲁朝晖书记一直是所有人的主心骨：在工作中，他亲临一线协调指挥，时刻提醒大家注意自身安全；在生活上，他们尽量满足大家的各类需求，帮助队员们解决各种生理心理困难。在所有队员心中，他是"定心丸"，是医疗专家，是抗疫英雄，更是和蔼可亲的长辈。

王晓兵回忆到，3月12日早上，鲁朝晖书记和队员们一起坐上班车。下车之后，队员们走向病区。鲁书记发现身后的王晓兵，立刻和她聊起来："来到这儿，感觉怎么样？"王晓兵笑了笑："一开始挺紧张的，不过慢慢地也就习惯了，觉得既然已经来到这儿了，那就抛开所有杂念放手干吧！"

"我来帮您挑护目镜!"

来到病区后,大家就要换上"全套装备"。鲁朝晖书记在一筐码放整齐的护目镜里随手挑了一个,就打算去更衣室。这时,王晓兵突然上前:"您等等!"王晓兵拿过鲁书记手中的护目镜,认真地说:"您这个护目镜上头有点脏,到里面影响视线,我帮您挑一个好的。"说罢,她找到一个崭新的护目镜,"您用这个吧,这个看起来不错,松紧带也没问题。您试试看吧,我自己再找一个。"

王晓兵告诉记者,鲁朝晖书记还走进隔离区,亲自带领大家查房。来回穿梭详细了解每一个患者的病情,询问他们的身体状况,和队员们就下一步的治疗方案进行深入细致的讨论。

3月31日采访结束正好赶上午饭时间,在定点酒店大厅的打饭点,记者又见到了结伴而行的鲁朝晖书记和王晓兵,正如王晓兵所说,"正是众多像鲁书记这样的前辈们,如旗手,如灯塔,如航标一般在前方引领,才能让我们这一代的年轻医者不断前行,让我们这个行业的队伍日益壮大!"

(原载于2020年4月1日《合肥晚报》 作者:朱沛炎 唐萌)

徽故事：听！ 援鄂医生回家后的诉说……

3月23日，是郑昌成从武汉返回合肥的第5天。

郑昌成，是中国科学技术大学附属第一医院（安徽省立医院）血液科主任医师。2月13日，作为安徽省第四批、中科大附一院第三批支援湖北医疗队队员之一，郑昌成与130多名医务人员一起，共同奔赴湖北省武汉市，承担武汉协和医院肿瘤中心Z6病区的工作。

年初，因为疫情突发，郑昌成与很多同事一起，主动申请支援武汉。郑昌成说："一方面，作为一名医生，救死扶伤是职责，也希望为医院里的年轻医生和学生们树立一个榜样。另一方面，新冠肺炎是一个全新的未知领域，我是临床内科医生，也愿意做一些学习和探索。"

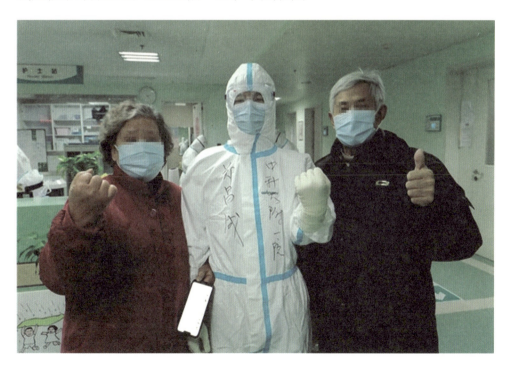

2月15日，郑昌成和同事们正式开始了在武汉的接诊。没想到，2个小时，他们接到了56名重症病人，同一批30多名医生只得一齐上阵。自此，每天早晨8点开始上班，直到下午3～4点，中午几乎不吃不喝，成为了郑昌成的工作常态。

"短期内就能造成上万人感染的病毒，作为医生，我们更加知道它的厉害，刚开始我们确实没有经验，心里当然也有阴影，但是只要一投入到工作当中，就什么都忘了。"郑昌成说，"工作太忙，倒头就能睡着，每天想的都是病人，而不是自己。"

在武汉工作的一个多月，郑昌成有很多感触。他说，这次抗击疫情并不仅仅是医务人员的战争。虽然站在最前线的可能是医务工作者，但是大家的出行、生活用品，包括生活垃圾，都有志愿者支持和服务。"说起来都是生活当中特别平常的小事，没有什么惊天动地的，但在武汉，志愿者和热心群众成为了我们坚强的后盾，他们为我们提供了很多帮助。"郑昌成说。

所幸，在全国人民的共同努力之下，整个湖北的疫情得到了有效控制。郑昌成说，这次武汉之行，让大家对病毒有了很多新的认识，安徽医疗队制订了有针对性的诊疗方案，事实证明效果显著。"经过周密的诊疗流程，我们的治疗任务比原定计划提早完成了2～3天。"郑昌成说。

3月18日，郑昌成随安徽省第四批援鄂医疗队一起返回合肥，开始了为期14天的集中隔离。

得知医疗队安全返回合肥的消息，郑昌成的妻子和儿子也很开心。"知道我回到了合肥，他们也终于放下了心。临行之前，我没敢告诉父母，等隔离结束，想好好陪陪家人。"郑昌成说。

不过，休整不等于休息。虽然国内疫情得到了有效控制，但国外疫情开始进入高峰期，郑昌成与同事们一起，提交了请战书，希望参与国际医疗救援任务。

另外，郑昌成依旧关注着武汉的病人。他说，目前整个医疗队仍然对武汉的患者进行随访跟踪，随时答疑解惑，并且关注着他们的病情恢复情况。同时，大家也正在进行临床经验的总结工作，希望能够为国内国外的同行提供一些参考。

（原载于2020年3月24日《人民日报》客户端　作者：徐靖）

140位逆行英雄凯旋后再请战：
"我们愿为世界贡献力量"

"尽管正在休整隔离，但只要疫情未结束、国家需要，我们愿意为世界新冠肺炎疫情防控贡献自己的一份力量。"2020年3月19日，在中国科大附一院（安徽省立医院）第三批支援湖北医疗队圆满完成武汉抗疫任务，胜利归来的第二天上午，医疗队140位逆行英雄在请战书上郑重按下红手印，再次请战，表示要用中国科大托珠单抗免疫治疗方案和在武汉的救治经验继续帮助更多患者，为世界疫情防控贡献"安徽力量"。

"我再请战"

19日上午10时许,在巢湖中庙碧桂园凤凰酒店广场,中国科大附一院(安徽省立医院)第三批支援湖北医疗队队员在安徽省支援湖北抗疫前方指挥部副指挥长、院党委书记刘同柱的带领下,再次集体请战。尽管已从武汉抗疫前线撤回,但队员们依然斗志昂扬。"我是党员,我先上!"140位队员中,72名党员率先按下了红手印。

刘同柱表示,在国家卫生健康委统筹部署、中国红十字会协助下,中国科大托珠单抗免疫治疗方案在武汉市全面推广,截至3月17日,包括火神山医院、雷神山医院、武汉协和医院在内的当地14所定点收治医院对469名患者采用该方案进行治疗,取得了满意的效果,有效提升了武汉地区重症患者救治的成功率,希望该方案能推广到更多国家地区,造福新冠肺炎患者。"武汉疫情防控形势已明显向好,但全球疫情防控形势依旧严峻,作为医务工作者我们必须做点什么。"医院第三批支援湖北医疗队副领队、南区副院长王锦权表示,"抗击疫情以来,各级领导和社会各界给予了我们很多荣誉,这对我们来说既是鼓励也是鞭策，我们希望用在武汉的救治经验为世界疫情防控贡献自己的力量。"

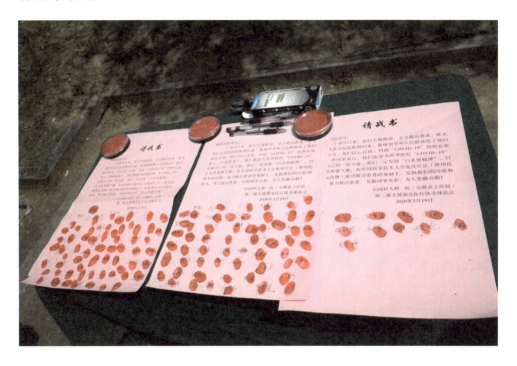

"老将"争先

59岁的中国科大附一院（安徽省立医院）党委委员、南区分党委书记鲁朝晖是医疗队中年龄最大的队员。作为医疗队领队，鲁朝晖从2月13日接到组建医疗队驰援武汉的通知后就一直忙碌着。抵达武汉之后，医疗队整建制接管了武汉协和医院肿瘤中心Z6病区。"既然我把他们带出来，我就得为他们的安全考虑，平安地送他们回家。"工作上，鲁朝晖与副领队王锦权指导制订了病区新冠肺炎分层诊断与治疗流程，并对危重型患者及时组织疑难病例讨论，科学救治。用不到两周的时间，他们在《中华重症医学电子杂志》上发表了《医疗队整建制接管病区面临的挑战与对策》，分享管理经验。生活上，他们时刻关心爱护队员，极力解决队员们各方面的问题和困难。

回忆起在武汉的一个多月，鲁朝晖表示感动的地方太多，最难忘的就是团队中的年轻孩子。"之前我还担心他们远离家乡，面对严峻的疫情形势会有一些不良情绪，但后来他们的坚韧打消了我的顾虑，甚至有时他们还会关心我、替我考虑。"

鲁朝晖介绍说，在武汉期间，尽管面临着工作强度大、医用物资短缺等诸多问题，但队员们都极力克服，在微信群里大家互相打气、加油。"一个多月来，困难很大，但却收获满满，病区59名患者经过科学救治和精心护理，达到出院标准顺利出院，救治成功率局居于各医疗队前列，得到了受援医院和同行的高度评价。"

不负韶华

作战地点不分地域，作战队员不分性别。团队中年龄最小的医生和护士均是女孩子，尽管外表柔弱清秀，但她们的内心却无比强大。

30岁的王晓兵是中国科大附一院（安徽省立医院）西区重症监护室主治医师，也是医疗队中最年轻的医生。回忆起刚到武汉的情景，那一幕幕至今清晰地浮现在脑海中。"战斗"第一天病区就收治了60多位患者，"说不害怕那是假的，尽管在ICU也见惯生死，但穿着密不透风的防护服，隔着面罩，医患双方彼此看不清面容，让人感到莫名的压力和恐惧。"不过，在战友的鼓励下，看着患者期望的眼神，王晓兵很快进入状态。

"我是背着父母偷偷报名的。"团队中年龄最小的队员、23岁的卢孝妍笑着道出了她的"秘密"。"去武汉是为国家解难，如今疫情在世界蔓延，我更要挺身而出。"卢孝妍表示，在武汉的救治经历让自己成熟，只要国家需要，她将义无反顾！

"在武汉抗疫一线，各级领导和社会各界为我们提供了大量的精神上和物质上的支持，为我们顺利完成任务提供了坚强后盾。我们将按照组织安排，在隔离休养2周后，以更大的激情回到工作岗位，并随时准备披甲再出征！"刘同柱说。

（原载于2020年3月21日中国科技网　作者：吴长锋）

安徽两名病理专家在武汉"红区"的42个日夜

4月23日,中国科大附一院(安徽省立医院)病理诊断中心副主任医师吴海波和主管技师李恒结束14天的隔离休整返回医院,受到医院领导和同事们的热烈欢迎。

4月23日,中国科大附一院(安徽省立医院)病理诊断中心副主任医师吴海波和主管技师李恒结束14天的隔离休整返回医院

在武汉的42天里,吴海波和李恒在中国科学院院士、中国科大临床医学院院长卞修武的带领下,与多家医院的同行专家一起,奋战在武汉火神山医院临时组建的病理科"红区"以及中部战区总医院,参与完成了目前已知的全球数量最多的新冠肺炎尸检病理工作,为总结新冠肺炎病理特征和诊断共识做出了积极贡献。

2月28日，吴海波和李恒两人抵达武汉。吴海波擅长病理诊断和科学研究，2019年被中国医师协会病理科医师分会评为"杰出青年病理医师"。李恒病理技术娴熟，曾担任中国科大附一院医院南区病理科免疫组化室组长。

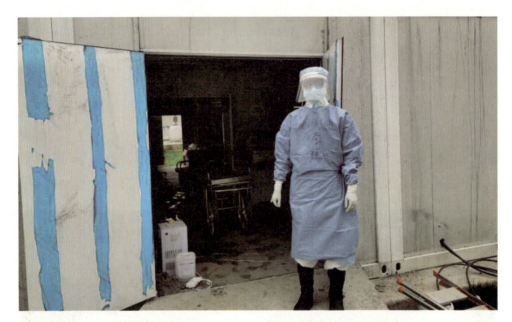

李恒在武汉的工作照，他身后是火神山医院临时病理科

目前，对新冠病毒感染致病、致死的病理学机制还不十分明确，临床诊断也缺乏形态学依据，这些都需要通过解剖和尸检病理才能一一知晓。吴海波说，尸体解剖是疑难和新发疾病诊断与研究的最基本、最重要方法，也是"最后诊断"方法。

2月29日，经过一系列准备工作后，两人与陆军军医大学团队5名病理专家一同抵达火神山医院。

此时的火神山医院病理科只是一个临时搭建的工棚，没有任何仪器设备，由多家医院病理人临时组成的团队"白手起家"，迅速在"红区"筹建病理科。

由于病理科就设在隔离病房旁，属于污染区，所有的仪器设备厂家都无法提供搬运和安装服务，只能靠队员自己干。李恒说："我们既是医生、技术人员，又是勤杂工、保洁员。"

仪器设备很重，大家都穿着密不透风的防护服，搬运和安装难度很大。队员们克服种种困难，经过一天半的整理、搬运、测试、打扫，终于按照国家规定完成火神山医院病理科的筹建。

为开展后续实验需要,器官组织在用福尔马林固定后,会运到中部战区总医院病理科进行脱水、包埋、切片等病理处理流程。制成的切片会进行HE染色和免疫组化染色观察,包埋在蜡块内的组织可以提取RNA做PCR检测病毒核酸。"我们的工作重点就是弄清新冠患者肺部及其他脏器的病理改变,研究其发病机制,为临床下一步治疗提供重要参考。"吴海波说。

根据安排,吴海波主要负责新冠肺炎去世患者遗体的搬运、病理取材、病理诊断和相关数据分析,李恒负责新冠肺炎去世患者的病理取材、标本的前处理以及各种病理技术工作。

吴海波介绍,传染病遗体解剖工作具有"脏、累、险、严、慎、隐"等特点。"我们进入火神山病理科工作必须穿着三级防护装备进入,严格防控病毒的污染和传播。"

42天时间里,两人辗转工作在火神山医院、中部战区总医院以及武汉的各大医院。特别是在火神山医院,穿上多层防护装备,每天工作4至6小时,难度也是两人之前难以想象的。

吴海波和李恒接受院党委书记刘同柱送上的鲜花

和隔离病房救治新冠患者的医护人员一样,吴海波和李恒也需要面对穿脱防护服、适应防护服的种种生理挑战。

"护目镜会经常有雾气,看不清东西,取材要用刀切组织。"李恒说,会担心切到手感染病毒,只能等雾气散掉一点,或者凑近了再取材。

由于遗体捐献的特殊性,病理科队员们经常凌晨两三点接到通知去各定点医院接收捐献的患者遗体。团队成员基本都是24小时随时待命。

李恒说,夜间加班处理标本是常态,经他手处理的标本相当于一家县级三甲医院一年4至5个人的工作量。42天里,两人共参与完成万余份病理切片和相关病理分析工作。

进入ICU隔离病房搬运患者遗体,39岁的吴海波经历了人生中前所未有的心灵震撼。他说:"虽然气氛凝重,心情也很沉重,但更多的是被捐献者和家属的大爱深深感动,也真切感受到隔离病房前线医务人员的不容易。"搬运遗体前,病理科医生都会和管床医护人员一起向患者遗体鞠躬默哀。

吴海波在武汉期间工作照

据了解,在武汉期间,卞修武院士带领团队共完成系统尸检27例、微创尸检(穿刺)13例,完成了全球数量最多的新冠肺炎尸检病理工作,建立起了目前已知的全球病理数据最齐全的新冠肺炎病理样本库。

通过总结前期尸检结果，卞修武院士牵头开展的新冠肺炎病理改变相关研究内容被纳入国家卫生健康委《新型冠状病毒感染的肺炎诊疗方案（试行第七版）》，为新冠肺炎临床救治和防控工作提供了重要依据。

从武汉回来隔离的 14 天里，吴海波和李恒并没有太多时间休整，而是继续整理尸检病理相关数据，继续参与团队的相关研究。

（原载于 2020 年 4 月 24 日中国新闻网　作者：方萍　张强）

了不起的爸爸

10岁的韩铭哲是安徽合肥一名四年级的小学生。

在这场新型冠状病毒感染的肺炎疫情来临前,他眼中的爸爸韩华是一个"戴着眼镜、头发冲天、高高瘦瘦"的普通医生。

现在,奋战在中国科大附一院(安徽省立医院)发热门诊的韩华,是韩铭哲心中"了不起的爸爸"。

直到韩铭哲在手机里看到穿着防护服的爸爸,才知道,这一次爸爸不再是穿着白大褂就能工作。

妈妈告诉他,穿着防护服不方便,爸爸每天不敢喝水、也不能按时吃上饭。以前从来没有担心过爸爸工作的小朋友,有了"心疼"的感觉。

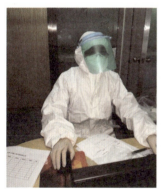

韩铭哲有一个新年愿望:希望能快点研究出针对这种病毒的药,把病毒消灭。还有很多像他一样的孩子,在等着爸爸妈妈平安回家。

(原载于2020年1月27日新华社客户端　作者:周畅　张端　张紫赟)

直击新冠肺炎隔离病房 ICU：
"这不是演习，这是真枪实弹的'战场'！"

作为省级定点收治医院的中国科大附一院（安徽省立医院）感染病院是安徽省四家新冠肺炎重症患者救治基地医院之一，最高峰时，收治的确诊患者达到 85 人，从各地转来的重症患者近 30 人。为了全力救治重症患者，医院调集精锐力量组成多学科诊疗团队加入到这个没有硝烟的战场，而这里的医护人员就是在最前线战斗。2 月 20 日，新安晚报、安徽网、大皖客户端记者跟随中国科大附一院（安徽省立医院）感染病院新冠肺炎救治重症组组长、主任医师杨田军进入隔离病房 ICU，记录了他在这里连续奋战了很多天的地方。

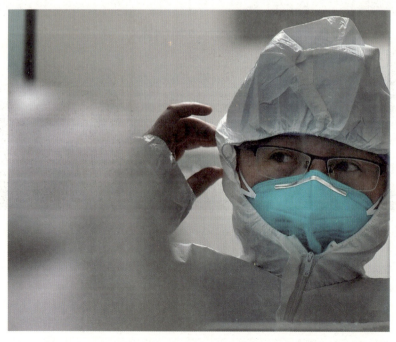

早上 8 点多，杨田军主任开始穿防护服准备进隔离病房查房

采咽拭子，他让记者离远点

"这不是演习，这是真枪实弹的'战场'！从总院过来增援到今天为止，整整14天了，一直没有回家。"每天早上7点半，杨田军和同事们会准时出现在医院的3号楼医护人员办公室，和值班医生护士开完早会后，8点10分会准时穿上防护装备，进入隔离病房查房，"每天上午我是必须要进隔离病房，一般是8点多一点进，11点半出来，如果病人病情有变化的话，那就要随时进。"采访中杨田军坦言，和他一起并肩作战的一线医生还有很多，"他们都很年轻，也更辛苦，每天早、中、晚三次都要进隔离病房。"

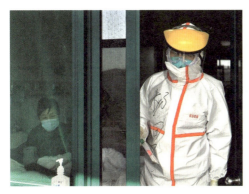 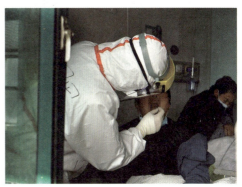

杨田军进入病房准备采集咽拭子，转身让记者离远点

采集咽拭子非常危险，病人会直接对着医生呼气

"你不要进来，我要给病人采咽拭子，这是最危险的。"上午9点半，杨田军做好准备后，拿着工具走进病房，要给ICU隔离病房一位老人采咽拭子，看着记者紧跟着要进入病房，杨主任转身让记者离远一些，站在走廊里。"我们一般经过治疗一段时间后，开始采集咽拭子进行检测，坚持几次，如果都转阴，就可以转出去了。"

92岁患者是他最大牵挂

上午10点左右，一圈查房结束后，杨田军主任再次进入到一间重症监护病房里，和病床上的患者打招呼沟通。这里住着一位特殊的病人，今年92岁高龄，他是目前为止安徽年龄最大的新冠肺炎患者。新安晚报、安徽网、大皖客户端记者在隔离病房看到，老人躺在病床上，身上连接了很多治疗和监测的仪器。

奋战在抗疫一线的日子

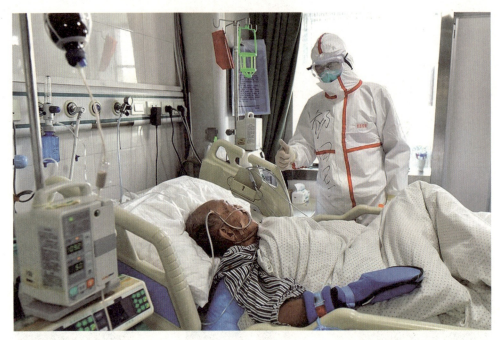

杨田军对着92岁的危重症患者竖起大拇指,鼓励老人要有信心

"老爷子,想不想回家,我们一起加油!"由于穿戴了防护装置,为了让老人能听清楚自己说话,杨田军提高了嗓门,期间还一度凑到老人耳旁说话。看到杨田军在和自己说话,老人动了动带着束带的手示意,杨田军竖起大拇指给老人点了个赞。

"老人本身有高血压、脑梗死等基础疾病,入院以来经过治疗病人情况有所好转。"杨田军说,刚来的时候,老人明显表现出惊恐不配合治疗,手乱动想拔掉身上的管子,"这可以理解,老人90多岁了,每天醒来看到医生、护士穿的跟怪兽一样,肯定很害怕,经过我们的沟通,心理疏导,明显好了很多,可以配合医生治疗。"

据介绍,老人儿子也是一名重症新冠肺炎患者,经过医院医务人员的共同努力,目前已经治愈将于明日出院。1月31日,老人作为新冠肺炎疑似病例收治于肥东县当地医院,2月6日经新冠病毒核酸检测阳性转入医院ICU监护治疗。

期待最后一位患者早日出院

"这里全部是全省各地送来的重症患者,最多时有28人,所有病房和

ICU床位都住满了,其中还有几位是80多岁、90多岁有很多基础病的危重患者,压力可想而知。"作为医院新冠肺炎救治重症组组长,这段时间对于杨田军来说,每天都满负荷工作,上午要进入隔离病房查房,了解每一位病人的病情,给出治疗意见,每天下午3点召开医院多学科参加的新冠肺炎治疗讨论会,晚上8点参加省里举行的视频会议,经常要忙到凌晨一两点钟才能回到宾馆睡觉。

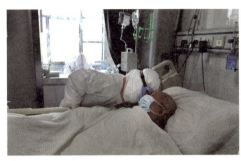 

隔着防护装备,护士凑近在和一位80多岁的重症患者沟通　　三位护士合力在给不能自理的重症患者更换衣物

"经过一个阶段的治疗,现在我们病区有15人都出院了,只剩下12人,并且现在患者的病情都很稳定,也没有新增病例,希望按照这样的节奏持续,疫情早日结束。"杨田军说,"我们都期待最后一位患者早日出院,结束战斗!"

(原载于2020年2月21日安徽网　作者:王从启)

"我们每天都在为患者打气、加油"

2020年1月29日9时许，许久没有露脸的太阳出来了。与此同时，安徽省首例痊愈的新型冠状病毒感染的肺炎确诊患者黄先生，走出中国科大附一医院（安徽省立医院）感染病院的隔离病房。

1月29日，安徽省首批、合肥首例新冠肺炎治愈患者从感染病院出院。安徽省委常委、常务副省长邓向阳向患者表示祝贺，并代表省委省政府向奋战在防疫一线的医务人员表示亲切慰问

30岁的黄先生常年在武汉工作，1月17日出现发热、咽痛等症状，自己吃了多种感冒药后，没有好转。1月21日他从武汉回到合肥，22日就诊于省立医院发热门诊，经检查疑似患有新型冠状病毒肺炎，于是转入省立医院感染病院治疗。

"我们医护人员没有听到黄先生抱怨。每次去查房、问诊，他的回答都很积极,状况也一天比一天好!"负责治疗黄先生的中国科大附一医院感染病科的主任医师徐静告诉记者,良好的心态对治疗有着积极作用。

"在我们医院,医护人员每天都在为患者打气、加油,并且力所能及地为患者提供帮助,比如黄先生说他想吃家里做的饭,我们就和他的家人联系,把他家里做的饭菜送到病房。"徐静告诉记者。

经治疗,黄先生体温恢复正常3天以上、呼吸道症状明显好转,连续2次呼吸道病原核酸检测为阴性。经省专家组评估,符合国家卫健委新型冠状病毒感染的肺炎诊疗方案(第四版)解除隔离及出院标准。

有26年党龄的徐静,说起治疗患者、专业知识滔滔不绝,对身处疫情防控一线的危险只字不提,只说"这是我的天职"。

"自防治工作开展以来,医院派出专家现场指导,选派呼吸、院感等精兵强将驻感染病院参与救治和管理。安徽省感染病检验诊断中心和中国科学技术大学P3实验室积极进行技术和试剂储备,开展病原学检测。"中国科大附一医院感染病院院长张良明介绍,为积极救治患者,医院不讲条件,不计代价。

2月2日,黄先生出院有4天了。"每天电话随访至少2次,就目前的观察来看,黄先生从体温到身体机能一切正常,我们持续密切关注。"徐静说。

(原载于2020年2月3日《安徽日报》 作者:朱琳琳)

"我能听到面屏后汗水滴落的声音"
——华中科大皖籍教授在肥痊愈出院 感谢家乡医护人员

2月22日上午,阳光明媚,7名新冠肺炎患者从中国科大附一院(安徽省立医院)感染病院治愈出院,他们中有1人为危重型、4人为重型新冠肺炎患者。出院患者接过医务人员送上的鲜花,向多日来精心救治护理他们的医务人员表达谢意。该院党委书记刘同柱向出院患者表示祝贺,并叮嘱回家好好休息,做好居家隔离。"医务人员太伟大了!""生病了就要听医生的话,我相信家乡的医生。"从武汉回安徽一个多月的华中科技大学的张老师从隔离病房走出,作为一名治愈的新冠肺炎患者,也是一位安徽老乡,临行前,他对医务人员一再表达感谢。他还分享了自己治疗期间的体会。

1月21日，张老师带着家人开车回老家安庆桐城过年，回到桐城没几天，就开始出现发热、干咳症状，"我感觉自己情况不太好，又来自武汉，所以第一时间就赶到当地定点收治医院。"张老师在当地医院被确诊为新冠肺炎，需要接受隔离治疗。此时，岳母也不幸感染住院，家人均需要进行医学观察。确诊后，张老师病情逐渐加重，呼吸困难尤为明显，2月4日被转往中国科大附一院感染病院进一步治疗。

刚入院，张老师就被诊断为新冠肺炎（重症），呼吸衰竭，肝功能损害。"我能明显感受到呼吸很费力，直接就从安庆转到了这里的ICU。"张老师说他的情绪一度很低落。"医生每次来查房都会告诉我，'今天又有几人出院了，你很快也能出院的'，让我加油。"这些好消息对缓解他的思想压力起了很大帮助。"每次吃饭，护士都在旁边叮嘱我，一定要多吃一些，提高免疫力。就像家人一样，我很感动。"

遵照"一人一方案"的原则，针对患者的病情，医院治疗组综合运用抗病毒、保肝、抑制炎症、免疫调节、中医和营养支持等治疗手段，"在徐晓玲教授带领下，我们在征得患者同意的前提下，对他采用了阻断新冠肺炎患者炎症风暴的新治疗方案，对治疗效果产生了积极影响"，中国科大附一院（安徽省立医院）感染病院ICU主任杨云介绍，经过积极的对症治疗，张老师呼吸

费力的症状逐步缓解,氧饱和度也在不断提升,身体逐步康复,从刚开始没法下地,到慢慢地能下地活动。张老师说,通过这次患病,他最深刻的感受就是要相信科学,"生病了就要听医生的,我相信家乡的医生。"

住院期间,因为厚重的防护服,张老师始终没看清医护人员的面貌,只能凭防护服上的名字来辨认是谁,但张老师说,他从心底里觉得医务人员很了不起,"护士的护目镜都起了雾水,能感受到护士老师就是在凭手感和经验找血管。他们离我很近,我都能听到面屏后汗水滴落的声音。"张老师说,"医护人员近距离地直面病毒,高强度的工作,对患者不离不弃,非常伟大!"他回去就要写感谢信。

张老师是华中科技大学的博士生导师,身体恢复后将回桐城,继续接受14天的隔离观察,"还有课题要完成,出院了可以通过网络指导学生做课题了。"张老师的岳母也已出院,家里其他人也都解除了医学观察,"今天特别高兴!"

据介绍,作为省级新冠肺炎患者定点收治医院和省级新冠肺重症集中救治基地医院,截至22日,中国科大附一院感染病院共收治确诊新冠肺炎患者85人,已连续13天有治愈患者出院,累计58例(其中危重症20例),占总确诊住院人数的68.2%。

(原载于2020年2月22日《安徽商报》 作者:方萍 朱伟华 姚自勤 张劲松 汪漪)

篇二
家国情怀

我还是我

严光

有这样的一群人,在灾难来临的时刻,与平常一样,他们不会退却,勇敢逆行,他们与患者站在一起,与疾患做抗争,那是他们一代一代的传承,那是他们一辈子的职业坚守。

我还是我
我还是我
守护在病人身旁,打针、送药的我
时光流转,病人不同
但我始终如一,从不说否
因为那里有感激的笑容

我还是我
脱下汗浸的手术衣,又走向门诊的我
也许有些疲惫
但我步履匆匆、不敢耽搁
因为那里有期盼的眼眸

我还是我
值班、查房,夜间在病房坚守的我
哪怕是轻松的假日
我也要放下闲暇和喜好
因为那里有病人在等我

我还是我
在灾害、疫情面前都会挺身而出的我
还没有想到面临的危险，就已经整装
还没有挥手告别，就在前行的路途
只是因为逆行
所以才如剪影一般突显出我的轮廓
其实那就是平日里的我

我还是我
与你们一样
我也有年迈的父母，我也食凡尘烟火
没有想象的那么坚强
心中也有恐慌，
也会泪眼迷蒙
但脸上依然微笑
脚步依然执着，
因为职责所在，生命相守

我还是我
一袭白衣，不是天使的我
无论是在医院，还是明天在抗击疫情的前沿
承载希冀
所以尽心做好
誓言和赞美不是我前行的推手
因为我热爱我的祖国，依恋我的故土，忠于我的职守
待到山花烂漫
我们平安归来，一起斟满美酒
我还是我

（作者系中国科大附一院（安徽省立医院）党委副书记、副院长）

不管付出什么代价，
我都要带你们平安回家

鲁朝晖

来的时候
天空还飘着雪花
今天，走出病房
我看见
蓝蓝的天空下
树上开出了一朵
白色的小花
隔着长长的走廊
我看见
刚穿好防护服的你们
在对我挥手微笑
那一天
我看见
姑娘把头发剪了
我没流泪
我看见
母亲与婴儿告别
我没流泪
我看见
与年迈的双亲挥手
我也没流泪

今天

你对我微笑

我突然泪流满面

不管付出什么代价

我都要

带你们平安回家

（作者系中国科大附一院（安徽省立医院）第三批支援湖北医疗队领队，院党委委员、南区分党委书记）

驰援武汉，总有感动在心间

王锦权

新冠病毒肆虐美丽江城，顿时新冠病毒肺炎患者激增，远远超过武汉现有医疗机构和医务人员所能承载的能力。应党中央号召，全国各地医疗机构抽派人员驰援武汉。我们于2月12日晚9时许接到驰援武汉的命令，医院领导在前期已有充分准备的情况下，2小时内组队完成。我有幸随院党委委员、南区书记鲁朝晖等共137位战友一起于2月13日奔赴武汉支援。

新冠病毒横行的日子里，我经历了非常多的感动，尽管年近花甲，也时常被感动得热泪盈眶，甚至老泪纵横。那是被我们的医务人员不畏生死、不计报酬，勇敢奔赴危险的第一线所感动；被医务人员的家属能顾国家之安危，牺牲自己的小家，全力支持家人、爱人去一个不知何时能回家，也不知道还能否平安回家的危险地区而感动；被出发前，我们医院领导在自身防护物资也很缺乏的情况下，为去武汉的医疗队员倾其所有，给予无微不至的关心与支持所感动；被为我们准备行装的同事们，总是设法想在我们的行囊中多塞一些物品（包括食品），考虑得比我自己还要周全得多而感动；还被政府的办事高效率而感动，我们从晚间接到任务，夜间组织医疗队，下午3点奔赴机场，5点登机。137人，不，是274人的安徽省第四批支援湖北医疗队在20个小时内集结完毕，携带支援物资，其中还有很多重型装备，在飞机上整装待发，难道我们不应该为这种效率所感动吗？

此次，作为医疗队员的一分子，在整个火速支援的过程中，令我感动的还有以

前很少见到的人和事。一上飞机，首先映入我们眼帘的是东方航空的机组成员们为我们每人送上的"福袋"，机长和乘务员给予我们如同救国救民战士般的礼遇，对我们不畏生死的逆行者精神高度赞许。到达武汉东流机场时，机场的工作人员反复跟我们说的话是"感谢你们"，其实我们什么也没做啊，仅仅是"我们来了"！武汉政府在非常繁忙的情况下，市委常委、组织部长前来机场迎接我们，我们携带的所有设备和生活用品，是城管队员们帮忙送到酒店门口。东西多，人少，他们却没有一声怨言，全力搬运。我默默在想：他们又是为了谁？这可是深夜11点至凌晨2点的时段呀。当然，我可爱的队友们也在寒冷的深夜里把我们的大型设备从酒店门口搬运到酒店餐厅（临时库房），这是我们的武器。

当时的搬运场面人多，又是两支医疗队在一起，分不清都是"哪一队的"。次日早晨，我才看清有6位给我们提供生活服务的志愿者，他们无共同单位，没有报酬，只有一个召集人。我们行程匆忙，很多小的生活用品来不及准备，只要我们说一声，他们就想方设法买来送给我们，在武汉购买东西可不是一件轻松事情，现在还是"封城期"，商城不营业，超市的营业时间也很短。我们的一日三餐，在武汉物资并不充足的情况下得到优先保障。看到我们队员下班回来晚了，要吃冷饭、冷菜，他们就弄来微波炉和电饭锅为我们热饭、热菜，还为我们煮茶叶蛋；气温骤降，他们又设法给我们送来棉被……怕我们冻着、饿着。我们出门，他们笑脸相送；我们进门，他们笑脸相迎，并给我们喷洒消毒液。每当我们麻烦他们时习惯性地说一声"谢谢"，他们很快回一句"武汉人民感谢你们"！这就是武汉人，不能说无畏生死，但他们和我们一起不顾生死，团结一心，共同抗疫。正是因为有这种精神的存在，才是疯狂的新冠病毒未能击垮武汉人民的根本所在。作为支援武汉的一名医疗队员，我由衷地说一声：谢谢你们！

 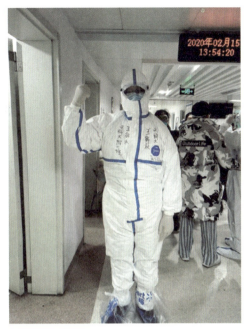

看到这一幕幕、一件件感人事迹，我坚信：有我们党的坚强领导，有武汉人民的自强不息，有全国人民的大力支援，通过我们的共同努力，一定能战胜病魔，打赢这场人民战争，恢复我们美好的生活。

（作者系中国科大附一院（安徽省立医院）第三批支援湖北医疗队副领队）

"面对未知的疾病，
护士不仅给予患者精心的护理，
更给予他们战胜疾病的信心与力量"

樊华

作为第一批支援湖北医疗队队员，同时也担任安徽省重症护理队副队长，我很荣幸和自豪能成为安徽医疗队和重症护理队的一员。在此次支援湖北的医疗任务中，我们重症护理队获得了国家级与省级表彰，也发生了很多感人的故事，这些都体现了我们安徽护士尤其是重症护士强大的执行力，全面的综合素质和过硬的技术水平。

还记得李克强总理于1月27日来到了当时收治患者最多、危重患者最多的武汉市金银潭医院。当他询问医院目前有哪些困难的时候，时任金银潭医院的张定宇院长就说了两个困难：一是物资紧缺，二是缺护士，尤其是重症护士紧缺。在这样的形势下，我们和全国各地其他医疗队的护士紧急驰援武汉市金银潭医院。在金银潭进行短暂培训后，当地院领导要了解各护理队情况，问到我们安徽护理队的时候，他们问你们多少人有重症护理经验，几乎所有的人都举起了手，又问，你们有多少人具有护理管理经验或者是护士长，又有10多个人举手。我们安徽护士的两次举手给当时在座的全国其他医疗队很大的震撼，他们都自发地为我们鼓起了掌。后来听说，别人都讲我们安徽人最实在，派出去的都是最精锐的力量，平均工作年限10年左右，冲在前面的都是以身作则的护士长，这是省委、省政府和省卫健委的高度重视以及全省各大医院坚决贯彻执行的最好体现。

当时我们医疗队刚到武汉,正值春节期间,全国还没有复工复产,感染患者多,病情重,防护物资极度匮乏。尤其是金银潭医院,除了上述问题外,还要面临改造新建重症监护病房,以便对患者及时救治。当时无论是硬件还是软件均不能达到我们的日常要求,队员们的落差很大,心理状态出现了短暂波动。我和来自安徽医科大学附属医院的陈红队长一起,一方面和安徽医疗总队及后方沟通,并得到了大力支持,解决防护物资短缺的问题,保障队员的自身安全;另一方面,针对监护室的人力资源调配、病区布局、感控流程等与金银潭医院护理部和相关科室进行协调讨论,尽可能地对现有问题进行整改。通过我们多方努力,形势持续好转,队员们迅速地投入到工作中去。

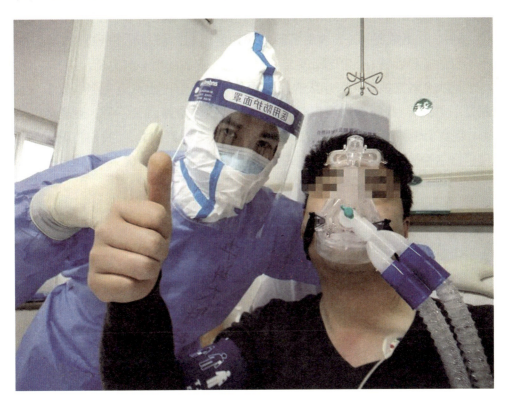

由于疫情初期,患者病情危重,我们想尽了一切可以用到的办法。比如说,机械通气、血液净化治疗、体外膜肺氧合技术等,这些都是具有极高技术含量的治疗手段。而护士就需要全程保障这些治疗能顺利开展下去。我们重症护理队能得到同行们的肯定,尤其是医生的肯定,要归功于安徽省长期以来关于专科护士的培养,这对患者受益是最大的,当然也可能是我们迟迟得不到休整的原因,因为当地医院舍不得放。这不是自我吹捧,后来经过安徽省卫健委的协调，我们得到短暂的休整，等再次回到病区的时候，很多医生都说，就盼着你们安徽护理队早点回来，因为你们一个可以抵两个用！是啊，我们具备了护理重症患者所有的理论知识与专业操作技能，综合与全面发展一直是安徽省培养护士坚定的理念，这在新冠疫情的救治中体现得淋漓尽致。

这次的新冠疫情也改变了以往护士在患者心目中的角色定位。在很多被抢救过来的重症患者的后续访谈中，问到他们，觉得此次新冠救治中哪个群体对他们的帮助最大时，他们都选择了医护，并强调护士是其中对他们帮助最大的。其实这不难理解，在这样的疫情下，只有护士24小时全天候地守护在患者身边，几乎80%的治疗与操作要由护士去完成，100%的生活护理要由护士协助。更重要的是，当患者面对未知的疾病，家人不在身边的时候，护士不仅给予患者精心的护理，更给予他们战胜疾病的信心与力量。

此次全国支援湖北医疗队的医务人员中，护士占比将近70%，安徽省还超过了70%。我们的护理工作平凡而又伟大，琐碎而又不易，艰辛而又劳苦，但我们带给患者的是一丝温情，一份关爱，一缕阳光。我们将继续发扬南丁格尔精神，用我们的仁爱之心守护好人民群众的身体健康和生命安全！

（作者系中国科大附一院（安徽省立医院）首批支援湖北医疗队队员）

所学专业可以有所用，是我们这些人的荣幸

朱守俊

2020年2月4日　武汉　晴　立春

今天，我所在的太康医院ICU，有一位大姐经过我们的治疗和护理好转了，可以从重症病房转到普通病房了。

这是一名重症新型冠状病毒肺炎、重度急性呼吸窘迫综合征、混合型结缔组织病患者，送她走出ICU的时候她很开心地跟我说："住在里面这几天，你们天天守着我，给我治病，看见你们在，我就心安。"

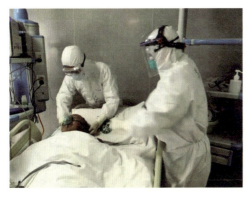 

众人拾柴火焰高，虽然几经焦灼，但我们也迸发出了前所未有能量。从1月29日来到武汉，前后只用了三天，就将太康医院的ICU筹备建设起来了。理清了所有的流程，做完一切准备工作，ICU开始履行使命了。1月31日，我们正式开始收治病人了，看到朋友圈里的广泛转发，我才惊醒，原来我们真的做到了！

昨天晚上，我所在的中国科大附一院（安徽省立医院）护理部储主任又给我打来电话，带来了大家的关心和祝福。我把这边目前的情况做了汇报，她给出了一些工作上的处理意见，也告诉我家里的情况，大家都好。

恩，都好，我没有后顾之忧。我现在唯一要做的就是尽力照顾ICU里的这些重症患者，让他们都像今天这位大姐一样，高高兴兴地从这里走出去。我们所学专业可以有所用，是我们这些人的荣幸。

昨晚忙完了，和一起到武汉的单文明护士长微信聊了几句，他又开始惦记我的那箱热干面了，我本来也不爱吃面，但尴尬的是，明明在一个城市，想见面拿给他却不是一件简单的事。小单说得对，武汉胜利，则全国胜利指日可待。我们期待胜利的那一天，一起约着吃热干面。

突然发现今天立春了，一切都会有转机的。我们一起加油！

（作者系中国科大附一院（安徽省立医院）首批支援湖北医疗队队员）

吾望摘取庐州月　抖落光华到江城

王叶飞

2020年1月30日　武汉市金银潭医院　晴

来到武汉后的第四天,阳光第一次破开云层,冬日的暖阳透过窗台照进重症监护室,各种监护仪器滴答地响着,闪烁着生命顽强跳动的光,我感受着久违的暖意,走近21床,准备记录患者的生命体征……仪器上的各种数据,是患者走向康复的"密码"。

阿姨的床位靠近窗户,她自己也应该感受到了暖意,带着高频导管吸氧,看上去精神好了许多,也不那么喘了,咳嗽次数也不是很频繁,但依然无法下床。

"中国科大附一院在哪里?"

哦,她是看见我隔离衣胸口上的字了,我们病区护理人员一半以上都来自外院,穿着厚厚的防护服,大家就如同一对对的双胞胎,别无二致,没有人能认识对方,全靠衣服上的自我标志。

"在合肥,阿姨。"

"是安徽对吗?　我看见新闻了,支援了我们50个重症护士的地方。"

"是的,我就是那五十分之一,我们都在这家医院各个监护病区里。"

"武汉人民感谢你们!　安徽人挑大梁了!"

"地图上安徽与湖北相临,有困难当然要第一时间过来!"

阿姨喊了我的名字:

"王叶飞!"

我的眼睛有点酸,对,是我。

"你有没有20岁?"

"我30多了!"

"不信,看不出来嘛!"

我笑了。"我穿成这样,您还能看出我的年纪吗?"

"你不懂,年纪大小就看眼睛!"

阿姨真是风趣! 我怕她说话多会喘,让她躺下。

阿姨说:"今天感觉真的不错。"

于是,我站在床尾听她说她的故事:

"你看看窗外,有没有看见树林和一条河?"

我转头看向窗外。

"对面小区楼顶有小红房子的那个!"

"嗯,看见了!"

"那就是我妈妈的家。"

我似乎明白了为什么她总爱看着窗外,不仅仅有对生的渴望,还有对爱的向往……

"元旦过后,已经有些咳嗽,但是自己还是大意了,拍了胸片,以为是上呼吸道感染,常规治疗了一周。 但是咳嗽一直没有好转,反而加重了,爱跳舞的自己,因为病情单位年底汇演也没能参与。 再到医院复诊拍了CT,发现了肺部病灶之后才得以确诊。 但自己还是幸运的,1月10号到金银潭医院住进了隔离病区的最后一张床位,15号加重了才来了咱们重症监护室,在你们的照料下这两天好多了,说到底还是得谢谢你们!"

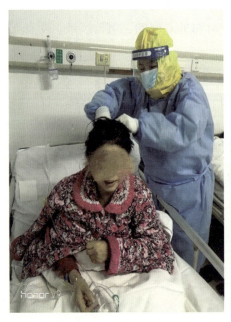

"阿姨,救人是我们医护人员的天职,等到你们全部都好起来,我们就回家了。"说起了家,我鼻头一酸,强忍着眼睛里的泪水,不然防护面罩就该看不清了。

队友用阿姨的手机给我们拍下照片,还很虚弱的周阿姨坚强的伸出手比着赞,凌乱头发下的眼睛里闪动着生命的信念!我想着明天自己的夜班,一定带把梳子给周阿姨好好梳理一下头发。 而这照片也将是我这一生弥足珍贵的经历与回忆……

2020 年 2 月 18 日　武汉　晴

凌晨 1:30 分结束小夜班交接,离开重症监护病房打开手机就看见周阿姨发来的出院喜讯,短信里还邀请我和我的队友樊华疫情结束后去她家里坐坐,但现在是特殊时期,叮嘱我们俩一定要注意安全!看着短信,这么多时日积攒的情绪裹挟着泪水一并流淌了下来,这是对患者出院的喜悦,也是对自己与同事辛苦照料终有回报的满足,更是对医患关系如此和谐的由衷欣慰。

回复完短信,好好洗了个澡,这是我这段特殊时间以来最轻松的一次。我躺在异乡的床上,思绪飞向了我的家乡——合肥:我在诗海里徜徉,想着能不能采撷一束庐州的月光,照耀在这江城的夜幕里,让这潜伏在深处的疫情之源无处可藏。忽忆起王昌龄写的诗句"青山一道同云雨,明月何曾是两乡"。心念庐州,不觉间填上了一句"吾望摘取庐州月,抖落光华到江城"。这一晚我做了一个好梦。

周阿姨是数千名重症患者之一,而我也是众多援鄂抗疫医护中的一员,我们的故事只是这次抗击疫情人民战争的一个小小缩影。病毒并不可怕,害怕病毒才真正可怕。我们从一次次失败中寻找胜利,在绝望中寻求希望!而周阿姨的康复,也恰恰证明了我们在习近平总书记重要指示精神和党中央决策部署下,医患齐心,众人拾柴,终将"燃"尽疫情!

(中国科大附一院(安徽省立医院)首批支援湖北医疗队队员)

救回来一个人就是救回来一个家庭

——一位 ICU 男护士的武汉重症护理日记

曹志敏

今天是 2 月 26 日，经过一个月的艰苦奋斗，我们迎来了一周的原地休整。在武汉金银潭医院上班期间，很少去回忆前一天发生的事情，因为我想保持一份最纯粹的心态，每天以最新的面貌迎接挑战，救治患者。今天终于能休息一下，我开始回忆和总结一下过去一个月自己的所见所闻和所思所想。

我食量大，阿金怕我吃不上饭，把家里所有能带的全给我带上了

1 月 26 日　夜　晴

今天我值夜班，23 点左右，接到领导的电话，让我先撤班，赶紧回家收拾东西，明天一早跟随大部队去支援武汉。

我心里咯噔了一下，虽然早就报过名，但没想到任务来得这么快。电话里听到科室领导略带歉意的声音，我沉默了 30 秒，然后说道："收到。"我不是个爱说话的人，但我知道，在这特殊时期，大家都是随时待命。

挂掉电话，先给爱人阿金打了个电话，让她先帮我收拾一下东西。爱人听到我第二天就要出发，当时声音就哽咽了。回到家，阿金已经帮我收拾了一部分物品。因为是第一批援鄂人员，其实都不知道该带什么物品，只能搜新闻，看看武汉当下最缺什么，就准备什么。除了必需的日用品，我带的最多的是吃的。我食量大，阿金怕我吃不上饭，把家里所有能带的吃的全给我带上了：面包，巧克力，泡面，甚至还有一岁半儿子的零食。这一晚，我跟阿金都没怎么说话，我是在考虑家里还有哪些事情要交待，我知道，她是怕一出声就忍不住会哭。

武汉，挺住！全国各地的医疗大军正赶来给你治病！

1月27日　阴

今天天气还是很冷的，早上我赶到医院集合，看到了熟悉的同事，这批医疗队医院共派了10人，年纪最大的是感染办56岁的谢少清老师。

心稍安。医院为我们开了简短的动员会，让我们在做好自身防护的同时坚决完成任务。很多老师已经开始给我们准备防护物资、生活用品还有药品了。我想帮忙，却插不上手。领导让我们好好休息，有的老师眼眶还是红红的。他们忙着帮我们收拾行李，旅行箱被塞得满满的，他们把能给我们的全给我们带上了。

收拾完终于要出发了，临上车前，阿金匆匆赶来了。她是产科的护士，今天值班，赶来给了我一个拥抱，然后掉头就走了。看到她转身时举着手擦拭眼角，我知道她还是没忍住，哭了。我们什么话也没说，但一个拥抱就足够了。

凌晨，我们终于抵达武汉。一下车，看着这座熟悉又陌生的城市，我有点眼睛发酸。武汉仿佛睡着了一般，店铺全是关闭的，没有灯光，没有行人，没有声音，就像一位重病人，躺在那儿，安安静静的。我在心里默默喊道："武汉，挺住！你再坚持一下！全国各地的医疗大军正赶来给你治病！"从今天开始，我们就是武汉的一员，不把你治好，我们誓不还家！

脱下口罩那一刻，仿佛离水的鱼儿终于回到水中

1月30日　多云

经过紧张细致的岗前培训，今天我要正式上岗了。

第一天坐着去医院的班车，心里有点忐忑，但已经不害怕了。来到武汉之前，说心里不怕那是假的，但来到武汉后，看到了一座原本繁荣的城市因为疫情变得如此安静落寞时，我心底里不服输的那股劲儿被激发出来。任你病毒再猖狂，我华夏儿女也决不退缩，武汉有我们的兄弟姐妹，他们病了，我们必用所学救治他们！

第一天的班，确实是很辛苦的。且不说工作量大，单是那完全不透气的防护服和那厚厚的口罩，我行走几步就开始气喘吁吁。一个班下来，身上的衣服全湿透了，面部有了深深的压痕。脱下口罩那一刻，仿佛离水的鱼儿终于回到水中，赶紧畅快地做了几个深呼吸。我不是感染病房的护士，说实话，这种级别

的防护我是第一次体验,个中滋味,一言难尽。

救回来一个人就是救回来一个家庭

2月5日　多云

正式上班已经一周了,这一周里最大的感触有三点:

第一,心理压力。我们是武汉金银潭医院重症监护室的护士,这里收治的大都是病情危重的患者,很多需要有创呼吸机辅助呼吸,即使有清醒的患者,也需要戴着高流量吸氧或者无创呼吸机。当看着自己前一天还在护理的病人第二天上岗的时候病床就空了,满满的失落和心痛的感觉。

第二,生理方面。每个班上六到七个小时,加上交接班就是八个小时,最痛苦的莫过于憋尿了,有时候真的是憋得不敢说话,怕一说话就漏了出来。原本我没好意思用纸尿裤,在憋了五天以后,我终于妥协开始使用。

第三,决心。看着那些躺在床上或清醒或昏迷的患者,心里总会疼。如果不是这场疫情,他们现在可能在公园散步,可能在家里逗孙子,可能在走亲戚。但疫情打乱了他们原本平静幸福的生活。我个人的能力有限,但我必尽我所能,尽量从死神手上抢回他们,能救回来一个算一个吧,毕竟救回来一个人就是救回来一个家庭啊!

我对着整理好的老人遗体鞠了一躬,当是替她的家人送她最后一程

2月15日　阴

今天有点压抑,有点难受,因为护理了多日的一位奶奶在我的班上去世了。

我们按压了半个小时,心电图还是那么直直的一条线。汗水早已湿透了内层衣物,防护面罩也早已看不清晰。当医生宣布患者临床死亡时,我竟呆呆地忘记了接下来该干什么了。这是我护理的病人中第一个去世的。我心里有不甘,无数的不甘,为什么没能救她回来?我多希望那条平平的心电图直线突然有了波动。

做完遗体护理以后,我给这位奶奶整理遗物,发现她身上还有八千多元的现金。我用对讲机跟外面的老师联系,请他们尽快跟家属沟通,让家属来领取遗物。过了一会儿,对讲机里传来外围老师略带沙哑的声音:"她的家属来不了了,她们全家都被隔离了。"听到这句话,我的眼泪就下来了。这是我来武汉第一次哭。老人去世了,没有家人送她最后一程,甚至连遗物都没有人可以来领。

我一个外人尚且如此难受,更何况她的家人。我对着整理好的老人的遗体鞠了一躬,当是代替她的家人送她最后一程吧。唉,这该死的疫情!

得知彭医生去世的消息,我在酒店里对着金银潭医院的方向深深鞠了三个躬

2月20日晚　阴

今天,我因为感冒和拉肚子,调了两天休,待在酒店里。晚上,从同事口中得知,在我们病区住院的彭银华医生去世了。听到这个消息的时候,我第二次落泪了。

彭银华是一个英雄,因为救治患者感染了新冠肺炎。他才29岁,本来准备结婚的,请帖都印好了,因为疫情没有发出去。他来的时候,我是持乐观态度的。毕竟他那么年轻,虽然也是重症患者,但我一直认为他会好起来。我们没有等到他出院结婚的好消息。

如果我没有调休,他去世的时候正好是在我的班上,我无法想象,如果亲眼看着这位年轻人去世,看到我们的战友离我们而去,我不知道自己会怎样。

彭银华的生命就定格在了这一天。我在酒店里面对着金银潭医院的方向深深鞠了三个躬。彭医生,一路走好!

看到他重新站了起来,我们所有人都觉得这十多天的努力没有白费

2月23日　晴

今天是我来到金银潭医院最欣慰自豪的一天,我们病区第一位气管插管患者成功拔管并且转到普通病房了。

这是一位中年男性患者,是在我班上来的,来的时候情况很不好,先是高流量吸氧,不行,改成无创呼吸机,还不行。为了减少长时间缺氧对机体的损害,治疗组选择干预性气管插管。这位患者带着插管很多天,经过医护的共同努力,他的病情一天天好转。先是清醒了,然后是呼吸机参数逐渐下调,再到脱机拔管,然后改成高流量吸氧,过了几天改成了鼻塞吸氧,终于在这天上午在我的班次上转回普通病房了。

能亲眼看着自己管理的病人好转并回到普通病房,我们所有人的精神都大为振奋!他是在我们的护送下,自己走着去普通病房的。看到他重新站了起来,我们所有人都觉得这十多天的努力没有白费。临走时,他对我们说,"谢谢

你们",我的眼睛又湿润了。我们终于用自己所学,从死神手上抢回来一个。病房还有其他逐渐好转的患者,我坚信,通过我们和患者的共同努力,他们都能重新站起来、转出去!

我们义无反顾地迎接挑战,战胜一切困难

2月25日夜　晴

今天是我最开心的一天,在连续奋战了一个月后,病房里转出去的病人越来越多,而且我们也有了一个礼拜的休整机会。

这一个月确实挺累的,最忙的时候每个人要看护6~8个重症患者,有时候一个重症患者的护理和治疗就要忙碌几个小时。我们来的时候,患者多,物资少,武汉有那么多的忙乱和未知。好在一切都在向好的方向发展,我们度过了前期最黑暗的时刻,光明快要来临了。这次的灾难是不幸的,它让很多家庭破碎,让爱人阴阳两隔,让父母失去了孩子,孩子失去了父母。但我们中华民族是世界上最坚强的民族,一路走来,我们的先辈们面临过多次民族的危机,但他们用他们钢铁般的脊梁硬生生扛起来了民族的重担和发展。我相信,这一次我们也能战胜疫情,取得最终的胜利。

我们每一个人都是很普通的个体,但当我们这群普通人面临着灾难和挑战的时候,就会自然而然地凝聚出一股摧枯拉朽的一往无前的气势。中国人崇尚儒家思想,平时喜欢做一名温文尔雅的人,但这不代表我们懦弱,祖宗留下来的骨子里的血脉是不会变的,一旦需要面对挑战,我们义无反顾地迎接挑战,战胜一切困难!

(作者系中国科大附一院(安徽省立医院)首批支援湖北医疗队队员)

看到他们好转、康复，是我不枉此行的信念

张振伟

今天是正月初六，武汉是晴天。天气不错，大家的心情也变得很好，即使在紧张而忙碌的工作中也能看到难得的笑容。一位老太太持续在氧疗，氧饱和度不太好，似乎有点紧张，我缓缓将床头再抬高一点，希望能让她的呼吸好一些。我帮助她喝水、雾化、进食、静脉治疗，检测血糖……每一项操作后，老人家都特别感激地把手放在额头前向我表示感谢，而我也会用通俗的肢体动作为她加油，为她鼓气！老人没有亲人，虽然语言不通，但我能感受到她求生的那种迫切愿望和病魔带给她的痛苦！在这场突如其来的疫情中，她是无辜的，他们都是无辜的，作为一名医务人员，能看到他们一天天都好转、康复，是我不枉此行的信念！

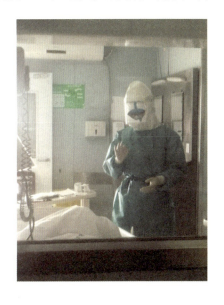

（作者系中国科大附一院（安徽省立医院）首批支援湖北医疗队队员）

我的抗疫故事

唐海

疫情就是命令，防控就是责任。肩负使命，承担责任，作为安徽省第一批援鄂医疗队危重症护理组 50 名成员之一，我光荣地加入到湖北武汉新冠肺炎危重症患者救治护理的队伍中。

一个没有硝烟的战场——武汉市金银潭医院，一个危机四伏的雷区——南 5 楼病区，这里有一个临时成立的收治新冠肺炎危重症患者的重症病房。

重症病房里，一张张冰冷偌大的病床，一台台"高端大气上档次"的仪器，这都是我的战友；一个个与死神最近的危重症患者，这都是我要保护的人。

在武汉金银潭医院南 5 楼工作的每一天都是忙碌而充实的。忙碌充实的一天从早晨医护大交班开始，大交班是获取病人病情的重要途径，通常夜班护士会总结病人一天的病情变化，听到某床病人病情慢慢好转，你会不自觉地面露微笑，听到某床病人病情恶化你会不自觉紧锁眉头，通过详细的交班提取护理的重点。医护大交班完毕就是进入新冠肺炎危重症患者所在的重症病房前的准备工作：穿一次性手术衣，防护服，戴手套，穿鞋套、靴套，戴防护面罩……这一切的一切都是为了保护自己，更是为了能够更好地照护新冠肺炎危重症患者。穿戴着战斗武器，我正式进入属于我的战场。我们有自己的团队，团队里有我们可爱的领头人，我们的重症组长，通过组长合理的安排后，我们会来到属于自己的小战场，也就是自己当班所要照顾护理的新冠肺炎危重症病人所在的病房。就这样我们摇身一变又成了床位责任护士。紧接着就是床旁详细交班，包括病人具体的病情变化，生命体征，特殊用药，呼吸机情况，监护仪情况，管道刻度及特殊病人的心理需求，等等。床旁交班完毕，就是发起具体攻击的时候了。一轮轮的静脉输液，一组组特殊用药的更换，新冠肺炎危重症昏迷患者的鼻饲，每 2 小时一次的翻身拍背，按需吸痰，大小便的清洁，压疮的护理……新冠肺炎危重症清醒患者的辅助进食，协助翻身，下床活动，指导肺功能锻炼，心理护理……还有出现病情变化需要抢救的新冠肺炎危重症患者：抢救生命通道的快速建立，抢救药物的及时应用，协助医生气管插管，心肺复苏，电除颤……汗水已经浸透防护服，雾气已经遮挡了防护眼罩，当坐下来你会感受到汗水顺着脖子往下流的透心凉的感觉，然而这时候不是属于你的休息时间，因为你还有护理记录要及时准确地完善：某床用了什么药需要记录，某床吃了多少、喝了多少需要记录……还有一个个临时医嘱需要处理：某床灌肠，某床 CRRT 治疗……还有新病人等待接待护理：信息的完善，心电图，血气……天呐，想哭，但是我们重症护士的战场只有汗水没有泪水，因为此刻我们面对的是新冠肺炎危重症患者，我们没有哭泣的时间，我们必须与死神赛跑，同病魔搏斗，只有这样我们才能将一个个新冠肺炎危重症患者从鬼门关拉回来，只有这样我们才能对得起"健康所系、性命相托"这句誓言。 时间对我们重症护士来说总觉得不够用，不知不觉又到了交接班的时候，详尽地把病人的情况交接给下一班重症护士，或许你会觉得我们一天工作就这么结束了，然而并没有。 我们必须走到特定的区域一遍遍洗手，一件件地脱去身上的防护物品，潮湿的衣服，只剩下脸上的压痕……当踏进清洁区的那一刻，会觉得我们的世界是那么美好！ 洗漱完毕，拖着疲惫的身躯坐上班车回到酒店，躺在床上可能还会忍不住想着自己照护的患者的情况，想着自己哪里做得不够好，哪里需要改进……不知不觉进入梦乡……

1 月 27 日至 3 月 31 日整整 65 天，我没有退缩，因为我有一个目标：尽自己最大的努力挽救更多的危重症新冠肺炎患者的生命。 同样，在这 65 天里我也收到了很多礼物：患者转危为安的笑脸，患者康复出院的背影。

65 天，我将终身难忘。 我看到了武汉人民的坚强、善良，我感受到了祖国的伟大，全国人民团结一心，我相信武汉的明天一定会更美。

(作者系中国科大附一院(安徽省立医院)首批支援湖北医疗队队员)

别怕，有我们在

王佳佳

今天是第一天进入金银潭医院 ICU 上班的日子，病房里有十八个气管插管接呼吸机辅助呼吸的重症患者。其实，在进病房前，心中还是有些许害怕的。不过，当看到病人那无助的眼神，瞬间就消除了顾虑，我们是白衣战士，我们怎能害怕？我们要帮助病人增强战胜病魔的信心！

每 15 分钟巡视一次，查看呼吸机的工作状态，生命体征的变化。为病人治疗、翻身、喂饭，等等。时间过得很快，记得交接的时候，13 床的大妈努力地向我们点了点头，我们告诉她，别怕，有我们在！

从病房里面出来后，贴身穿的洗手衣已湿透，纸尿裤我不敢穿，小时候也没穿过呀！来不急换下湿透的衣服，就奔向了久违的卫生间。

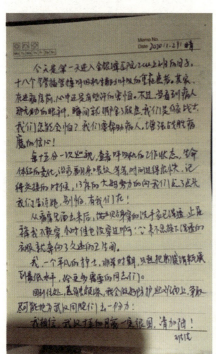 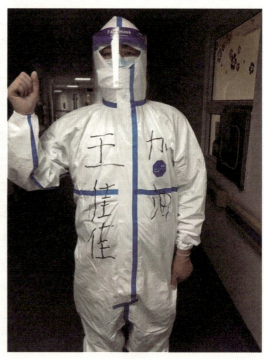

我，一个平凡的护士，非常时期，只想把物资消耗减到最低水平，给更多需要的同志们。

回到住处，感触颇深，我会做好防护，迎难而上，争取尽可能地为武汉同胞们尽一份力！

我相信，武汉十五的月亮一定很圆，请加油！

（作者系中国科大附一院（安徽省立医院）首批支援湖北医疗队队员）

谁是最可爱的人

——安徽第二批支援湖北医疗队领队"满月"战疫手记

白璐

2020年3月4日,又是一个值得纪念的日子,我们第二批支援湖北百人护理团抗疫战斗一个月了。安徽省支援湖北医疗队的两位副指挥长,中国科大附一院党委书记刘同柱和安徽省支援湖北医疗队总领队汪天平一行来到武汉东西湖方舱医院慰问第二批医疗队队员。

对于孩子,满月意味着从新生儿进入成长的第二个婴幼儿阶段,是人生的第一次跨越;对于我们,满月的这一天,我们与"新冠"病毒抗疫的斗争取得了阶段性的胜利。一个月的时间,武汉东西湖方舱医院从最初的1461位满舱患者、累计收治患者1700余人,今天已经只剩下400位患者了。数字的背后承载着武汉人、医疗队员、后勤保障人员的付出和心血,更承载着英雄城市的英雄人民可歌可泣的故事。我们都是当下最可爱的人。这里有一些人有一些事有一些话我要记录下来，以后回想起这段岁月，会给我前行的力量和勇气。

"最困难的日子已经过去了"

每天早晨8点半，武汉方舱的广场上帐篷外，围着一圈方舱人，汇报前一天方舱医院收治患者及运行情况。方舱医院负责人章军建院长有一句话："最困难的日子已经过去了……不到最后一刻，我们都不能有丝毫的松懈。"最困难的日子是方舱开诊的最初一个礼拜，3天的开诊前紧张筹备，收治病人，到满舱的前3天，各种各样的棘手问题。在东西湖区政府、武汉医疗队、省外医疗队的共同努力下，全部协调解决了。我不太愿意回想那段昏天暗地的日子，每天都会接到很多紧急通知和安排，每天都要到深夜2点才能入睡；第一批进舱的队员在舱里，我在舱外等候着她们，可是我比她们还要紧张和担心，我曾经说过：目送她们进舱的那一刻，似乎是目送自己的亲人上了战场，心中满是心疼和不舍。她们是最勇敢的，也是最辛苦的，因为要面对无数的未知：防护是否安全、入舱病人会有多少、进舱病人的病情和心理状态、护理人力够不够，等等。等到她们出舱的那个时候我才放下那颗担忧的心，同时更多的是感动，因为出舱的时候她们已经连续工作了十几个小时，护目镜里的水滴了下来，耳朵和面部印出一道道压痕，可是她们都没有丝毫的怨言。最困难的日子已经过去了，办法总比困难多，相信在以后无论遇到什么，我都会想起这段时光，还会有什么比这些更困难呢？还会有什么比救治生命维护健康更困难的事情呢？

"我们是来报恩的"

对于前来武汉支援的省外医疗队，我们听到很多感谢的话，来自于病人，来自于一同奋战的武汉医护人员，来自于不顾风险为我们捐助物资的叫不上名字的志愿者们。有一支医疗队，他们是四川省国家紧急救援医疗队，他们说："不用感谢我们，12年前我们接受过全国人员的支援，现在我们是来报恩的……"听到这句话的时候，我感动得想哭却没有落泪，这是身为一个中国人的自豪和骄傲，大难之下方可彰显勠力同心的中国精神和中国力量，大疫之下的大国担当，使得疫情形势一直向好发展！

做力所能及的事

武汉方舱医院里，活跃着一群病友志愿者，他（她）们有的是党员，有的不是，但在方舱住院的日子里，一直在协助护士打饭和维持秩序，甚至安抚焦虑的病友，用自身的言行感化着病人、感化着我们。3月2日，方舱医院为这群可爱的人颁发了纪念证书，感谢他们为建设红色方舱、和谐方舱、平安方

舱，战胜新冠肺炎疫情做出的贡献。有一位网红"魔方"女孩，也是志愿者一员，正好轮到我为她颁发证书，记得她说："我进舱20多天了，来的时候活蹦乱跳的，现在还是活蹦乱跳的，只是做了力所能及的事，出舱以后我们还会继续保持这种活力和精神。"我们A舱的医疗负责人新疆生产建设兵团程青虹主任喊道："疫情不灭，我们不退。"当时我的护目镜下泪水在眼睛里打转，很努力地没让它流出来，因为流泪了也没有办法擦掉。

魏巍曾经在《谁是最可爱的人》中写道：他们是历史上、世界上第一流的战士，第一流的人！我们以我们的祖国有这样的英雄而骄傲，我们以生在这个英雄的国度而自豪！如今，肆虐的疫情下，又一群可爱的战士涌现出来，他们看来是很平凡、很简单的，但是他们用朴实的言语和行动验证了习近平总书记的重要讲话：伟大出自平凡，平凡造就伟大。只要有坚定的理想信念、不懈的奋斗精神，脚踏实地把每件平凡的事做好，一切平凡的人都可以获得不平凡的人生，一切平凡的工作都可以创造不平凡的成就。

（作者系中国科大附一院（安徽省立医院）第二批支援湖北医疗队队员）

生命之舟,爱的纽带

刘媛

2月12日 武汉 多云

2020年的春节,注定是不平凡的,因为新型冠状病毒的肆虐,武汉遭到了史无前例的重创,党中央紧急号召全国各地医务工作者援助武汉,抗击疫情。自古我们就是一个团结向上的民族,面对困难,打不垮击不败。因为疫情,我们走到了一起,从祖国的四面八方向一个中心汇聚,这是团结的力量。我们从素未谋面到相聚、相识,再到如今我们身处同一战壕,为了共同的目标而努力拼搏,相信有你、有我、还有我们,早日打赢这场疫情战,指日可待。

不觉间,已是来武汉的第8天,我和小伙伴们好像已经适应了这种上班的模式,瞧见了吗,车厢里大家的情绪很高昂,因为我们信心满满。新的一天从这里开始。

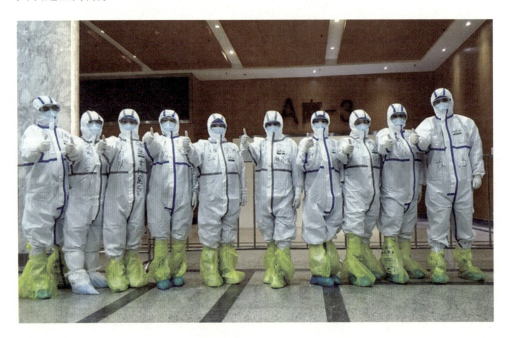

看着你们的背影：我想说，亲爱的小伙伴们，感谢这为数不多的几日相处，很珍惜这样的情感，爱你们！因为工作的需要，我将从武汉客厅A厅C区调往C厅B区，今天是我最后一次和你们并肩作战。在我心里，A和C是一家，我和你们在一起！

方舱主要是收治轻症新冠患者，我们的工作除了常规给药以外，就是要尽最大可能做好他们的心理护理及健康宣教。良好的心态是战胜疫情必不可少的基础。有一位姓张的姐姐，聊天当中得知她来自安徽黄山，我俩倍感亲切。都说老乡见老乡，两眼泪汪汪。但此刻，我们不会轻易流泪，同为安徽人，我们只有坚强，只有坚持，才能打败病魔。

还有一对母女，今天下午我去病房通知核酸检测，当我通知到阿姨的时候，她第一句话就说，某某床也需

要检查吗？ 当我还觉得纳闷的时候，阿姨说那是我女儿，前几天我们一起进来的。 那一刻，我想到了我的女儿。 每一位妈妈的心都是相通的，对于孩子，除了爱就是无尽的牵挂，无论何时。

　　还有一位，也是我今日份工作的好搭档——来自新疆兵团的急诊内科的许医生，"温文尔雅，声音柔和，耐心专注"，这是他给我的第一感受。 虽然我们彼此都不知面容，只能听声辨识，但丝毫也不影响工作的默契度。 在下班等待脱防护服的漫长时间里，他又变成了侃侃而谈的"广场小王子"，真是暖暖的小鲜肉一枚，总是去安慰患者，我想病患能够碰到这样的医生，也是人生一大幸事。

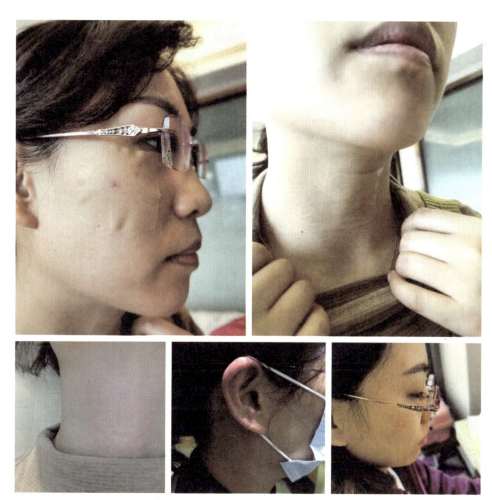

一天的工作在憋闷燥热中度过，因为穿着防护服，戴着眼罩和两层口罩（一层N95、一层外科口罩），刚进舱，全身出汗，一会儿工夫头发就湿了，大概就一个多小时，防护服也被汗水打湿，再多说两句就会觉得喘闷，透不过气来，多看几眼电脑屏幕就会觉得眼花甚至模糊不清。每每这时，我告诉自己，调整呼吸，平静，平静，再平静……就这样不断地对自己心理暗示。从穿上层层保护的防护服，到最后安全脱下，这期间至少10个小时。脸颊被压得起水泡，耳朵被挤压得红肿热痛，脖子被汗水浸得发红。大敌当前这是我们义不容辞的责任，对所有的坚持我们无悔，对所有的选择我们无怨，都为了赢得最后的胜利。

病患的感谢就是一剂强心针,时刻激励我们要坚守。 正如歌中所唱:"想哭时,不如停住,倒流的泪会变得坚固,去守护。"

春的脚步已悄然而至,入眼是一抹艳丽的红。 生的希望冉冉升起,武汉必胜,我们一起回家。

(作者系中国科大附一院(安徽省立医院)第二批支援湖北医疗队队员)

我不会忘记

郑昌成

我不会忘记
第一次看到钟老逆行照片的感动与震撼
不会忘记抗疫请战时的内心笃定
不会忘记出发前夜时的辗转反侧
更不会忘记
同事同学的深情嘱托！

我不会忘记
离别时与家人的依依不舍
不会忘记登机之后的忧虑重重
更不会忘记
飞机落地后
武汉人的真情流露与欢呼！

我不会忘记
夜里2点钟搬运物资时的紧张与忙碌
不会忘记2小时内收治56名重症病患的巨大挑战
更不会忘记
遭受痛苦的他们
对生渴望的眼神！

我不会忘记
与病毒较量过程中的艰难险阻
临床救治过程中的惊心动魄
不会忘记全体队员

不畏自身安危的冲锋在前
更不会忘记
医患之间的同甘苦共患难!

我不会忘记
那对相濡以沫50年老夫妻的相互鼓励
不会忘记90岁爷爷出院时像孩子一样的天真
更不会忘记
医与患相互鞠躬的泪流满面!

我不会忘记
工作的辛劳与疲惫
不会忘记夜深人静时对家人的牵挂与思念
更不会忘记
工作与生活中处处存在的感动与温暖!

我不会忘记
接送我们上下班
随叫随到的的司机师傅
不会忘记在驻点等我们回来
帮我们准备伙食的工作人员
不会忘记夜里2点钟
帮我们清理生活垃圾的环卫师傅
更不会忘记
他们的名字叫"志愿者"!

千里驰援
武汉抗疫
我不会忘记这座英雄的城市!
更不会忘记这里英雄的人民!

2020年3月31日隔离期有感

(作者系中国科大附一院(安徽省立医院)第三批支援湖北医疗队队员)

医护人员现在是"消防员",最主要的任务是先灭火、保护"房屋"

马艳

2020 年 2 月 23 日　武汉　晴

一场突如其来的疫情,让我们看到了医学发展的局限,感到作为医者的无奈。但作为医护人员,我们也深刻感受到医学生誓言的力量。"不忘初心、牢记使命",在疫情面前,我们每一个医护人员,不管在哪个岗位,大家的心情都是一样的,那就是:竭尽全力救治患者,哪里需要就去哪里。

众所周知,这次疫情,湖北是"重灾区",武汉更是"重灾区"的核心,"武汉胜,则中国胜"。因此,国家动员一切力量来保护武汉、保护湖北。作为 3 万多名驰援湖北的医护人员之一,我觉得自己是幸运的,因为能够到这场"战役"的最前线。用自己所学的知识来拯救更多的患者,这是每一个医护人员最大的幸福。

来武汉的第 10 天,也是我们整建制接管华中科技大学同济医学院附属协和医院肿瘤中心 Z6 重症病区的第 8 天。今天,武汉阳光明媚,我们医疗队更是人人面带笑容,因为今天,我们病区有病人要出院啦,而且是一对夫妻哦。

2 月 15 日,我们医疗队开始正式接收病人,短短 2 多小时,接收了 56 个病人。当我穿着厚厚的防护服、带着口罩、眼罩和手套去询问病史时,突然觉得自己离病人很遥远,说实话我非常不习惯。在临床一线摸爬滚打了 18 年,我习惯了与病人眼神交流、习惯了对病人的肢体接触。

我接诊的第一位病人,是 39 岁的蒋女士。当我询问蒋女士病史时,邻床的李先生抢着回答。我转过头对他说:"不是问你的。"

"我们是夫妻。"李先生压低了声音说。

我的喉咙哽咽了一下。

他们与我年龄相仿,我忽然想到了自己的家庭。夫妻俩同时住院隔离,孩子怎么办? 老人怎么办? 在这个"凶猛"的疫情时期,他们的心情会更加复杂,他们的担心和焦虑是无法想象的。

当我看他们在外院检查的肺CT时，李先生非常紧张地问："医生，我们的肺炎严重吗？我这几天一直觉得有胸痛，这个病会不会累及我的心脏？"

"放松心情，相信我们。目前全国的医护人员和科学家们都在努力、在研究，我们一定能战胜疫情，你们一定会痊愈的。"我用尽可能轻松的声音对他说。

"真的吗？可是我听说这个病毒依然无药可治啊？"李先生反问了我一句。

"是的，目前还没有针对新型冠状病毒治疗确切有效的药物，但是，这个病毒的危害不全在病毒本身，而在病毒引起的脏器损害。举一个例子：一根小小的火柴可以把整个房屋燃着，即使火柴已经熄灭，而燃烧的房屋会给我们带来巨大的经济损害。我们医护人员现在就是'消防员'，最主要任务的是先灭火、保护'房屋'。经过我们自身的免疫系统和辅助治疗的药物定能将病毒清除，这样，你们就痊愈了。"

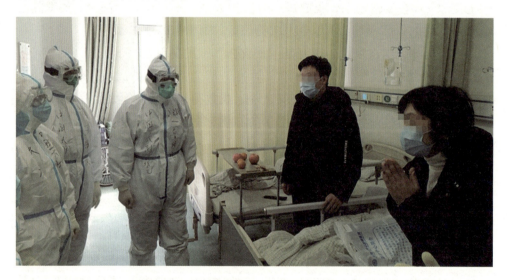

"好，我相信你们！"他似乎听懂了我的比喻。

病人的信任，是我们最大的动力和满足。8天的时间里，领队鲁朝晖书记、副领队王锦权副院长牵头指导、制订个体化的治疗方案，李先生和蒋女士积极配合治疗，疾病很快得到了控制。昨天，当我们的医护人员告知他们今天可以出院时，他们非常高兴和激动，还给我们写了感谢信。

正如李先生和蒋女士所说：我们是团结的民族。全国人民一条心，就没有克服不了的困难。寒冬已过，春天的脚步已经如期而至，让我们共同迎接春暖花开。

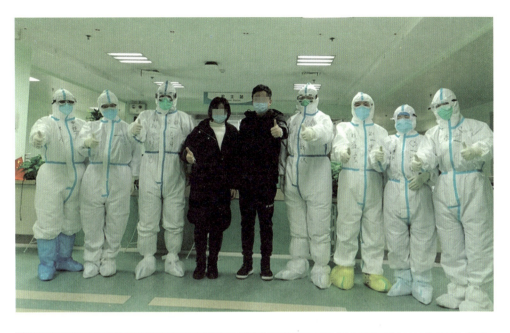

感谢安徽省医疗团队对我们无微不至的感质。在我们在跟病毒作斗争的时候给予我们的鼓励。你们是最可爱的白衣天使。感谢全国人民对武汉的帮助。这是一场没有硝烟的战争，但我们一定能打赢这场仗。因为我们是团体的民族，团体就是力量。寒冬已过，春天来临，让我们静静看春暖花开！

2020.2.23

（作者系中国科大附一院（安徽省立医院）第三批支援湖北医疗队队员）

"逆行者"的爱与被爱

朱余友

2020年新春,新型冠状病毒肺炎突如其来,蔓延扩散,肆虐我神州大地,荆楚尤甚,每一天都有鲜活的生命逝去。疫情就是命令,防控就是责任。由于前期已向科主任请战支援湖北,此次才有幸成为响应国家号召快速集结的医院第三批支援湖北医疗队中的一员,大家称我们为"逆行者"。

对于到武汉之后的工作环境,虽然已经做好了长期作战以及最坏的打算,临行前我还是有些忐忑,看一看熟睡中的儿子,笑呵呵地和妻子说说话,希望她不用太为我担心!王国平主任也给我加油鼓劲,深深的拥抱给了我太多的力量,那一句家里有什么事情就和我说,科室一定会帮忙解决,让我忐忑的心情平复了很多。医院领导的嘱托和鲁朝晖书记带领我们宣读的队誓使我心潮澎湃,仿佛时空穿越到20年前刚入学时宣读医学生誓言时的场景,强大的使命感告诉我应该要怎么做,所有的忐忑随之消散,有的只有坚定和刚毅!

  2月13日下午我们乘坐包机空降武汉，临别时中国东方航空还赠送了我们一些生活物资，让我们倍感温暖，落地的那一刻属于我们的战"疫"已经打响。由于有重要的医疗物资和较多的行李，运送的车辆深夜才到入住的宾馆，大家自发地排成长龙，按部就班地进行转运。人群中有十余个身穿制服戴着口罩的男同志，到车上帮我们搬运物资，直到凌晨2点多钟，当最后一批物资安全的送入仓库，他们才相继离开，一打听才知道他们的名字叫"志愿者"。

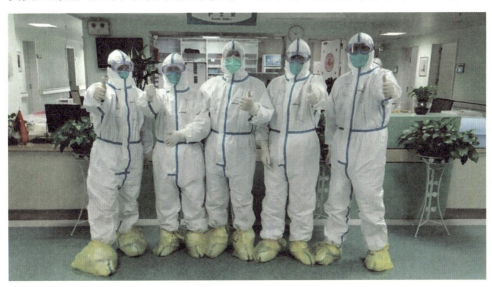

整理行装，打开医院配备的行李箱和背包，我震惊了，路上还在后悔匆忙收拾的行囊缺这个、少那个，这里全都有，就像出远门前母亲为儿女准备的行囊，怕吃不饱穿不暖，东西多装些、再多装些！一股暖流在心间流淌，我知道无论我们走多远，医院永远都在那里为我们守护，我们唯有竭尽所能救治患者、做好防护避免感染才能对得起这份嘱托。

我们要接管的危重症病区有64张床位，上岗前的筹备工作由于同志们都表示听从组织安排，进展得十分顺利，分工、排班、熟悉工作流程一气呵成，一天后便开始正式收治病人。进入医院无论多晚，在清洁区和潜在污染区都有志愿者监督指导我们穿脱防护服。由于物资有限，上岗前用新的防护服进行模拟操作并不现实，这些志愿者的存在扫除了我们这些新手进出病房的最大障碍，最大限度保证了医护人员的防护效果。两天时间病房几近收满，庞大的工作量并没有出现想象中的慌乱，病人被有序地救治，所有的医生和护士都紧密合作，相互帮助，宁愿自己迟点下班也要把事情做好，这个临时组建的集体，变成相亲相爱的一家人，在抗击疫情的最前线心往一处想，劲往一处使，虽然辛苦，有可能被感染，但大家没有丝毫的畏惧，工作得很努力，也很开心。

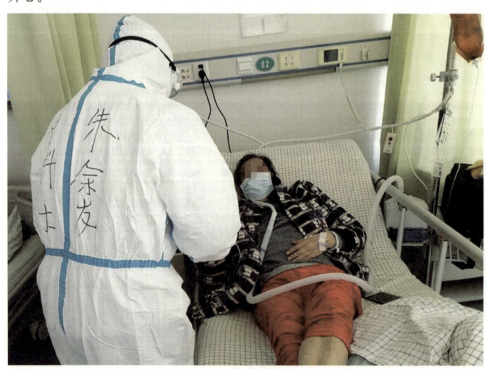

由于宾馆距离医院约3千米,来回都需要乘坐汽车,护理部和我们的值班存在时间差,每天公交车师傅志愿者都要往返十余次,他们说:"无论早晚,我们都会接送你们上下班,你们为这个城市付出,我们不会让你们受冻。"这群志愿者叫"摆渡人"。每次下班回来,宾馆一楼总会有志愿者帮助我们进行消毒,拿热的茶叶蛋给我们吃,还嘱咐我们要多吃点,如同邻家的弟弟一般,让疲劳的阴霾一扫而光。前天我收到了爱人从合肥寄过来的衣服,顺丰的快递小哥听说我在武汉支援还送给我一套防护服,他说我们更需要它。穿梭在不同城市,快递小哥是我们的补给线,匆匆忙忙带走托付,带来温暖!

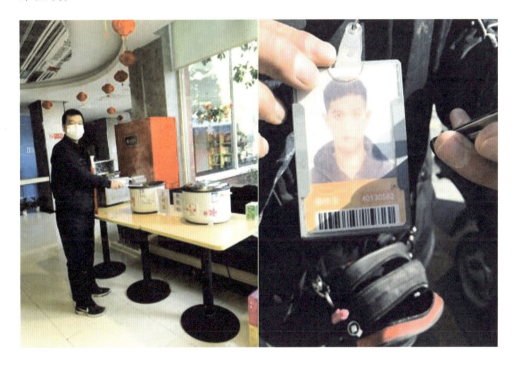

逆行的我们一路走来收获了太多的关爱,我们也在用自身的专业知识全心地反馈患者,经过10天的治疗,收治的患者都在一天天好转,已有2位患者治愈出院,回归日常生活,看到他们灿烂的微笑,我知道真正的春天很快就会到来。相信在党中央的坚强领导下,在许多看得到和看不到的"逆行者"们的不懈努力下,伟大的中华民族一定能打赢这场疫情阻击战,还广大人民群众一个健康的中国。向所有的"逆行者"致敬!

(作者系中国科大附一院(安徽省立医院)第三批支援湖北医疗队队员)

一块果丰糕

华锦胜

老家桐城有个风俗，过年期间如果要出远门，家人会给远行的人行李中带一块果丰糕，寓意"步步高升，前程美好"。在合肥学习工作很多年，每次春节从老家返回合肥时，妈妈都给我带上一块。

过年前，我"老总"（住院总医师的通俗说法）正好结束休假，我已经好几年都没有回老家陪爸妈过年了，计划过年在老家陪父母。亲戚们也约定，正月初二一起来我家，给老妈过七十岁生日。

年三十那天上午，我带着汪老师和大宝、二宝回到老家，爸妈都很开心。但是因为疫情防控需要，当天吃完年夜饭，晚8点我们又从老家出发返回合肥，常年在老家生活的老妈也和我们一起回到合肥照看孩子。

2月12号深夜，接到去支援武汉的消息，我既激动兴奋，又有一丝担忧。汪老师正在南区急诊科轮转，是没时间看孩子的。家庭的重担，落到老妈身上了。我担心她的身体吃不消。老妈则担心我的安全，一夜无眠。

2月13日，出发的早晨，我在医院完成体检，到导管室拿洗手衣，正碰上一位急性心梗病人需要急诊介入手术，老总的助手不在，虽说我上午时间紧，还是帮忙上了台急诊手术。下了手术台，赶紧去给大宝买药。这孩子高烧一周了，前几天一直在急诊科输液，烧刚退，医生建议再吃几天口服药。早上体检要求空腹，时间紧，没顾上吃饭。等忙好所有的事，已经快12点了。

回家收拾行李。老妈已做好中饭。我考虑还要理发，时间来不及，所以干脆中饭也没吃。整理行李的时候，老妈拿了一块果丰糕塞到箱子里。这是她除夕夜从老家带到合肥剩下的唯一一块果丰糕了。没有特别的嘱咐，老妈只说："带上它，注意安全！"

小四师傅的理发店里，来采访的记者问，家人给带了什么礼物，我把果丰糕拿给他们看。记者又问，家人有什么期盼，我的眼泪不自觉地就流下来了。

在武汉期间，我一直把果丰糕放在行李箱中，没舍得吃。偶尔拿衣服的时候都会看到它,然后就想起老妈的嘱咐,"注意安全"。工作中,我时时提醒自己,也提醒同组的同事,在救治病人的同时,注意安全。大家相互提醒。每位同事都是父母的牵挂。

2月20号,轮休,一大清早就接到老总师弟的电话。

"你知道了不?"

"知道什么?"

"汪师姐咳嗽,胸部CT有问题,现在在医院隔离!"

"啊?!"

我立即挂断师弟的电话,打电话。

"你咳嗽,怎么不告诉我?!"

"我怕你担心!专家组看了我的肺部CT,考虑不像新冠肺炎,现在是隔离观察,等核酸及血抗体的结果!"

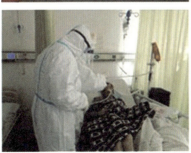

第二天，我照常值班进隔离病房，对汪老师那边什么忙也帮不上，但紧张的工作让我忘记了这些。下午，出了病房，手机里的好消息让我的疲劳烟消云散，汪老师的核酸结果阴性。第三天，核酸复检再次阴性。她在医院隔离了几天，十天后复查CT影像明显好转，我悬着的心终于放下来。

在武汉期间，当地政府、志愿者和社会各界都在尽所有力量保证我们医疗队的正常生活，牛奶、坚果等各种食品送来了不少。回合肥前，我留了一盒柿饼，想带回来送给老妈。我记得老妈爱吃柿子。

我在武汉，汪老师在隔离，家里两个娃，一个上网课，一个连话都还说不清楚，全都是老人在照顾。孩子的外公已经七十多岁，一辈子和土地打交道，学习上网，指导孩子上网课，难度之大可想而知，但他似乎很享受。他说，这也是他的抗疫之战。

3月18号，医疗队回到合肥，受到过水门的最高礼遇，省里领导也来看望我们，我们成了安徽的英雄。

接下来，我们要在巢湖的酒店隔离14天。

安徽的疫情形势好多了，很多地方已经解禁，孩子外婆也到合肥来了。外婆来合肥那天，老妈就回老家了，她在村子的一家厂里打工，那边已经打了多个电话催她上班。

昨天晚上，她和我视频，说："你安全回来就好！你去武汉，你都不知道我多担心。"我问她："妈，我给你寄的柿饼，收到了吗？"

此次战疫，每个人都有付出。每一位患者都是他们的家人的牵挂，医务工作者要做的，就是默默地为患者付出，努力守卫他们的幸福和希望。我们的家人、朋友、同事默默地为我们付出，用行动支援抗疫前线的医护工作者。所有人一起，保护好大家，守卫好小家。

昨天一场暴雨，空气更加清新，春花也更美了。那块果丰糕，我还是没舍得吃，我已经把它寄回合肥，等着摘下口罩，和家人一起分享。

（作者系中国科大附一院（安徽省立医院）第三批支援湖北医疗队队员 整理：方萍）

镜头下的温暖

李静

2020年2月13日,我跟随安徽省第四批援鄂医疗队出发去武汉。在收拾行李时,本着简装出行的原则,我只带了一个箱子和一个背包。我对摄影有特殊爱好,虽拍得不多也不够好,但是摄影器材买了不少。若在平时,出行必会将它们带在身边。这次我却犹豫了,看着两包成人尿不湿就占据了箱子的大部分空间,我把单反相机、无人机、运动相机、手持云台等装备又收了回去,这次工作责任重大,在生命健康都不敢完全保证的情况下,就不要再想着摄影了。谁知最后在出发前,我发现背包用力挤挤还能塞进去一个小相机,便带上了。

到了武汉,便立刻投入了紧张且忙碌的救治工作中,我的小相机也一直尘封在那个背包里,未曾有时间和精力想起来去用它。就这样一边倒着班,一边适应着抗疫工作,20多天之后,武汉从下着雪的寒冬迈入了街头樱花盛开的早春,疫情逐渐好转,我们紧张的心情也随之慢慢地舒展开来。

"三八"国际妇女节来临之前,风湿免疫科马艳主任建了一个女医生群,提议拍一段视频,让大家各自表达一下在武汉抗疫的心情和寄语。我正在休眠的摄影兴趣好像突然被按了一键开启,于是主动要求为大家拍摄视频,那是我喜欢做的事情,即使加班也不会嫌累。

节日那天我正好休息,我拿着小相机去跟拍上班的同事,拍摄大家从酒店出发、上班的路上、医院清洁区以及隔离病房内的工作情况,还有在酒店休息的同事的生活情况,记录大家在武汉度过的这个特殊的节日。当天晚上我就迫不及待地剪辑出视频作品,发到群里和大家分享。

没有想到的是,很多同事看到这个视频忍不住哭了。也许我们一直都在压抑着自己的情绪,在武汉不辞辛苦地工作了20多天,虽然什么都没说,但是在面对相机镜头的那一刻,心中一直压抑的情绪得到了释放。不曾想过,用拍摄视频这种方式表达了自己的心声:我们工作很辛苦,但是我们仍然保持昂扬斗志；虽然被口罩压得鼻子、耳朵很疼，但是看到病人心情很沉重，仍努力地为患者提供心灵上的安慰；我们也想念家人和孩子；我们剪了这个冬天最"时尚"的发型；我们想等疫情结束以后去武大看樱花，我们想去跳舞、爬山、瑜伽，想念过去简简单单的生活。领队鲁朝晖书记说，我们是在武汉抗疫一线绽放的铿锵玫瑰。后来这段视频在安徽电视台播放，也让很多家乡人民了解到了我们在武汉的工作和生活实况。

在这个抗疫的特殊环境中，拍摄记录的念头一旦被点燃就不太容易停息，因为身边每天都发生着让我们感动的、触动心灵的、值得铭记一生、值得去记录的事。而我最想去拍摄的，是我们大家想起来就会有点恐惧的大夜班。我犹豫了好几天在想要不要熬夜去跟拍，毕竟自己也要辛苦上班，劳累又容易降低免疫力，增加被感染的风险。庆幸的是，当时武汉的在院病人每天都会减少一千多人，我们接管的协和医院肿瘤中心Z6病区，出院患者越来越多，很快将要被清空。我们很高兴，也很激动，胜利的曙光就在眼前了，于是在3月12日那天下定决心，去跟拍记录医生护士的大夜班工作的情况。

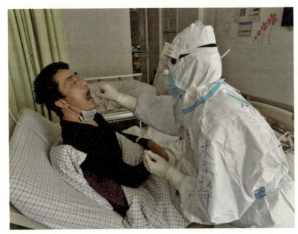 

熬了那一夜，又在3月13日紧接着上了一个小夜班，那天我确实又困又

累到极致，但是不知哪来的劲头，晚上下班回来还花了几个小时，连夜赶着把拍摄的视频剪辑制作出来。这段名为"最后的大夜班"长达8分钟的记录视频，后来在安徽电视台完整播出，得到一致好评。我想，对于我们自己来说，这段特殊的抗疫经历值得留下视频画面去纪念；对于一直关心着我们的家人和同事来说，他们很希望能了解我们在武汉的工作生活情况；还有一直支持着、关注着、并为我们捐赠物资的家乡人民，我们也想告诉他们我们真实的工作状态，让大家看见我们中国科大附一院医疗队一直在武汉贡献着安徽力量，这些都是我拍摄和创作视频的动力源泉。

疫情结束回来之后，我因为拍摄了这些视频得到了记者的关注，在一次接受采访时，记者问道，我在拍摄视频时有没有什么特别的经历和感悟，我其实有特别多的感悟想说。因为我在不上班的时间去跟拍，可以放松心态，把自己当成是一个摄影师，以一个旁观者的角度去看我们的医疗队，发现了许多让我感动的细节。比如，每天早晨，鲁朝晖书记、王锦权院长、李从玲护士长还有负责后勤保障的张浩主任都会在酒店门口，挨个询问上早班的同事是否吃了早饭，并且目送大家上车。比如，"三八"国际妇女节那天，我发现有好几个队员，心照不宣地带上自己的零食准备去分发给患者。比如，患者为了保护我们，在必须摘掉口罩做雾化的时候，都会等我们离开病房再做。比如，下了大夜班，一夜滴水未进的医生护士，来到清洁区的第一件事是一口气灌下一整瓶冰冷的水。比如，凌晨三点下小夜班，护士在车上就累得睡着了；回到宾馆，发现有志愿者专门在那里等候着，就是为了给下夜班的人煮一碗热腾腾的面条。比如，医疗队最年长的鲁朝晖书记在隔离病房里与年龄最小的王晓兵医生击掌鼓励，让我看见了杏林春暖，薪火相传。比如，平时自己上班时没有去特别关注的，那一双双被汗液泡的皮肤发白、打皱的手掌，还有满是口罩勒痕的那一张张年轻的脸庞。比如，突然接到撤离通知时，领队鲁书记眼中旋转的热泪。比如，在与要继续奋战在金银潭医院的队员告别时，大家忍不住相拥而泣却又微笑而坚定地挥手再见……

后来大家开玩笑的称我"李导"，也有很多人问我是不是之前就擅长拍摄和做视频，其实我从来没有拍过拿得出手的照片和视频。我想说，这些抗疫视频之所以让大家看了觉得很感动，不是拍摄剪辑技术好，而是因为大家在武汉做的事情本身就让人感动，我只是当了一个搬运工，把大家工作和生活的真实场景，原封不动地搬了出来。回来之后，我把所有拍摄的原始高清视频片段上传至网盘，与所有医疗队员共享。

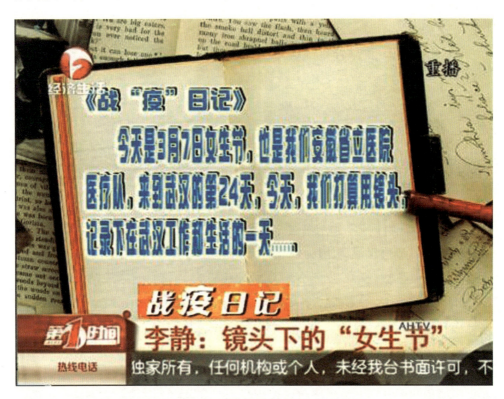

希望无论何时回头再看这些不专业但是很珍贵的视频资料，看到这些温暖的镜头，都能让我们回忆起曾经在武汉抛洒青春热血的那一段难忘时光。

（作者系中国科大附一院（安徽省立医院）第三批支援湖北医疗队队员）

抗疫情路上 爱在传递

陆卉

作为一名拥有15年党龄的护理人员，我在第一时间向组织郑重地递上请战书。

2月15日，武汉下雪了，Z6新病区成立，我第一次进舱，上20：00至凌晨2：00的班，到了白天想休息但却睡不着，因为有忐忑"有害怕"更有向往。去病区的车程只要20分钟，我们提前两个小时就得从驻地出发。夜雪扑面，我只记得冷。

工作了。我第一次穿着防护服，全身闷热，汗水顺着脸颊流下来，护目镜起雾凝成水珠。为患者抽血，我不适应两副手套，操作时格外仔细，提心吊胆的心情在看到针头回血的一刹那才放松。

在抗疫的这段日子里，有喜悦、有心酸、有安慰。我们剪去长长的秀发、脸颊过敏红肿、鼻梁被口罩和护目镜磨出血痕、脱下防护服湿透层层衣服，这一切都阻挡不了我们与时间赛跑、与死神抢夺病患的脚步。

在湖北的那段时间，我累到没有时间关心我的爱人，但我知道，从我决定奔赴武汉的那一刻起，最支持我的就是他，他始终是我和家庭最坚强的后盾。

我不知道的是，在我进行前线战斗的时候，他却独自与病魔斗争。在此期间，我爱人确诊为结肠肿瘤，他却做了一个假的诊断书发给我，为的是让我安心。他把13岁的儿子送去父母家，自己一个人去办理了住院手续。

直到手术的前一天，我才得知这个消息，当时感觉像晴天霹雳一样！伙伴们看我脸色不好，劝我暂时不要再去病房。我谢绝了，因为我知道，我们医院给了我生病的爱人无微不至的关怀,我的同事们像照顾自己的亲人一样照顾着他!当下,我有更重要的事情要做,我不能离队。多一个人,多一份力量!

最终,我没有选择马上回去看他。他非常乐观地告诉我,来日方长,希望我继续在前线完成使命。我有时间就会和他视频聊天。等他痊愈,我们一定会带着孩子来武汉,看看这座英雄的城市,去看武大樱花,去尝尝热干面。

亲人生病让我更加意识到工作的意义与肩负的重任。观察巡视、解释疏导、喂饭喂水、翻身拍背擦洗、清理垃圾,每一项工作都要比平时更认真、更仔细。我负责护理的一位93岁的老爷爷,是一个病情较重、轻微痴呆的老人。他儿子是确诊患者,女儿不能来探视,老人的情绪很低落。每次上班,我都耐心地开导他,和他聊聊他的往事。老爷爷打电话告诉他儿子,说一定要感谢我!

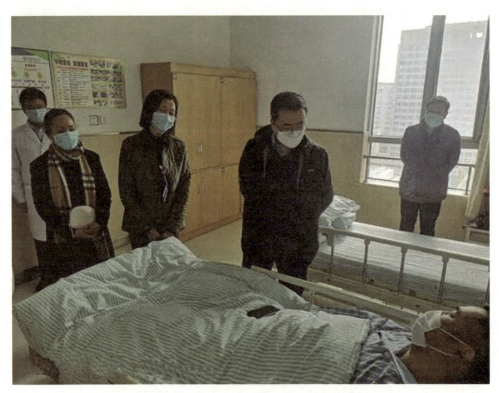

执行院长刘连新、副院长徐晓玲带队看望陆卉的爱人

老爷爷的儿子在电话中对我说:"小陆,现在千言万语也不能表达我的感激之心!正因为有你的付出,我才能放心!"我诚恳地说:"不要说谢谢,在

这个特殊的时刻，你们能放心地把老人完全交给我们，我们肯定会尽心的。这也是我的职责！"

电话挂断，想到我的爱人正在病床上接受治疗，我的眼圈红了。这段真挚朴实的感谢何尝不是我，同样作为一个病人家属，所想表达的言语，你们给予我爱与温暖，我将更好地服务需要我的人，将爱传递。

3月18日，武汉的疫情基本稳定，我们的队伍安全回到合肥。返程路上，我归心似箭又忐忑不安，虽然可以回到家乡，离我爱人更近了一些，但那种近乡情怯的感觉越来越强烈。

比在前线战斗更难熬的是，我要在合肥隔离14天，这14天的时间，仍然无法与他相见。之前，与同事一起没日没夜地战斗，没有时间想太多。现在闲下来了，我开始想东想西，感到后怕。

掰着手指，熬到了4月1日，我解除隔离的第一时间，就奔往了他的病房。一进门，他怀里抱着一大捧鲜花，是为了迎接我凯旋的，我瞬间哭到泣不成声。明明他才是刚刚做完大手术的病人，反而是他给我送花。

经历了这次事情，我们俩的感情更进了一步。国家与每一个小家庭是共同体。我们有相同的价值观，并且对党和国家有共同的热爱，这将成为我们在接下来的人生道路上携手并进的最稳定的基石。

（作者系中国科大附一院（安徽省立医院）第三批支援湖北医疗队队员）

康复人的武汉抗疫之路

汪澄

感动、感谢、感恩

明天就结束隔离回家了,脑海里总是浮现出一幕幕感人的画面。2月12日晚上9:30接到陈霞主任的微信通知,100位护士明天出发。我是既激动又紧张,激动是因为我是医院第三批后备人员,已等几天,有点焦急了,终于通知走了;紧张的是这么多人员紧急要走,防护物资、医疗器械如何来得及准备?

医院领导接到137人驰援武汉的电话立即投入紧张的战斗准备:组织申报医疗队员、筹备医疗设备物资、准备队员生活用品,事无巨细……听说医院物资库房整夜灯火通明,他们彻夜未眠。因护理人员多,由南区护理部陈霞主任负责筹备,微信连夜召集护士长自愿报名参加抗疫人员物资准备,所有护士长(包括在家休产假的)都积极报名参加了。陈主任让大家分成几个小组分别准备,第二天早上7:00各位志愿者已争分夺秒在打包所有的物资,中午大家匆忙吃点盒饭,又将所有包裹运送到乘车点。

无论是领导、同事,还是科室的主任、护士长、兄弟姐妹们都赶来了,大家流泪告别,说得最多的是:"一定要保重,平安凯旋!"多位院领导、护士长及同事不放心,跟着大巴车送到机场,帮忙托运物资,当得知托运的行李中不能有酒精,陈主任又带领各位护士长、胡群帆老师将那么多的箱子全部打开取出后又重新一一打包,每个人累得满头大汗、气喘吁吁。直到我们过了安检,她们才挥手离去,犹如父母送别远游的孩子。这样的离别场景我至今第一次经历,也永远不会忘记,为了战胜疫情,我们还没有到阵地,大后方已为我们做了很多。一位队员将医院准备的行李箱打开,看着摆在宾馆床上满满的、周全的防护物资和生活用品,热泪盈眶,感谢我的领导和同事们辛苦付出!

登上飞机我们感受到了机上所有乘务人员的贴心服务,为我们准备了心形祝福卡,写满了对我们的祝福,并承诺待抗疫胜利接我们回家。短短的一小时左右飞行到了武汉天河机场,武汉市市委常委、组织部长百忙之中来到机场迎接我们,组织城管队员和六辆大卡车帮我们运送携带的所有设备和生活用品,凌晨送到酒店门口后他们和志愿者把所有物资卸下来。同时安徽省医疗队队长汪主任和我们医院的第一批队员谢老师也赶到机场热情迎接我们的到来。我们队员中大多数是八零后九零后的年轻人,但女孩子们没有平日的娇气,男孩子们没有平时的莽撞,大家你传我递将物资从酒店门口搬到临时库房,直到凌晨2:00才整理完。

到了酒店,有六位志愿者为我们的生活提供周到温馨的服务,因处于"封城期"有些商场超市关闭,只要是我们需要的生活物资,他们会跑遍武汉的大街小巷购买;为了能让各班次人员都能吃上热饭,他们准备了两台微波炉;为了提高大家的食欲,经常协调餐厅换菜谱、为少数民族定特殊餐,甚至炖鸡汤加强我们的营养,组织包饺子换口味。班车师傅由3人排6班负责接送医护队员上下班,无论何时需要接送,只要电话联系即可。这是一位护士发在我们医疗队群里的感人一幕:"一次次被他们的细心、贴心所感动。有一次夜班,凌晨近4点回到酒店,他们竟然都还没睡觉,我诧异地问:'怎么还没睡觉?'他们说:'你们不回来,我们哪能睡得安!'那夜下着大雨,雨凉心暖。这是一座有温度的城市,是一个伟大的城市。疫情终将散去,春天终将到来,谢谢他们!"为了战胜疫情,每个人都在不同的岗位战斗,感恩英雄的武汉人民艰辛付出!

疫情形势严重,时间紧,任务重,尽管我们凌晨3:00才睡,但第二天早上7:00,我们的领队鲁书记和副领队王院长已到医院参加收治重症患者的工作部署会议,部分组长去医院实地了解医院"三区二通道"及院感防控情况;下午谢老师和朱守俊护士长冒着大雨来到酒店,午饭没顾得上吃,就给我们队员分批培训防护知识及介绍工作经验,让我们加强防护和做到更好的战疫准备。

2月15日是我们难忘的日子,虽然武汉大雪纷飞,但病区开诊仅半天时间就收治了54位患者,其中病危1人,病重28人。鲁书记王院长和队员们进入病房接诊处理患者病情,护士由李从玲、崔江萍护士长带队,每组队员第一次进入病区都由护士长带队督查防护措施是否到位,熟悉病房环境,缓解了队员们的紧张和恐惧情绪。二十多天来，一百多位医护人员工作生活在一起，互帮互助，相处融洽；尤其鲁书记、王院长经常在酒店门口接送每位队员，叮嘱做好防护，关心我们的冷暖与饮食，因疫情限制活动范围，他们想方设法让我们锻炼身体、保持良好的心态，希望我们每个人吃好、休息好，一定要带我们安全回家！为了战胜疫情，医疗队员们信心十足，疫情不散，我们不退，两位领队的关爱和呵护、全体队员们的团结协作令人感动！

　　3月7日看到医院领导为庆祝"三八"国际妇女节特别为我们在武汉的队员们录制的视频，我的眼泪再也控制不了……由衷地感动。其实我们做的只是换个地方上班而已，医院的领导和同事们一直牵挂、关心着我们。党委书记刘同柱在抗疫前线多次看望我们，增强我们的信心、鼓舞战斗士气。院工会对每位家属进行慰问、将生活用品送上家门，解决我们的后顾之忧，同时还不断为我们所有队员寄送生活物资，保障我们的生活和休息。物资供应部门及时调集防护物资，源源不断输送到我们的驻地，保障我们的防护措施到位。我们深知在医院的各位领导和同事们才是最辛苦的，因为他们也肩负着繁重的防疫工作和正常的医疗救治工作，而目前医院医护人员因抽调支援湖北，各科室人员更加紧张，工作量相对更大，还要时刻关心着我们，怎能让我不感动呢？为了战胜疫情，每个人都在不同的岗位奋斗，感谢领导和同事们的辛勤付出！

工作、学习、生活

　　因整建制接管新的重症患者收治病区，医护人员来自我院各科室、对工作流程不熟悉，而时间紧、任务重。2月14日晚，我们7位护士长召开会议紧急进行新病区护理工作部署：护士长工作分工，分别负责人力资源、院感控制、学习培训、护理质量与安全、工作流程和职责制订、防护物资及生活保障、人文宣传等；100名护士的分组必须兼顾护士层级、工作经历、工作能力、科别、性别等，有利于护士在护理工作中相互配合默契，团结协作；制订护理班次及轮班时间、每个班次由小组长负责、护士长在护士第一次进入病区时必须陪同进行防护督查与工作指导，确保每一位队员防护到位和工作安全。

　　患者集中式入院，病区床位很快满员，通过三个班次的护理工作，我提出并和几位护士长重新梳理总结工作流程和职责，以利于每个班次工作的开展和完成,保证患者安全并提高护理质量。在进入病区工作时发现细节问题进行规范,提高工作效率,杜绝不良事件发生。如将患者使用的热水瓶编上床号,方便护士用推车为患者集中打开水,热水瓶不会弄错;将摆放输液的塑料筐贴上醒目的床号,方便护士治疗时核对,减少查对错误;将病区污梯和洁梯的钥匙做好标志,单独放在护办室,方便护士使用。

我从事康复护理工作近十年,针对新冠肺炎患者,我们的工作主要是促进气道分泌物的清除,提高其通气效率和有效肺容量,改善氧合,缓解呼吸困难;预防深静脉血栓、压疮等并发症,调节心理状态,助力出院患者早日回归家庭。根据中国康复医学会2019新型冠状病毒肺炎康复指导意见,在康复医学科医师、治疗师、专科护士的指导下,我制作了《新冠肺炎患者康复护理指导手册》和《新冠肺炎患者出院后康复指导手册》,并和队员们一起拍摄了康复训练视频和照片,根据病区内患者病情、病程、个人体质等因素制订了个体化康复训练方案,悬挂康复指导手册到每间病房,建立医患大家庭沟通群,发放康复视频和其他卫生保健宣传教育资料,责任护士每班督促患者训练,实现帮助患者尽快康复,顺利出院的目的。我指导63床危重症患者韩某进行康复训练,他非常配合,在床上进行心肺耐力训练、踝泵运动、下肢肌肉等长收缩训练等。做康复训练后我问他感觉累不累,他开心地说:"不累,动动感觉好多了,心理也感觉轻松很多,不然老躺着觉得自己就是病得很重。"说完对我竖起了大拇指。

221 床的龙阿姨听我和她宣教进行康复训练的目的后,为自己不会练习着急,让我尽快教她。 龙阿姨因发热咳嗽在方舱住院两天后病情加重,收治到我们病区,我巡视病房看到她在吸氧且仍显得急躁,询问是否胸闷不适,她略带喘息地告诉我来时急,未带任何生活用品,而她年龄大,既往有轻度尿失禁,现在只要一咳嗽就漏尿,没有裤子换很着急,水也不敢喝,咳嗽又嘴干,真的很难受。 得知她的病情,我们立即指导她要正常饮水,医生会及时给予镇咳、化痰、抗炎等治疗,我们护士也会加强对尿失禁的护理,下一班护士就会带我们自己备用的尿不湿来,龙阿姨就不用担心没有裤子换了。 下班后我们讨论如何减轻龙阿姨的尿失禁,并落实在日常护理中。 她听后立即双手作揖,不停道谢:"感谢安徽,感谢你们医生护士,真是太好了,我家人进不来,是你们帮了大忙,不然我怎么办啊? 咳嗽不停,漏尿厉害。 你们不怕被传染,从那么远的地方来帮我们治病,家里也顾不上,很辛苦,衣服穿得又闷热,我能不麻烦护士,就尽量不给你们添麻烦,让你们多休息休息。 我眼睛不太好,不能发微信,就把护士的名字和地址记下来了,出院回家一定让我儿子给你们写感谢信。"

康复护理实施后,患者的精神面貌明显好转,生活的热情极大回升,加速了疾病的恢复。

针对出院患者,我们提供《新冠肺炎患者出院后康复指导手册》,他们出院后可以在隔离点及居家时使用。 我们的医患大家庭微信群里会推送视频和各类健康教育知识,与患者互动,及时对患者在治疗期间的各类问题进行答疑解惑,鼓励患者坚持康复锻炼、听音乐等,全力做好出院患者居家延续护理,受到患者的好评,很快他们将回归家庭和工作岗位,愉快地生活工作。

我们的患者在这里没有家属和陪护,因此所有患者的生活起居都要由护士照顾。 特别是患者安全管理尤为重要,我作为一名高年资护士,一名老党员,经常在护士长微信群提醒各位护士长,要求护士们关注患者的心理状态和特殊患者的安全。 如 93 床是一位 91 岁合并老年痴呆症的老爷爷,我反复告诉各班护士关心老人的生活,注意安全防范,防止跌倒、坠床、烫伤等意外事件发生。

有的患者是从方舱转来的、有的是从隔离点转来的，大多数患者都很长时间没有理发。平时在与患者的交流过程中，也经常听到他们谈论没有机会也没有地方去理发的苦恼，特别是男同志，头发长了看上去没精神，在病床躺着也会感觉很不舒服。征求患者同意后，3月11日下午我带着一把剪刀，到病房帮助9位患者剪了头发。穿着厚厚的防护服、戴着护目镜、三层手套，让我每一个动作都很吃力。衣服很快就汗湿了，护目镜上的雾气也挡住了大部分的视野，又因没有理发的推子，只能用剪刀剪，担心剪伤病人的皮肤，就拼命睁大眼睛，想方设法坚持，将所有预约患者的头发理完。51床的郑师傅对自己的新发型特别满意，他开心地表示："感谢安徽医疗队，你们真是太细心、太有爱了。早就想理发了，可特殊时期又没办法，今天理完发，舒服多了。明天终于要出院了，新的开始、新的气象，谢谢你们。"

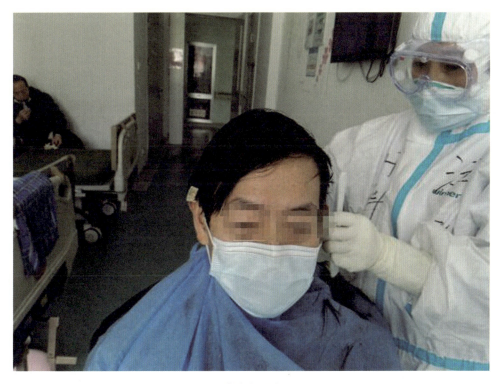

为患者理发

在这一个多月的时间里，除正常的医疗工作外，作为医疗队员中年龄较大的队员，我还负责医疗队防护物资管理和生活保障工作。防护物资是我们战斗的"盔甲"，我需要详细理清我们所带物资、计算每天需要使用的防护物资量,保障最低限能用五天的用量,以便医院有足够时间筹备运送物资,保障战士们都能装备完整地前往战场。

我们还针对队员的工作生活需求及心理状态制作了问卷调查,我们发现饮食、睡眠及队员之间的沟通与队员们的心理状态如焦虑、强迫等症状有很大的相关性。 于是,我们请志愿者们联系饮食供应餐厅多更换菜谱、加强饮食卫生、注意饮食的色香味、为少数民族定特殊餐、在酒店食堂炖鸡汤为队员加强营养、组织包饺子换口味,增加队员们之间的交流协作,调节他们的心理状态。 我院第一批队员樊华等原地休整一周期间,想到他们非常辛苦,我与志愿者们沟通,帮忙炖了鸡汤送给他们,以增加营养。

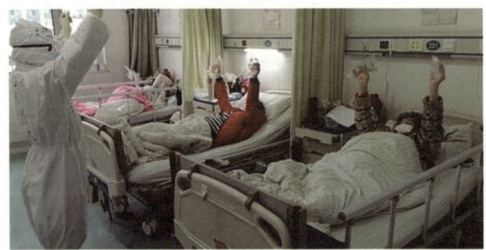

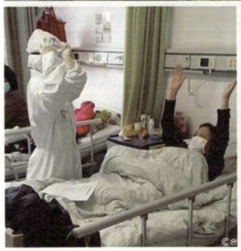
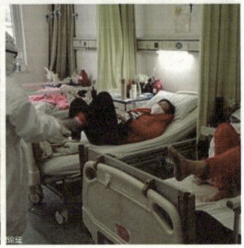

指导患者进行康复锻炼

工作之余,我认真学习新型冠状病毒肺炎诊疗方案、院感防控、康复护理等理论和技能;学习国家各项方针政策和习总书记讲话精神,并充分落实于工作中。对于我们整建制接管病区的工作中存在的一些问题,我也查阅相关文献,积极总结,撰写了两篇相关论文。

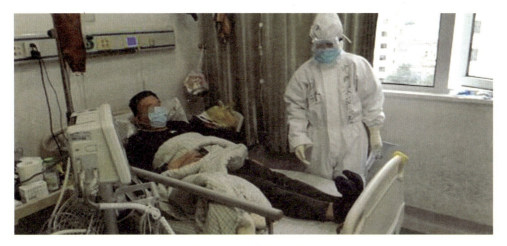

指导患者进行康复锻炼

3月18日,我们顺利完成任务返回合肥。从武汉出发时,武汉市领导、志愿者、市民、警察热情护送我们至机场,国家卫健委领导来到机场致感谢词,民航全体乘务人员给予我们最高礼遇,水门迎接,警车开道接我们回家。其实我们所做的一切是微不足道的,是作为医护人员应该做的事,而我们的背后有各行各业的人员在各自岗位为抗击疫情默默奉献着。我很荣幸能够参加这次抗疫工作,这段工作经历我将终生难忘,这更是非常宝贵的锻炼机会,对我的意志和能力是一次极大的考验。我非常庆幸工作在医院这个温暖的大家庭,我愿意为我们的大家庭的繁荣发展贡献自己的绵薄之力。当前世界多个国家疫情形势严重,如果国际援助抗疫需要,作为一名党员和支部书记,要发挥先锋模范作用,有了这次抗疫经验,我已郑重递交请战书,为世界抗疫做准备,随时应战。

(作者系中国科大附一院(安徽省立医院)第三批支援湖北医疗队队员)

奋战在抗疫一线的日子

"感觉你就像我女儿，一下午都盼着你来"

——战"疫"满月，总有感动在心间

李阳林

2月13日，正在上夜班的我突然接到通知，需要之前报名支援武汉的后备人员响应国家号召即刻做好出发准备。作为一名党员，使命感油然而生，毫不犹豫主动报了名！

护士长连夜安排了同事来接我的班，让我回去准备，同时让科室姐妹帮我准备出行的必备物资。出发当天，科主任、同事一起来到出征现场，为我们加油打气，同时千叮咛万嘱咐，让我们一定照顾好自己，我明显感觉到他们内心的担心与忧虑。但作为临床一线工作者，大家不忘救死扶伤的天职，他们告诉我，"加油，一定要打赢这场没有硝烟的战争，我们是你们的后备！"

父母和孩子是我最大的牵挂，出征当天我隐瞒了父母，直到工作一切顺利开展以后，才告诉他们。那天，年幼的女儿来给我送行，她拉着我的衣角不让我走，看着她清澈的眼眸，虽然万般不舍，但心想武汉有多少个像我孩子这般大的宝贝，都和自己的父母许久未见，大家都盼着早日和家人团聚、共享天伦呢。女儿送行的一幕被中国摄影家协会的摄影师吴芳记录下来，广泛传播。中国科大苏州研究院的杨春宁老师，还依照着照片中的场景画了一幅粉笔画送给我。我很不安，什么都还没有做，社会各界就给予了我这么多关爱。

李阳林出征湖北前与女儿宣宝告别（吴芳 摄）

中国科大苏州研究院杨春宁老师送给李阳林的画

当晚到了武汉,收拾行李和物资时,内心不断翻滚。不是因为害怕,也不是因为牵挂,而是因为打开箱子,看到那些你自己都不会想到的生活需求品,被一个个排列有序、整整齐齐地放在那儿。你会想到,平时在工作中、在各项检查考核中,那些一丝不苟、严肃认真的护理部老师们,在想方设法为我们做一切的考量,恨不能把整个家都装进去……我被这些细节深深地打动了!

第一次进入病房前穿戴防护用品,我反复地确认自己的防护有没有问题,不断地照镜子,说不紧张是骗人的。但是当踏入病房,开始常规的工作时,真的完全忘记了我是在特殊病房工作,只是身上闷热的防护服和密不透风的 N95 口罩、厚厚的三层手套和一直起雾的护目镜,不断地提醒我"你的动作太笨拙了"。平时很简单的操作,此时做起来是那么地费时费力。

在病房工作时,除了常规的治疗与护理,有时间我们也会跟病人聊天,希望能缓解他们紧张焦虑的情绪。病人比我们想象的要勇敢,她们非常配合治疗,也会鼓励我们,感谢我们的到来。

患者给李阳林发来信息并悄悄拍下她给大家送零食的照片

那天，我带了些零食去病房，分给病友们吃，他们不停地说谢谢，偷偷拍下我发零食的照片，还发信息给我。有一个病友发信息说："感觉你就像我女儿，不过她没有你优秀！我一下午都盼着你来，很想念你。"他们说了好多感谢的话，每次他们一说感谢，我就觉得很惭愧，觉得自己做的不够多、不够好。但他们真诚的表达又非常鼓舞人心，内心每天充满了感动。

今天是来到武汉的第三十天，从到达的第一天，我每一天都在感恩，上下班的路上向接送我们的司机师傅说谢谢；在医院向为我们提供帮助的当地医院老师说谢谢；在病房向表扬我们的病人说谢谢；在宾馆向保障我们后勤生活的志愿者说谢谢；向身边相互照顾的同事说谢谢……

昨晚第一次在驻地附近看了一眼这个繁华的大都市，只看到高楼林立的灯光照耀，却看不到它本来熙熙攘攘的人群，不禁心疼，这是个拥有一千多万人口的大城市呀。走在干净的城市大道上，这干净的背后是环卫工人不怕被感染、不辞辛劳地默默付出啊！今天看到新闻说，疫情期间的环卫工人在岗率超过90%，比往年同期还高，这何尝不是一种英雄所为！在特殊时期，他们默默地站出来维护这个英雄的城市原有的模样！

来到武汉这一个月，说的最多的是谢谢，感受到最多的是人间大爱，各种大爱体现在我们工作、生活的每个小细节中，也深刻地感受到了和家人团团圆圆、整整齐齐地在一起，有时是多么容易，有时又是多么困难！我很感激自己能够参与到这段非比寻常的经历中，让我看到了平时看不到、体会不到的人间真情。

爱人夸我，说我是他心目中的英雄，我说自己顶多只能算是个战士。虽然有危险，但是能为此次疫情出一份自己的微薄之力，那也是我这一生非常光荣的一件事。

武汉的樱花已经盛开，和煦的春风轻拂我们的脸，虽是特殊时期，但每个人也能感受到这个城市的美好，相信很快就会走出阴霾笼罩的氛围，我们和武汉人民一起携手，"疫"路同行！

(作者系中国科大附一院（安徽省立医院）第三批支援湖北医疗队队员)

白衣虽轻披作甲　战疫路上践初心

戴晓熹

记得网上有一句话：17年前，非典的时候全世界都在保护"90后"，17年后的今天，"90后"在保护这个世界。作为一名"90后"，我想说其实我们只是在镌刻属于自己的时代印记。

岁末年初，新冠疫情肆虐荆楚大地，疫情重灾区武汉更是牵动着每一个人的心。在习近平总书记的指挥下，全国各地医护人员驰援武汉。作为一名有着8年护理工作经验、7年党龄的医务工作者，接到号令后，我简单与家人商量后第一时间郑重地向组织递上请战书，并在2020年2月13日与医院136位战友们出征武汉。次日，我们便整建制接管华中科技大学同济医学院附属协和医院肿瘤中心Z6病区，投入到了这场没有硝烟的战役。

作为一名年轻妈妈，我是感性的。之前看见抗疫工作者的孩子们隔着电视屏幕喊妈妈、隔着玻璃亲妈妈的镜头我都会忍不住流泪。可当我看见自己的女儿对着电视喊我妈妈时，我却没有哭出来。16个月大的宝宝，我不知道怎么跟她解释妈妈的这一次远行、不知道怎么跟她说妈妈的这次决定。逆向而行！我在内心一次次告诉自己：一定要做好防护，把自己平平安安带回家；一定要认认真真地工作，尽心尽力地护理病人；一定要把美好的瞬间、感人的故事记录下来，等她长大了说给她听。带着这份初心、带着这份动力开始了在武汉抗疫的日子。

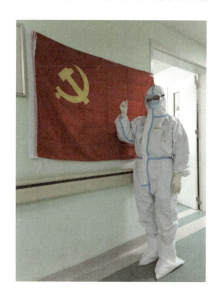

第一天进病区，说不怕是假的，医疗队100名护理人员中"90后"有42人，最小的才23岁。年轻的我们第一次穿着四层衣服，戴着三层手套、两层口罩、一层护

目镜……全副武装,就像被塞进了密封包装袋里的"大白",笨重地行走在病房里。当我推开病房大门,第一眼看见新冠肺炎患者时,我的心像被揪了一样痛,他们恐惧的眼神、痛苦的面容、孤独无助的样子……来不及害怕,来不及适应,本能地投入护理工作中去,翻身拍背、吸氧、雾化、输液、消毒……一个班下来,汗水浸透衣服、护目镜上的雾已形成水滴往下流、耳朵被勒得失去了感觉、口罩下的我已到了需要张口呼吸的状态,特别渴、特别闷,有一种一把拽去口罩的冲动,感觉再不给我一口气我就要憋死了。也就是那时那刻,我才深刻懂得、理解到为什么在日常护理中给呼吸衰竭的病人戴呼吸机面罩他们会反复扯掉面罩、为什么病人说躺在床上小便解不出来,试想我们穿着尿不湿站着都解不出来,更何况他们躺着呢?

或许是因为这份理解与换位,我们更能读懂病友们的眼神,病房里老年患者居多,他们交谈中总是夹杂着方言,这给医疗队员在沟通与治疗上带来一定困难。怎么办?"90后"能发现问题,也能解决问题!我和队友们成立了方言翻译小组,在当地志愿者、医务工作者的帮助下从医疗、护理、生活三大类着手整理出48项"医-护-患"常用对话(武汉方言版)小词典,没想到这本小词典在医疗队迅速传开,更没想到当我们试着用方言和患者们沟通时,他们是那么开心,有的奶奶还现场教我们说方言,沉寂的病房传来欢快的笑声,病房里终于有了一些朝气。3月6日,一个普通的日子,但对病区32床王叔来说,却是一个特殊的日子。细心的队友在查阅病历时发现那一天是王叔的生日。当大家知道这个消息后既兴奋又为难。兴奋的是今天是个好日子,为难的是我们一件像样的礼物也拿不出来,特殊时期想买个蛋糕更是不可能。没有条件,我们就地取材创造条件,找来塑料板画一个蛋糕,调试病区广播连接手机音乐,把社会爱心人士捐给医务工作者的一套针织棉衫简单包装起来当作礼物,一切准备就绪。欢快的生日快乐歌飘荡在病房的每一个角落,病友们跟随着歌声自发走到王叔病房门口,和医疗队一起鼓着掌、唱着歌把"蛋糕"和祝福送给王叔。那时那刻,大家仿佛已经忘却病毒、忘记病痛,这个病房在那一刻充满了温度和希望。

3月15日,是一个值得纪念的日子,我们援鄂的第31天,截至当天,在我们的科学救治和精心护理下,Z6病区59名患者顺利出院。协和肿瘤中心顺利完成作为"新冠肺炎定点医院"的历史使命。同样是3月15日,习总书记给北京大学援鄂医疗队全体"90后"党员回了一封信。他说:"新时代的中国青年是好样的,是堪当大任的!"作为一名90后的我读到这句话时,心头一震，一种责任感和使命感油然而生。曾经的我们在大家眼里还是孩子，而今我们接过接力棒，在这场特殊的战役中和前辈们一起去战斗，在与病魔的战斗中擦亮了青春的底色。前苏联作家奥斯特洛夫斯基在《钢铁是怎样炼成的》一书中写道："一个人的生命是应该这样度过的：当他回首往事的时候，不因虚度年华而悔恨，也不因碌碌无为而羞耻。"我想经过这次疫情阻击战后，我对这句话有了更深刻的理解。

习近平总书记曾经指出，不忘初心、牢记使命不是一阵子的事，而是一辈子的事。作为一名"90后"党员，一名医务工作者，在疫情的大考中，我践行了初心、担起了使命，在以后的工作中我更要继续发扬支援湖北期间特别能吃苦、特别能战斗的精神，更要继续发扬"仁术济世，求实创新"的医院精神与"红专并进、理实交融"的报国情怀，继续践行"救死扶伤"的初心和使命，始终战斗在党和人民最需要的地方。

春回雁归、雾尽风暖，回首这段时间，我感谢组织给我支援武汉的机会、感谢在武汉期间医院对我以及对我家人的关怀照顾。这次援鄂的经历将是我一生最宝贵的经历，值得一生回味。疫魔不退我不退，位卑不敢忘忧国。虽然现在我和同事们已经按照部署撤回合肥，但是，作为一名"90后"党员，我想说：祖国若有需要，人民若有呼唤，召必回，战必胜！

（作者系中国科大附一院（安徽省立医院）第三批支援湖北医疗队队员）

逆 行 援 鄂

艾棋

2020年是对我们的一次考验，新冠病毒来袭，席卷祖国大地，湖北武汉疫情更为严重。

大年三十夜班。初一回家，和父母团圆，初二接到医院通知，所有在外人员立刻赶回医院待命，人生中第一次感觉到紧迫感。和父母道别后，我踏上了返回医院的路程，临走时为了不让父母担心，我说我肯定不会去武汉的，我能力不够，资历尚浅，肯定不会去的，让他们放心。其实只有我自己知道，我会去的，我想去，我愿意去。

初二的那天下午，由于舟车劳顿，回来便睡下了，醒来发现第一批援鄂医疗队组建完毕，初三出发，逆行援鄂，自己深深地懊悔，为啥错过了这次报名的机会。

1月28号大年初四，护士长在群里发布征集援鄂医疗队队员的信息，我立马就报名了，也有幸成为其中的一员。经过医院的培训后，自己在家准备。2020年2月13日，我们第三批137人要整建制接管华中科技大学同济医学院附属协和医院肿瘤中心Z6病区，这无疑是一个艰巨又光荣的任务。

2020年2月13日出发这天，临行的出征仪式上，作为男孩子的我，眼泪不住地打转，最后忍住没掉下来。

在飞机上我们感受到全体机组人员的热情。他们说道："亲爱的医护战士们，感谢你们，在逆风中前行，奔赴疫区救死扶伤，向你们致敬！祝愿你们平安归来，祝福你们安泰无恙！全体东方航空工作人员为你们祈福。"我的泪水再也止不住地滴了下来，一个男孩子的泪点原来这么低。谢谢你们。

时间紧，任务急，做了一天培训，第二天我们就要投入到战斗中，要深入病房，怕吗？当然怕，但我绝不退缩！穿好隔离衣，防护服，戴上N95口罩、护目镜，一行7人，坚定地向病房走去，此时我们是同事亦是战友。进入病房也就不怕了，我走到所管的病房内，自豪地告诉那些叔叔阿姨、爷爷奶奶，我是来自中国科大附属第一医院（安徽省立医院）的，我们来帮助你们，我们一起平安回家。

尤记得17病房的三个阿姨，171床的阿姨总说：不用，我自己来。我也总告诉她：没事，我来帮您。阿姨却说，你和我女儿差不多大，我现在生病了，传染性还那么强，你离我远一点，能不接触我们，就不要接触我们，能不到病房里来，就不要来。一时间我红了眼眶，却也不敢哭出来，我怕，眼泪掉下来，护目镜就花了，用不了了，我坚定地告诉阿姨："没事，别担心，我们做好了充分的防护，帮助你们是我应该做的，有事随时喊我，随叫随到，我们会送你回家。"173床的阿姨尤为焦虑，每天睡觉都要吃安眠药，她告诉我，她家人都感染了，另外两人都在方舱医院，不知道现在怎么样了，也不知道自己能坚持到什么时候就坚持不下去了，也不知道自己有没有机会走出这病房。一时间我心里五味杂陈。我握着她的手告诉她："阿姨，方舱那边，我室友也在那里，那里的医疗力量也很强，不用太担心，阿姨您呢，要开开心心的，这样你的病才能好得更快，等你出院那天我送你离开病房，相信我们。"为173床的阿姨做护理时，阿姨关心地问我："你为什么和我们一样一直在喘气啊？"我笑着告诉她："阿姨，我这不是喘，这口罩戴得太难受了，我喘不过气来，所以需要大口大口地呼吸。"其实不仅仅是喘不过来气，还有身体出汗、潮湿，护目镜的水蒸气使我们视力模糊。2月23日我们所接管的重症病区终于迎来了康复出院的病人，还是一对夫妻，感觉我们的付出是有价值的，我为自己是这个医疗队的一分子而自豪。

有喜事也有令人伤心的事，2月24日5点55分，当时我在病房给病人测量血糖，听到外面有人喊"快过来"，当时心里突然一紧，觉得91床的爷爷出事了，立马放下手里的东西奔跑了过去。监护仪上血压心率氧饱和度都测不出来。我立马进行CPR、遵医嘱推肾上腺素等一系列的措施，最终还是没能抢救过来，我站在一旁，呆住了，心里难过，打电话通知家属过来的时候，家属告诉我，他们也感染了，在住院。老爷爷临走时家里人都来不了……我默默地向老爷爷鞠

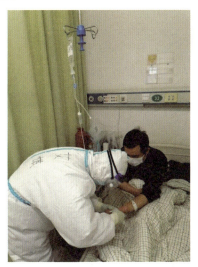

了躬，送他最后一程，让他路上不孤单。生活还要继续，还有其他病人等着我们，我们收拾好自己继续出发。

2020年3月31日，隔离快要结束了，脑海中闪过很多很多片段：下飞机，戴N95口罩，穿防护服，汗水泡的发白的手指，脸上的压疮，脱下口罩时不敢呼吸，快跑到另一个缓冲区戴上口罩，大口呼吸，咕噜咕噜地把一大瓶矿泉水灌下去的舒适感，阿姨对我说的那句话"你离我远点，我身上有病毒，不能传染给你们"，司机师傅说"看见你们出来我才放心"，凌晨3点的志愿者问"晚上要吃饺子吗"，护士长说"我们要一起去，一起回"，领队说"不管付出多大代价，我都要带你们回家"，回家时的喜悦，离别时的不舍……我们这个战队就要分别了，谢谢你们，让我体味到不一样的人生。

2020年4月1日，我们回家了，我们披星戴月而来，迎着朝阳而归，我们不是英雄，只是这段经历圆了我的一个英雄梦。

2003年发生非典时我们是被保护的孩子，2020年的我们踏着前辈的步伐，学着前辈的样子去保护武汉的人民。我们"90后"是勇于担当的一代，我们长大了。一生之中能为祖国和人民做点力所能及的事，也是很自豪的，不是吗？

没有一个冬天不会过去，没有一个春天不将到来，时光不燥，阳光正好。

(作者系中国科大附一院(安徽省立医院)第三批支援湖北医疗队队员)

你们莫担心，小闺女把我照顾得好好的！

鲍宪斌

我不羡慕青山，我只喜欢她的厚重，我不渴望大海，我只钦佩她的胸怀。

我一直相信，生命的长度是有限的，但可以拓宽自己生命的宽度。如果十年如一日地生活，那这十年就只有一日的价值；就算生活短暂，但是短暂的时间里有精彩的经历，那也不虚此行。在武汉支援抗击疫情，是我二十多年的生命中，所做的极有意义的事情之一。人生没有结果，只有经历。

在武汉已经二十多天了，日子过得特别快，每一天都是紧凑的。现在，我已经熟悉了老汉口的语言，有时跟本地人说话，都被带得有股武汉的味儿。

到武汉当晚，整整六卡车的物资，由航空公司帮忙运到宾馆，武汉城管帮忙搬运。中国科大附一院（安徽省立医院）医疗队是两个小时集结完毕的，包括和航空公司、城管、安医医疗队，所有的人都是相互不认识的。面对这么多物资，大家迅速拧成一股绳，男孩女孩齐上阵，集结成两条运输线，"省医的！""这边！""安医的！""这边！"大家干得热火朝天，迅速把物资分拣完毕。第一个晚上，我就深深感受到，这是一个有凝聚力的团队！

我们医疗队接管的是武汉协和医院肿瘤中心Z6重症病区，武汉的老师跟我们交接，为能收治更多的病人，这里把休息室、换药室都改成了临时病房。科室开放后，病房迅速就收满了。我们开始了紧张的工作。我接待了一个70多岁吸着氧气、坐着轮椅来的老太太。刚刚进病区的时候，她害怕极了，一直通着电话，电话那头的家人也十分担心。我把她扶到床位上，脱下外套，放好生活用品，做上治疗以后，又给她打了水，摆好饭。阿姨得到照顾，像是找到了依靠，心情慢慢平静下来，再次打电话给家人说："你们莫担心，小闺女把我照顾得好好的！"听到她这样说，我才安下心来。

早上，我戴着厚厚的橡胶手套来为患者抽血。我来自儿科，已经快十年没接触过成年患者了。细致地评估血管后，嘴巴里习惯性地说："宝贝不怕哦，阿姨轻轻的！"病床上年纪可以做我母亲的"宝贝"惊讶地看着我，我反应过来连忙说:"抱歉抱歉,我是儿科的,习惯了。"阿姨说:"我晓得! 你们伺候孩子的都来伺候我们了,谢谢你们!"虽然隔着我的防护面罩和阿姨的口罩,我们依然默契地相视一笑。

病房里的工作还是我们时常做的那些,但因隔离的特殊性,增加了重重困难。就拿抽血来说,戴着充满水汽的模糊的防护镜,血管难以看清,只能靠隔着厚厚橡胶手套的手摸索感知,所需的时间是我平时工作的两倍。无论是静脉输液、更换液体、体征测量,还是为患者提供生活护理,做一遍后,每个人就都被防护服捂得满头大汗,护目镜的下方雾气凝结的水滴都能集成一个小涡。上班前大家不会喝太多水,工作时水分又流失较多;厚厚的口罩戴太久,也有缺氧的感觉,很多人脱下防护服时都有轻度虚脱感。

工作虽然辛苦,但我们的队员没有说累的,大家都相互照顾,相互体谅。排班的时候经常有人"提意见",这个说:"跟我一个班的小某胃不好,防护时间长了总恶心干呕,排我早点进去,接她的班。"那个提:"我的小组长夜班太多,太辛苦了,我年轻,可以多分两个夜班。"队员们的"斤斤计较"让我时常感到鼻酸。灾难无情,但疫情下的人们都温暖有光,品良为善。

在武汉的这些日子,全社会给予了全方位的支持,我们在救治病人,更多的人在托举我们。出发时,我们的医院几乎把防护用品的家底掏空,都带到武汉来了;志愿者们为我们安排好一日三餐、水果、速食、日用品;酒店的工作人员在一楼每天煮着银耳汤和茶叶蛋,我们半夜下班回来,他们也熬着夜,

在酒店门口为我们消毒;给我剪头发的志愿者小哥,说他最多时一天剪了一百多人,累得第二天爬不起来;班车和出租车师傅日夜当值,为我们上下班保驾护航……疫情当前,每一个人都在尽力,每一个人都不容易。

出发时,身边的人问我紧张吗? 怕不怕? 那时候我忙着培训和收拾物品,无暇顾及这个问题。现在我想回答:有何可惧! 物资调配、人员运送、消毒隔离、后勤保障,那么多的岗位都在为抗击疫情努力,这是一场必胜的战役!

下班路上，街道边不知名的树开满小白花，汽车经过，一窝麻雀扑棱着飞到隔壁那颗树上，阳光懒懒地照着，微微的风吹得不凉，这，已经是春天了。

在武汉的经历是我人生中浓墨重彩的一笔，待他日疫情迷雾散尽，我定要再来看武汉的大好河山！

（作者系中国科大附一院（安徽省立医院）第三批支援湖北医疗队队员）

和武汉阿姨说武汉话

周晓婉

从2020年2月12日晚上接到援武汉的紧急通知,13日飞抵武汉,已经过去了10来天了,家人、朋友、同事也都很关心我们在武汉的工作和生活,今天轮休,决定写点东西,日后再看也一定很有意义。

说来武汉这座城市,我是有特殊感情的。我的表姐、表哥都在武汉读的大学,姐姐毕业后在武汉安家立业,所以我来武汉的次数很多。美食、美景、武汉人的直性子,都让人难忘,而这一次来武汉,确实是最特殊的一次。2月12日晚上接到通知,医院需派137名医护驰援武汉,当下没有犹豫,没有时间与家人商量,总觉得面临这场疫情,我应该做点什么,就很快报了名,收拾行李。因为时间仓促,行李箱在父母家里,晚上11点给爸爸打电话,声音有些颤抖地告诉他,我要去武汉了,爸爸很平静,也很支持我,只是对我说,要保护好自己,平安回来。爸爸第二天一早给我送来行李箱和生活用品。在准备行李的时候,科室的同事、朋友们一起帮忙,让我感到温暖和感动,让我觉得我不是一个人在战斗。

2月13日,由100名护理人员和37名医生组成的"中国科大附一院(安徽省立医院)医疗队"顺利抵达武汉,在领队、南区书记鲁朝晖和副领队、南区副院长王锦权的带领下,我们的Z6病区迅速收满病人,医生和护士配合默契,每个班次都想多做一些,为下一班减轻负担,治疗有条不紊地进行着,不上班的同事也时刻关注着工作群中的各种信息,关注危重患者的病情变化。两位领队也进入隔离病房,查

看危重患者，与病区郑昌成主任和多位治疗组组长讨论病情，为患者制订最佳治疗方案。今天白班，我们有两位患者已符合出院标准，办理了出院手续。我想，这就是我们来到这里最有成就的事了吧！

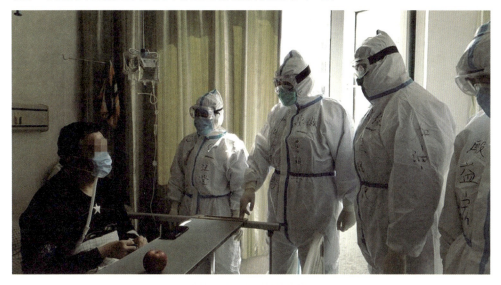

鲁朝晖和王锦权带队查房

日常生活方面，武汉的志愿者已经为我们做了太多太多，为我们的三餐、往返医院提供有力的保障，他们很细心、有耐心，对我们的生活上的需求尽量满足。为了和老年患者沟通更顺畅，志愿者还教我们说一些武汉话常用语，我也学了几句，今天查房和一位武汉阿姨说了几句，把她逗乐了！

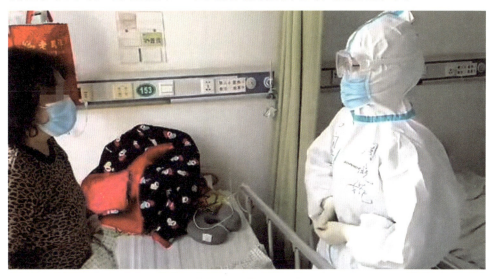

和武汉阿姨说武汉话

我相信，我们每位队员都会尽全力、团结一致，打赢这场没有硝烟的战争，我们也会保护好自己，平安凯旋！

（作者系中国科大附一院（安徽省立医院）第三批支援湖北医疗队队员）

温暖伴我逆行

方璇

3月2日　阴转小雨

今天是我们来到武汉的第 19 天，早上六点准时起床，简单洗漱之后，泡了方便面，只吃了点面没有喝汤，便穿上纸尿裤，直接赶向通勤车，王院长和张主任已经站在车旁，并再三叮嘱所有人，一定要注意防护，平安归来，一直目送着我们出发。虽然已是每日的"家常"，可当车子离开的那一瞬间还是不由得暗自泪目。

虽然武汉的早晨有些湿冷，身体也有些疲倦，但是有了师长和同事的关怀，心里还是暖暖的。来到医院后，按规程换上隔离衣，穿戴好防护用品，与队友相互检查和鼓励后，各自给了对方一个鼓励和加油的眼神便一起进仓了。今天和同事婷婷分管三组，7 个病房 18 个病患，而且大多数都是老年人，血管条件也都不是很好，儿科护士出身的自己本身并不担忧，只是带着两层外科手套操作，心里还是有点疑虑，而且有些老年人方言很重，不好沟通，甚至不愿配合治疗。有个病患老奶奶，治疗已经有些时日了，自身血管条件很不好，手背上已经布满了针眼，针已经打到胳膊上了，而且接上可来福后，发现她血管阻塞严重，老人家虽然强忍着不说话，通过她眉头紧锁的状态，可以感觉到她疼痛感明显。我立即拔出针来，按压止血后，再找血管，准备再次穿刺。可这刚刚开始工作，护目镜里就已经被雾气覆盖了，我只好用手去查找看不见但是弹性好的血管，但是发现厚厚的手套摸上去感觉都是骨头或者是肌肉，毫无区分，找来找去加上担心奶奶着急，自己一会儿就出了一身汗。奶奶感觉到我的异样，经过这么多天的治疗也知道自己血管条件不好，主动安慰我说："小姑娘，慢慢找，不要着急，谢谢你们这么远过来帮助我们，本身我血管也不好，给你们添麻烦了。"尽管带着湖北方言，但是瞬间让我感觉温暖，紧张的心情放松下来很多，再次弯下腰去仔细观察她的手臂，直到看见手背上尚存且仅有的那条蓝细的静脉，只好选它了，虽然单手推针有点困难，两层厚的手套也会影响我的操作，但是放松心态的我有条不紊，进针顺利，固定好针头，在跟老太太告别后，又顺利打了三个滞留针，完美！开心！

　　托珠单抗治疗方案是中国科大和我所在的附属第一医院自主研发的最新成果，经过在本地定点医院的临床诊治和观察取样，效果显著，大家也都对此给予厚望，希望这款"中国创造"在关键时刻能够发挥作用，打败新冠病毒，拯救更多的患者。今天在我分管的床位中，152床的阿姨将进行托珠单抗治疗。检测生命体征正常后，便使用甲强龙＋单抗治疗，然后给阿姨简单解释了一下治疗的方法和注意事项，阿姨是个很乐观的人，她说："我乖乖地听话，让住院就住院，让打针就打针，大家都拧成一股绳子，我不信打不过病毒。"我笑着鼓励她说，您放心！只要您积极配合治疗，就一定能早日出院，踏青郊游。

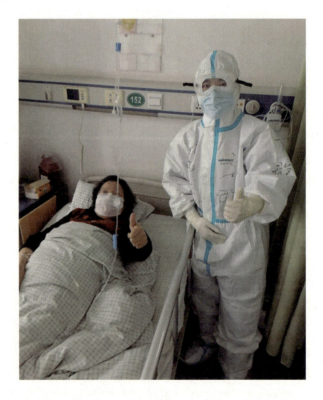

　　休息的时候，同事发了个微博，说是马云给援鄂浙江队点了奶茶和炸鸡，原来是有个队员在微博上表示想吃炸鸡，喝奶茶，没想到被马云看见了，而且还回复了，大家都觉得无比振奋，虽然逆行在他乡，但是有这么多人关注着，

我们并不孤独。这虽然说是给浙江队点的，但是大家一样都很开心！然而没有想到的是，我下班回到宿舍便拿到了马云寄送来的奶茶和披萨，还有他颇具江湖风格的留言"医之大者，亦士亦侠——马云敬上"，让大家都觉得兴奋快乐，整个住宿点都洋溢着快乐和温暖的气息。是的！应该是春天的脚步更近了，天气也似乎更加温暖了。

晚上打开微信，满屏幕的红点，都是亲朋好友的关心问候，但是最多的，还是关心我们防护用品缺不缺？保障条件怎么样？我说都有呢，就是护目镜上老有雾，影响操作，我们也想了很多办法，朋友们也给了很多建议，但是后期雾气仍然很明显。高中同学、现在的大学老师谭教授看到了，当晚就帮我联系了他的师兄卢教授，说是刚好有这方面的产品，愿意给我们中国科大附一院（安徽省立医院）捐赠一些，真是太好了，这是给我们帮大忙了，虽然在武汉的每一天都会很辛苦，也会给我很多的感动，但是这一晚疲惫的我却怎么也睡不着！

风樯动，龟蛇静，起宏图。武汉这座英雄的城市，在薄薄的夜幕中有些沉寂，但是她依然是正在复苏的、温暖的、顽强的！君不见在夜幕中，有多少车辆川流不息，有多少救援物资在此汇聚，有多少逆行者接踵而至，又有多少人为此不眠不休！我隔着模糊的泪眼，仿佛看到 14 亿中华儿女汇聚在长江畔正用爱心和双手铸造起一座温暖的桥梁，而武汉一定会很快抵达春天的彼岸，那时的樱花也定会开得更加灿烂。

（作者系中国科大附一院（安徽省立医院）第三批支援湖北医疗队队员）

欺负宝宝的"怪兽"我可以打跑，这次也更有勇气打跑"大怪兽"

高秒

今天是来武汉的第 26 天，不回望，不觉时光易逝。在这里，以往用来计时的日期与时间仿佛变得模糊不清，如果提到出院几个，还有多少床在院病人，大家反倒可以异口同声地答出来。那些数字，在大家心中，代表了胜利在望，可以回家的日子越来越近。回想起当初报名支援湖北武汉，仿佛就在昨日，因为我所在的科室是新生儿科，专科性很强，当时还生怕自己没有机会参加一线抗疫队伍。

2月13日，这一天是难忘的，凌晨接到了出发的通知，简单收拾了行李，就跟着大部队出发了，时间匆忙，科室的护士长和老师们都想着给我多带点东西，背包里被"物资"和"关切"塞得都要溢出来了。

2月18日，是我第一次进入隔离病区的日子，也是小夜班。在组长的叮嘱下我们装备齐全进入了感染病区，陌生的环境，不适的穿着，不熟悉的工作系统，我们就这样"混乱"地渡过了6小时，出来以后脱下防护服，看着自己脸上的压痕，手背上因为过敏留下的皮疹，心里感慨万千，我并没有为自己难过，只是才发觉，很多事情不是想象的那般简单，只有亲身去体会了，才明白其中的滋味。

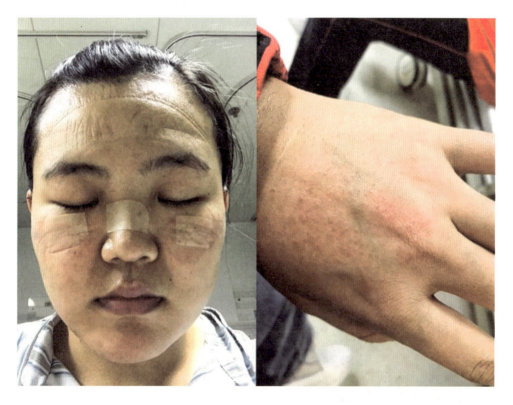

由于上班戴着三层手套和护目镜，对于我们来说，最难的就是穿刺技术了，不过好在我是新生儿科出身，看惯了早产儿宝宝的血管，现在大人们的血管即便透过不清楚的护目镜，也让我觉得非常好上手了，避免了给病人多次穿刺带来的痛苦与风险。

奋战在抗疫一线的日子

 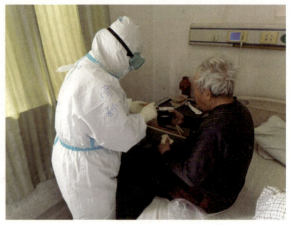

2月28日，今日上连班。 因为是隔离病区，病人们一旦住进来，就无法见到自己的亲人们了，他们整日面对的，除了要"敬而远之"的病友，就是"全副武装"的我们，身处异地，我们感同身受。 93床的老爷子年纪很大，患有老年痴呆，清醒的时候对我们很客气、友善，但是糊涂的时候总是耍小孩子脾气，今天是我负责他的床位，他中午不愿意吃饭，嚷嚷着要睡觉，等到大家都吃好要休息的时候，我去他床边看他，他醒了，迷迷糊糊拉起我的手，不知道是不是把我当成了家里的孩子，双手攥着我的手，开始和我描述一些什么，老爷子说话有口音，我很努力地听了半天，才明白原来他想喝粥，后来打电话让食堂又重新送了粥过来，当把粥端到老爷子床边的时候，他很开心。

3月2日，今日休息。上班的时候，因为穿防护服的原因，我们深感没有口袋的不便，于是趁着休息，和组员们一起制作了特殊的挎包，条件有限，我们只能就地取材，用无纺布和借来的针线手工缝制了医疗队包包，我把每一个包包上面都画上了医院的Logo，写上了打气的话。背着包包，就可以感觉到力量，仿佛家就在身边。

来这之后的我几乎没有踏过武汉的马路，每天两点一线，中间的路就靠司机师傅串连了起来，漫漫长路，让人居然恍惚觉得这时光是常态了。可我知道不是，每当离开医院以后，回到酒店，门口迎接我们的，有消毒水，再走几步，就可以看到志愿者们给我们煮好的茶叶蛋、银耳汤，一直冒着热气，盛一碗汤喝下去，就会觉得温暖，它会告诉你，这不是常态，这是短暂的，只是苦难与温暖都是并存的。"好好忍耐，不要沮丧，如果春天要来，大地会使它一点点地完成。"里尔克的诗如是说。

（作者系中国科大附一院（安徽省立医院）第三批支援湖北医疗队队员）

致"武汉先生"

罗健

今天是2020年3月15日,透过窗口看武汉:阳光明媚,鸟语花香!

今天是我们来到武汉的第31天,也是我院第三批支援湖北医疗队休整的第一天,美好的一天在"武汉先生"的一句"豪华早餐到了,过早了!"中开始了,一碗浓香的鸡蛋酒酿,一盒喷香的蒸饺,一碗情意浓浓的热干面!

在我的记忆中,曾经因为"先生"一词,还闹出过一个笑话。

我读小学的时候认为,先生就只是称呼成年男性的,只有女士才是对成年女性的称呼。当时正在学习冰心的《再寄小读者》,老师在介绍作者的时候用了"冰心先生",我当即站出来铿锵有力地反驳道:"老师,您错了,应该是冰心女士!"老师和蔼地说:"反驳得好!'先生'一词,字面的意思表示出生比自己早,年龄比自己大的人,另有先接触陌生的事物的意思,引申为先接触陌生事物的人。因此古代称别人先生有向别人学习的意思,正所谓'达者为先',师者之意。后在现代汉语语境下,'先生'一词引申为对人的一种尊称,不分男女。"

因为新冠肺炎,我们不辞辛劳,勇敢地站在人民群众前面;因为新冠肺炎,我们舍小家为大家,来到了抗疫最前线。看到战友们脸上一道道深深的压痕,还是满面笑容;看到战友们一个个累到虚脱,还在坚持工作,我流泪了。但是每次的泪痕都被一群人的温暖擦掉了,那就是"武汉先生","武汉先生"每一次的温暖,都激励着我们斗志昂扬地工作!

每一次上班走出酒店的时候,"武汉先生"都会说:"吃饭了吗?这里有鸡蛋,那边是牛奶,还有肉包子哦,要吃饱哦!""加油,等你们回来!"

每一次坐上去医院的大巴车的时候,"武汉先生"都会说:"车已消毒,请放心乘坐。""又上班了,你们辛苦了!""这里是汉口火车站,那里是……"一句句贴心的话语温暖了我们每一个人的心。

每一次从病房出来，拖着疲惫的身躯来到宾馆，"武汉先生"都会说："回来了，辛苦了！请消毒！""这里有鸡蛋，那里有米饭，一定要吃饱哦！""等疫情结束，我要好好地带你们逛一逛武汉城！"

"生日快乐！""恭喜满月！""悄悄地告诉你们，今天有好吃的哦！"……"武汉先生"每一次的惊喜话语，都让我们无比温暖，但又惊奇"武汉先生"怎么什么都知道？

"武汉先生"在哪里？

当我们在病房奋勇抗疫的时候，"武汉先生"正在搬运物资、运送人员；当我们在病房奋勇抗疫的时候，"武汉先生"正在统计每一位医疗队员的兴趣、习惯和生日；当我们在病房奋勇抗疫的时候，"武汉先生"正在辛勤地采购队员们的生活物资；当我们在病房奋勇抗疫的时候，"武汉先生"正在细心地准备医疗队的生活所需……

谁是"武汉先生"?

那身躯疲惫、满面笑容的人就是"武汉先生",那声音嘶哑却还嗓音洪亮的问候人就是"武汉先生",那舍弃家人、无微不至照顾病人的人就是"武汉先生",那些英勇无比的志愿者,就是"武汉先生"。

感谢"武汉先生"!

先生,这是一个称谓,一种修为,一份崇敬,一种精神!

(作者系中国科大附一院(安徽省立医院)第三批支援湖北医疗队队员)

赴一场永不后悔的"生死之约"

程木兰

"明天和意外,永远不知道哪一个会先来。"2020年的开端,对于所有人而言都是艰难的,这场意外的疫情,打破了平静的生活,拨乱了原有的生活节奏。

新年伊始,中国人的团圆佳节,却有那么多的人在忍受病毒的折磨,可也有这样一群人,他们披上了白袍,放弃了休假,放弃了与家人的团聚时刻,逆行而上,去赶赴一场"生死之约"。

打疫情防控工作开始之时,我就第一时间申请加入了医院组织的疫情防控后备小组,我觉得这是作为一名共产党员应有的责任与担当。随着疫情的蔓延,武汉的情势愈发严峻,远远超出了他们的承受能力。响应国家号召,一批批来自全国各地的医疗队纷纷驰援武汉,我也很光荣地成为了其中一员,站在了抗击疫情的第一线。

武汉是一座特大城市,素有"九省通衢"的别称,可见往日这里是车水马龙,极其热闹繁华的。还记得那天抵达武汉时已是夜里,坐在车上一路看着武汉的街头,早已不复往日的喧闹,灯光拉长了树的影子,没有了行人与车辆,一切都显得那么落寞。只有远处高楼上闪烁的字体"中国加油、武汉加油"和我身边这群可爱可敬的同事、前辈们,让我感受到了一往无前的勇气与战之必胜的信念。

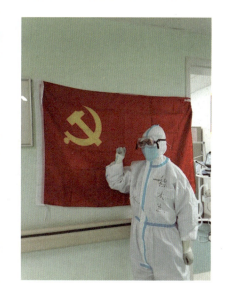

卫健委交给我们的任务是整建制接管华中科技大学同济医学院附属协和医院肿瘤中心Z6重症病区,经过紧张有序的部署安排,我们很快便开始收治患者了。踏进

医院的第一天,看见这边由原来病区改建而来的清洁区与缓冲区,这些病房早已不复从前的模样,还有她们本院护士老师仍坚守在各自的工作岗位上,看着她们疲倦的面容,只有满心的敬佩与心疼,在心里默默地说:我们大家一起努力,一定可以打败病毒,春暖花开就在眼前。

厚厚的防护服,大大的护目镜,雾气下朦胧的视野,长时间的不吃不喝、不上厕所,给我们在生理上带来了极大的困扰,体能总是消耗过快,下班时早已疲惫不堪;但是,我在心理上却得到了极大的满足。记得有个方舱医院的医生说过:我们此时的医患关系仿佛回到了二十年前。我从事医疗行业时间不长,我无法知道二十年前是什么模样,可我明白当下的医患关系是多么珍贵,患者全心全意的信任与托付,让我深切体会到医者的责任、担当与价值,这是一次多么珍贵的回忆啊,如果有再次选择的机会,我想我还是会选择义无反顾地逆行而上。

病房里93床的老爷爷,91岁高龄,听力下降,家里儿子、媳妇、孙子都是新冠肺炎患者,都在定点医院接受治疗,刚入院那会儿他总是焦虑不安,天天拿着电话簿让我们给他儿子打电话接他回家,吃饭、吃药也不按时,看着他仿佛看到自己的长辈,我们总是趴在他的耳边说话,时时安慰他,帮着他吃饭、吃药,渐渐地老爷子适应了新的环境,不再天天念叨着给儿子打电话了,病情也日渐好转。记得有一天,老爷爷要求在走廊坐一会,我们搀扶他坐下

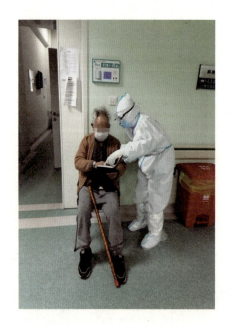

来,照例趴在他耳边说话,这时病房里一个阿姨立马上去轻轻拉开我,说:"姑娘,你不要离得太近了,会传染。"心里那块柔软的地方好像被撞了一下,她想保护我们的心意让我觉得再苦再累都值得。还有病房181床的老奶奶,为人和蔼可亲,总是满脸笑容,不论帮她干点什么她都积极配合,充满感激。有一天她在护士站和我们说话,突然说道:"我都这么一把年纪了,还要你们这些小姑娘冒这么大的风险来给我治疗,我真的是心疼。"朴实的话语让我们所有人都为之感动,真是善良又可爱的人。病房里这样的人和

事太多，这一路收获了满满的感动与正能量。

此刻，坐在这里不禁想起了出发前的那些日子，因为过年一直都在值班，已经很久没有回过家了，打电话回家和父亲说要去支援武汉的事，听了我的话，他沉默了一会，随即说道："那你去了一定要小心防护，和同事间相互帮助，互相关爱。"听着不自觉眼眶就发热了，忍着泪水一一应允，好让他们放心。虽说是背井离乡，千里之远，但在武汉也感受到了极多的温暖。志愿者们不论白天黑夜地给我们准备食物、必备的生活用品，给我们策划了一个集体生日，带着大家一起包饺子改善伙食……我们的领队、护士长们时刻叮嘱我们注意休息，加强防护，关心着我们的身体状态……我们的同事们热情友爱，谁有困难，纷纷伸出援手。这样的一群人，这样的一个集体，这样英雄的中华民族，怎么会被病毒打倒？胜利一定是属于我们的。

我们都期待平静的生活，我也希望在平凡的生活里留下一些让人热泪盈眶的瞬间，这一段共同努力，共同战"疫"的日子，将成为我人生中不可磨灭的记忆，这一场与病毒博弈的"生死之约"，我从未后悔。

春天的脚步近了，武大的樱花也开了，美好的生活就要来临了。

（作者系中国科大附一院（安徽省立医院）第三批支援湖北医疗队队员）

身着白衣，心似莲花

徐思明

早春已经悄悄来临，可是冬日的寒冷却依然没有消散。新年本该欢天喜地合家团圆，一场突如其来的疫情从长江汉水之滨、九省通衢之地袭来，一场没有硝烟的战役让原本的欢乐戛然而止。在新年的钟声里，新型冠状病毒却肆虐着我们的国家。

国有召，召必回，赤子忱心，不负韶华

深夜的城市未眠，只几处灯火通明，隐约有人影从窗前闪过，看不真切，也偶尔听见几声低语，是急促的，带着点不安，但很快便听不见了。这座城从没有像现在这样寂静。黑暗中不知多少人就此长眠不醒。身为一名护士，我见很多生命在一夕之间消亡。"时代的一粒灰，落在个人头上，可能就是一座山。"看在网上到一个和我一样大的女孩，她的父亲因感染新冠肺炎而去世。她无助在街头哭喊："我没有爸爸了……我怎么办啊？我没有爸爸了……"如今又有多少家庭正在经历生离死别。

"叮叮叮"，手机传来振动声："武汉目前紧缺医务人员，需从我院调6名医务人员前去支援武汉，呼吸科和ICU的医护人员优先，希望大家积极报名。"这是我院第一批志愿者，大家都争先报名，纷纷写下请战书按上红手印。

"中国总是被他们之中最勇敢的人保护得很好。"是的，当看到已过耄耋之年的钟南山，李兰娟院士毅然披挂上阵，奔赴疫情的第一线；当看到在这只见刺骨寒冬不见春的时候，依然有人在前仆后继，全国各地的白衣天使义无反顾的逆行出征，背水一战……他们的背后，有的是家里孩童稚嫩的哭泣声：爸爸妈妈我想你们，你们啥时候回来啊，我想你抱抱我好不好？有的是殷切的哽咽叮嘱声：孩子你在前线好好的，家里有爸妈呢，等你回来。还有那温

柔的呢喃:老婆,你要照顾好自己,等你平安归来,以后家务都我包了。

白岩松问:"你看见了什么,记住了什么,你为什么感动,又为什么彻夜难眠?"忽而我泪如雨下,为天地立心,为生民立命,为往圣继绝学,为万世开太平,医学誓言在我耳边一遍遍回响,使命感和责任感油然而生,一刻都不能再等! 我是党员护士! 我要支援前线! 终于,像千千万万个前辈那样,我成为众多逆行者中的一员。

我深呼吸几下后拨通电话:"爸,家里还好吗?"尽量让自己的声音听起来和往常一样。

"这么晚打电话啊,家里挺好的,你放心,主要是你,你在外面要吃好睡好"电话那头传来老爸由于常年吸烟而略微沙哑的声音。"嗯……别吸烟了,对身体不好……"

"我这几十年了,哪那么容易啊,我就吸这一支。"老爸笑道。 电话那头传来电视里的新闻播报:"自1月23日10时起,武汉全市城市公交、地铁、轮渡、长途客运暂停运营,机场、火车站离汉通道暂时关闭。 武汉封城。"

"我在看电视呢,现在疫情严重啊,武汉都封城了没人去了,家里一切都好不要担心,你妈今天唠叨了一天担心你,你一个人在外面要保护好自己……"

"嗯,我是护士,我能保护好自己,我也没啥事,就是想你们啦,你们在家照顾好自己,我睡觉啦。"我挂掉电话。 其实我想告诉他们,我要去武汉了但还是没有说出口……

既然选择了逆行,虽有不舍,也有恐惧,但我愿意化作花火,在来势汹汹的黑夜里划出一道裂痕,明艳而闪耀;我愿意逆流而上,穿上铠甲,奋不顾身只为祖国和人民。

白衣燕尾,精心护理,大爱无惧,战疫必胜

当我的脸被压得起了水泡,当我看到同仁们一双双布满血丝的眼,一张张素面朝天的脸被口罩勒出一道道红痕……听到护士长说今天又出院3人,大家都露出了久违的笑容。

我所在的是重症病房,病房里痛苦的咳嗽声撕裂了宁静的夜晚。 当我们赶到时,老太太脸色发白,不再有呼吸。 在我们奋力抢救一小时后,老太太

还是走了。新冠肺炎患者的死亡往往比预想的更加迅速与突然。重症病房里，死神是我们的熟人。老太太走了，她的遗体护理由我们来完成。

老太太以前是老师，是个讲究人，即使在动一下都要满头大汗的时候，还是坚持衣服要穿得干净整齐。

"小姑娘你多大了？"

"奶奶，我今年24，虚岁25啦！"我笑着回答她。

"哎哟，乖闺女，你这正是花一样的年纪哟，真好。"

看到我手套上手指的部位用红色彩笔涂的指甲形状，她拉起我的手笑道："我像你这么大的时候，也喜欢涂指甲油，奶奶年轻时可洋气了，喜欢大红色。"

"奶奶，等你好了出院了，就可以涂指甲油啦，现在涂的话，会影响我们给你量氧饱和度的"。

奶奶摆摆手，笑了："我这大把年纪了，涂指甲油不让人笑话啊。"

那夜，我用消毒水仔细地帮奶奶擦着身子，想起她爱漂亮爱整洁，我拿了一套最新最干净的衣服给她换上。她的手，还是那么苍白干净。想起奶奶的心愿，我跑去问老师们有没有指甲油。大家都没有，疫情期间也难以买到，但大家都想满足老人的愿望。老师提议，让接班的老师借一只口红代替指甲油送进病房，瞬间大家达成共识。口红送到，我仔细地涂到奶奶的指甲上，很鲜艳很好看。老师说奶奶的心愿达成了，希望她安息。作为护士，我们有时必须直面死亡，但我们希望离去的人能够有意义且体面地离开。这是我们护士的责任与义务。

新闻报道这次疫情逆行的医护工作者中68%都是护士，看到一名护士长在接受采访时哽咽着说出的话："你知道吗？有10万支咽拭子采集试管来了，就需要我们护士去采集，她们是冒着很大的风险去进行操作。"她哭了，我也哭了。

我曾在深夜问过队友,你怕死吗? 她说在我倒下的地方,将会有另一个人站起。 我的肩上是风,风上是闪烁的星群。 我看到她的眼睛里闪着光。封一座城,护一国人。 不需要历史来记载功勋,也无谓那些空虚华美的称颂;只要山川河流、千万英灵,见证我们前仆后继的跋涉,永不放弃的努力。

中华民族,始终有一种不可思议的生命力,能在倾覆的一片死灰里重新发芽,当世界沉沦的时候,我们会背负着无尽痛苦,踩着荆棘前行,把希望延续下去。 这就是中国魂吧!

身着白衣,于逆风中点一盏明灯,心似莲花,愿归来仍是少女!

(作者系中国科大附一院(安徽省立医院)第三批支援湖北医疗队队员)

我援伊，我愿意

李明

3月14日至15日　合肥　晴/德黑兰　晴

像往常一样，早晨7:30我到医院上班，突然接到通知，检验科需要派一名志愿者加入中国红十字会志愿服务专家团，代表中国支持伊朗抗击新型冠状病毒疫情。我是党员，毫不犹豫选择报名。在和院领导汇报后，我带科室同事开了个紧急会议，布置好科室近期的工作，嘱咐科室的小伙伴们把家看好，指定了科室的临时负责人，我相信大家一定行的。

9点钟回家，得到消息的爱人已经开始在帮我收拾行李。她也是医生，知道这个时候只要有需要，医务人员就一定要上。感谢她一直以来的默默支持和相守。10:30，爱人陪我从家赶往医院。我离开家时，7岁的女儿一个人默默躲进了书房，3岁的儿子悄悄跟我说，爸爸，千万不要被新型冠状病毒感染啊。

11:00到达总院，此时刘连新院长早已在办公室等着为我送行，工会、院办、医学工程处、党委工作部宣传科的同事们已经将行李准备就绪，事无巨细，考虑得太周到了，感谢大家。临行前，刘同柱书记、刘连新院长和钱立庭院长又向我详细交代了到伊朗后的注意事项，嘱咐我做好自身防护的同时，听从指挥，和同事王东升以及来自祖国的其他专家一起，密切配合，为伊朗疫情防控和患者救治做出贡献。临行前，我和爱人拥抱了一下，我是个不善表达情感的人，只是跟她说家里就靠你了。

在安徽省和广东省红十字会的帮助下，我和同事，呼吸与危重症医学科主治医师王东升于14日晚11点从广州白云机场出发，经过九个多小时的飞行，于伊朗时间凌晨3:30到达德黑兰（伊朗和中国的时差为4.5小时）。

整个飞机只有我们两位乘客,我们享受了一次头等舱的服务。在中国驻伊朗大使馆和中国红十字会工作人员的协调和帮助下,15日凌晨5点,我们顺利到达入住酒店。经历了异常忙碌的一天,我们正式进入伊朗时间。

李明(右)和王东升在伊朗

(作者系中国红十字总会支援伊朗志愿专家团队成员)

跨越鄂皖大地，驰援中伊之间

王东升

2019年12月新冠肺炎在武汉出现，1月份彻底爆发并明确存在人传人现象，迅速在全国传播。作为呼吸专业的医生，理所应当冲在第一线，医院副院长徐晓玲被任命为安徽省新冠肺炎救治组组长，第一时间在科室对新冠肺炎进行了培训，春节即将到来，医院通知取消休假，全员待命，那时候大家都意识到一场"战役"即将打响，但是可能谁都没有想到疫情会来得如此猛烈。

副院长徐晓玲第一时间在科室培训新冠肺炎国家诊疗方案

为应对新冠肺炎疫情，医院迅速做出反应，改造1号楼作为发热门诊，成立了新冠专家组，感染病院区空出病房提早准备……科室也做足了准备，提前进行了院感防护培训，科室人员被分为三路人马，方园、谢旺等在发热门诊上班,强哥、曹洁、老纪抽调前往感染病院深入一线,而我和其他人员负责新冠肺炎二线会诊任务。科室很快进入到了前所未有的困难时期,一方面承担全院的新冠肺炎排查会诊任务(先梦同学异常辛苦),另一方面还继续收治呼吸相关危重患者。随着疫情的爆发,口罩酒精等防护物资异常匮乏,科室面临着人荒、物资荒……回想这段日子,虽然辛苦艰难,但是大家从不抱怨,紧密地团结在一起。这期间发生了很多很多难忘的故事。如梅晓冬主任敏锐地发现疑似患者并最终确诊,胡晓文主任作为专家组成员还主动承担值班任务,徐飞主任、蒋旭琴主任早早退掉了早已定好的春节假期机票,崔护士长每天为我们能够拥有充足的口罩在四处奔波,鲍护士长第一时间前往发热门诊一线,方老师、王老师等每天不厌其烦地叮嘱大家手消毒、监测体温等,部分进修轮转医师过年期间自觉坚守岗位,还有爱心人士的无私捐赠……

新冠肺炎医疗救治专家组

疫情不容乐观,徐晓玲副院长和魏海明教授决定成立科研攻关团队,我有幸成为其中一员。我们迅速在感染病院检验科建立实验室,开始对新冠肺炎进行科研攻关,魏老师及永刚等团队成员身穿防护服每日工作在实验室,辛苦危险程度丝毫不亚于一线医护人员。得益于多年来在免疫学方面的造诣,魏老师团队很快发现了新冠肺炎的"炎症风暴"机制,魏老师的一句话至今让我印象深刻,"赶快应用于临床上,越早越好,争取能够救治更多的病人。"时间不等人,疫情仍在持续,徐院长在结合各地疫情特点分析后,决定从阜阳地区开始应用,接到任务,我立即驱车前往阜阳,在韩院长的大力支持以及师妹的帮助下,在阜阳对部分重症患者给予阻断炎症反应治疗。前期结果令人鼓舞,我们迅速注册了全球首个托珠单抗用于治疗新冠肺炎的多中心随机对照研究。

　　驰援武汉!可能每一个医生此刻都是激动的,此时我们都是战士,科室所有人员都纷纷请战,积极报名,最终大庆、大军、晓靖、琳琳、李梅、改改成为呼吸科首批援鄂队员,他们是勇敢的"逆行者"!科室大部分人员都来送行,梅主任最后时刻反复叮嘱的背影尤其令人动容。说实话,最开始我心里特别失落,就像平时辛苦练兵的战士,战争打响,却无法上场,但是很快说服自己,此刻,无论在哪一个岗位,身为呼吸人都是在为抗击疫情出一份自己的力量,无论身在一线还是二线,无论医生还是护士……

科室集体给援鄂的"逆行者"送行

　　2月24日下午我突然接到通知,要求第二天一早前往武汉,国家卫健委对"托珠单抗方案"高度认可,在红十字会的大力支持下,建议在疫情更加严重的武汉推广,争取挽救更多生命,科大及医院领导高度重视,决定成立专家组前往武汉，我有幸作为成员一同前往。至今记得接到通知时的状态，激动兴奋、又有点不知所措。第二天党委书记刘同柱带队前往武汉，魏老师、杨春梅老师、杨云老师、还有安徽红会的曹秘书长及剑锋兄弟一起开始了难忘的援鄂之行……

2月25日下午2点左右抵达武汉，团队就马不停蹄开始了方案的推广工作，团队还补充了我院援鄂医疗队的部分同事，在武汉14家定点医院开始推广"托珠单抗方案"，大家每天都奔波在不同医院进行交流，解答用药常见问题，回访用药后患者病情变化。

梅晓冬主任反复叮嘱的背影令人动容

令人感动的是支援的同事们还有临床一线上班任务，大家都是利用休息时间去不同医院推广方案。刘书记更是身先士卒，带队前去多家医院进行交流推广，而且每晚8点准时召开"钉钉"会议，总结当日工作进展，给大家加油打气，杨春梅老师每天总结数据，书写汇报材料到深夜，甚

至通宵。 同时，刘书记还兼任安徽省支援湖北抗疫前方指挥部副指挥长，需要参加各种工作会议、学术交流，还利用空余时间慰问一线医护人员，工作非常辛苦。 在大家的努力下，托珠单抗方案推广进展顺利，前期数据显示疗效令人满意。 最终，"托珠单抗治疗重型新冠肺炎"方案得到国内专家及同行的认可，顺利进入国家诊疗方案第七版，徐院长在全国视频会议上解答方案，魏老师参加会议，这是了不起的成就！ 至今还记得参加完讨论会，确定进入国家诊疗方案后，大家激动兴奋的模样，书记带领大家在宾馆走道上拍下了一张照片留念。 武汉是座英雄的城市，是座美丽的城市，初来武汉市大街空无一人，路上车辆寥寥无几。 随着科学有力的防治，武汉逐渐迎来复苏，春天已来，樱花已开，抗疫胜利已经不远，在武汉短短20余天经历了很多，见到很多奋战在一线的同事，"我们棒棒哒"呼吸小分队，在武汉的大学老同学，美丽的长江大桥及武汉夜景，热情的武汉人民，当然还有无数奋战在一线的医护人员、工作人员以及志愿者们……

3月13日晚，零点刚过，突然接到前往伊朗德黑兰的任务，受红十字会总会委派，前往伊朗分享托珠单抗在治疗新型冠状病毒肺炎的经验。 接到任务，内心激动、兴奋又紧张，就像被派来武汉一样，也是突然接到指令，但这次更加突然，而且去的是一个遥远的神秘国度。 那里的物资条件肯定无法和国内相比，但领导能交给自己这么重要的任务，觉得荣幸至极。 然后就是一个不眠之夜，办理离鄂手续，安排出发日程，一切都很迅速且高效，在机场和我的战友李明博士汇合，办理相关手续开始安检登机，这时候也有人得知我们即将奔赴伊朗支援，要求过来合照。候机时才知道此次旅客只有我们两人，货物装载完毕后生平第一次经历飞机提前起飞。我们被安排在了商务舱，飞机上只有机组人员，他们非常热情，充满未知挑战和风险的支援伊朗之旅开始了……

伊朗时间3月15日凌晨3：30顺利抵达德黑兰，我们随行带了30多个箱子，都是国内爱心人士捐赠的物资，伊朗工作人员非常热情，主动安排工人帮助我们搬运行李物资。很快大使馆工作人员和卫生部工作人员抵达，红会援助伊朗领队周部长也随后赶到，带我们先回酒店休息，我们入住的是Parsian Azadi酒店，在当地算是很好的酒店，但是相比国内也就是比快捷酒店好一点点的水平，终于可以拿下口罩，算一下已经持续戴口罩24小时之多，我的脸已经油光满面，耳朵已经没有知觉，此时只想洗个热水澡休息。这时第一个打击来了，酒店没有热水，因为是当地凌晨，只好先洗把脸凑合睡觉，倒时差。中午12：30在周小杭领队的介绍下我见到了援助伊朗志愿者团队的小伙伴：老马（马学军，中国疾病预防控制中心病毒病预防控制所）、老吴（吴寰宇，上海市疾病预防控制中心传染病防治所）、老钱（钱志平，上海市公共卫生临床中心）、凌翔翻译（上海市人民政府外事办公室）。这是一支优秀的团队，也是国内最早集结出发的援外医疗队，每个人都有着很强的专业能力，周领队给我们团队起了个新的团名"七剑下天山"。

大使馆工作人员及伊朗卫生部官员前来迎接

而在我们来之前这支志愿者团队已经在周领队的带领下在伊朗奋战了近半个月了，非常辛苦，在我们加入团队后，也迅速开展了相应的工作，第一时间将托珠单抗应用的流程及相关注意事项的英文版本及波斯语版本分享给了伊朗的医疗专家（特别感谢科大讯飞团队），同时李明主任积极联系IL-6检测仪器的安装调试工作。团队还应卫生部请求，组织了中伊两国专家的视频连线会议，我看到两个特别亲切的中方专家代表的名字：魏海明教授和我的博士导师徐晓玲副院长，也是托珠单抗方案的主要负责人，作为科研团队成员，真是觉得骄傲又自豪。

王东升在伊朗卫生部会议室参加中伊专家组视频会议

我们团队还分别前往德黑兰医科大学公共卫生学院以及霍梅尼医院进行交流。交流得知德黑兰医科大学在伊朗全国有14家附属医院，其中6家综合性医院负责收治新冠肺炎患者。在会议交流中，我也向伊方介绍了目前武汉收治患者的流程及防控措施，回答了部分专家的一些问题。在伊朗最大的医院——德黑兰医科大学附属霍梅尼医院，我用幻灯片向伊方介绍了目前托珠单抗应用情况，介绍托珠单抗用于治疗新冠肺炎已进入中国第七版诊疗方案，并且受到国际医疗同行的关注，目前在美国、意大利、西班牙均已开展托珠单抗用于新冠肺炎的多中心研究，美国麻省总院的新冠肺炎诊疗方案也做了推荐。沟通得知，目前在伊朗也已经开展托珠单抗用于治疗新冠肺炎的临床研究，已开展50余例。

在霍梅尼医院介绍托珠单抗用于治疗新冠肺炎的研究

我们团队还负责对接国内捐赠物资工作，在伊朗卫生部仓库我看到了大批国内的捐赠物资，最新款的呼吸机、无创面罩，还有成箱成箱的中成药。"伊朗加油""四海之内皆兄弟，身自造化本一源""伊国同村，共同抗疫"等标语随处可见，此时更加能感觉到祖国的强大，人间大爱。仓库工作人员纷纷拍照合影，竖起大拇指。

大量的中方捐赠物资以及中文标语

　　团队在伊朗卫生部、伊朗红新月会以及中国驻伊朗大使馆的支持下，开展了很多学术交流工作，如协助指导伊朗巴斯德病毒研究所提高病毒检测能力，社区走访调查，以及在国企及华人团体中宣教新冠肺炎知识，指导企业的防控措施等工作，受到伊朗各界的一致好评。伊朗通过借鉴"中国经验"，在病毒检测能力、方舱医院建立以及居家隔离监测体温防控措施等方面都得到很大的改进。在伊朗期间恰逢伊朗一年中最重要的节日——"诺鲁兹"节，相当于中国的春节，伊朗人会布置一个"七鲜桌"，摆放着七种在波斯语中以"S"开头的物品，营造节日的气氛，七是他们的幸运数字，而巧合的是我们团队成员也正好是七人。援伊期间处处感受到团队的温暖、伊朗人民的热情和友好，也经常会收到红十字会领导、院领导的关心，同事同学的问候，均令我非常感动，还受到康复医学会援鄂优秀个人的表彰，以及红十字会发来的慰问信。

伊朗"诺鲁兹"节，摆放的"七鲜桌"　　中国援助伊朗专家志愿者团七名成员

作为一名普通的呼吸科医生，有幸见证了科室在此次"抗疫"过程中的担当和成长，从安徽到武汉，从中国到伊朗，科室都为抗击疫情贡献了一份力量。我作为其中一员感到非常幸福，这也为之后的工作增添很多的动力，再次感谢所有人的帮助和关心，愿疫情早日散去！愿科室越来越好！愿所有人健康平安！

（作者系中国红十字总会支援伊朗志愿专家团队成员）

你们素颜朝天,却一身白衣胜雪
——一位医生的隔离病房小记

殷实

一场没有硝烟的战争揭开 2020 年新春的序幕。在举国上下与新冠病毒激战之时,是饭盒里的汤圆提醒我元宵佳节已至,一口下去格外地香甜与满足。想来,应该是这特殊的时刻与心境,让我更懂得感恩生活的美好。

疫情开始的时候,虽然听说是人传人的高致病性传染病,我却觉得离自己还很遥远。1月22日,朋友圈里的几张照片震撼了我,发热门诊的同志们防护服、护目镜都穿上了。我心头一紧,赶紧又搜了搜其他医院,发现都是全副武装,这样的阵仗,清晰地勾起了我对2003年大学毕业时"非典"的回忆。这说明疫情的严重和病毒的可怕。这些到发热门诊去的同志,都是我身边的朋友,都是家中上有老下有小的中流砥柱。他们不怕"中招"吗?"中招"以后好治吗?我莫名地紧张起来,赶紧告诉自己不要瞎想,他们都会平平安安。

就在当天晚上,主任在科室群里发通知,医院让各个科室申报支援发热门诊医生的名单。我看着家中两个嘻嘻哈哈的娃儿正犹犹豫豫的时候,师弟赵卫刚率先报名了。这个扎根合肥的山西小伙,因为过年总不能回家看看,今年他爸妈从山西过来陪他。这一上门诊,还咋陪父母过节?平素总和我念叨自己不能在父母身边尽孝的小伙子,在这个时候毫不犹豫地报名,正应了那句话:"英雄就是挺身而出的平凡人。"报名的同事很多,主任说,大家排队,轮流上阵。

1月27日年初三,医院派出了首批驰援湖北的同志们,我在看到他们出征的照片和三张按满鲜红手印的请战书时忍不住泪奔。一个个熟悉的名字、一张张亲切的面孔,是真的揪心和不舍。虽然网上看见钟院士、上海同道的逆行已让人肃然起敬,但这些身边已经出发和准备出发的人,是更加真实的存在,我脑海中是上班路上相遇时的暖心问候,是久未谋面后的大大拥抱,是急诊科电话响起时的熟悉声音,是院感来查手卫生时的反复叮咛……明知山有虎、偏向虎山行,他们的义无反顾让我惭愧。

1月30日年初六,我作为后备队员,接到了医院的通知,支援感染病院,立即前往三病区隔离病房工作,和我一起的还有国际医疗部的章琦主任。初来乍到,难免忐忑不安,院感老师们反复细致的培训,让我们对自己有了信心。 三病区的负责人徐静主任是一位身经百战的感染科专家,也是位老党员,安徽首批、合肥市首位出院患者就是她带领团队治愈的。 三病区虽然不像新建的火神山、雷神山医院那样平地而起,但感染科小伙伴们仅用一天时间,就将病房、办公室、值班室打扫得干干净净,硬件软件统统就位,让我看到了这里的速度与力量。 医护微信群里,徐静主任常常深夜还在和值班医生沟通患者病情,只要医院没有其他安排,她就进病房查房。

和章琦主任搭班的,是我们原本就认识的王玉医生。 从年三十至今,她就没有回家。 疫情让她没有办法回家看望病危的外婆,值班室柜子里还放着她给外婆买的药。 她和我说,外婆在和她视频时已经认不出她了。 和我一起值班的小华是去年8月才入职的新人,上班没有多久就遇到这种疫情,她说没有啥,只是让爸妈担心了。 在不值班的下午,感染科的赵宗豪主任常带我们在宿舍院子里健走,并闲话家常般地传授传染病防控知识。 如果不是他在接孩子电话时严肃地强调不能出去玩,我几乎会完全忘却紧张,觉得这就是一次轻松的学习之旅。

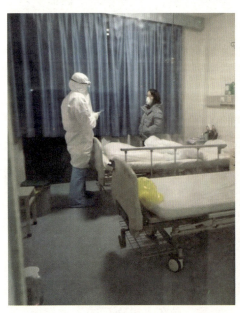
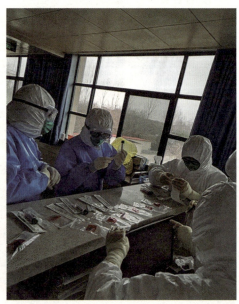

第一次进隔离病房,徐静主任就站在我身边,看着我穿衣服,一步步地指导,让我不敢有半点马虎。第一次出隔离病房,刘戊明护士长盯着我洗手、把脸擦干净、用酒精消毒眼镜。刘护士长每天耳提面命地让我们在节约资源的情况下做好防护。她开玩笑说,从没有像现在这样,觉得84消毒液和酒精的味道这么香!在感染病院,这种殷切的关怀,带给我的不止是感动,更是前进的力量。

隔离病房里的护士妹妹们是接触患者最多的人,理论上是8小时换班一次,但实际上延长工作时间是常有的事。因为不能开空调,护士站夜里很冷,防护服里也不可能穿太多衣物,她们发挥女生独有的创造力,给自己贴了一身的暖宝宝。戴上护目镜和几层手套,她们依旧能神乎其技地"一针见血"。

因为隔离而焦躁的患者,除了身体上的不适,还经常会闹各种情绪,除了安抚与忍让,这些姑娘们还常常想办法帮患者改善饮食,把自己的盒饭和面包送进去,给不好好吃饭的患者……

时间太短,我还叫不出这里每个人的名字;时间也长,我能看到他们被手套捂皱发白的手,脱下防护服后满是压痕的脸上写满的疲惫,大冬天隔离衣上湿了又干以后的白色结晶,耳后被口罩勒破皮时独自用酒精擦拭的淡定自若……

你们素颜朝天，却一身白衣胜雪，你们是当下最可爱的战士。

岂曰无衣？与子同袍。在这个特殊的艰难时刻，除了临床的小伙伴们，还有检验、影像、后勤、物流、信息、管理等医院各个岗位上的同事们，他们用最朴素的敬业来诠释什么是奉献，用最专业和忘我的工作态度来抗击疫情。修我甲兵，与子偕行！在这场无声的战疫中，有全社会在帮助我们。每个人的力量如涓涓细流赴海、粒粒砂石成山，共同铸成守护人民的钢铁长城。

(作者系支援中国科大附一院(安徽省立医院)感染病院队员)

驰援感院七日记

黄华

来感院工作已经一周了,七天的时间感觉那么漫长又短暂。漫长是因为离开了家和亲人,虽然近在咫尺,却只能隔着手机屏望上一望,互相嘱托几句。家人期望我们每天报平安,我们总是报喜不报忧地告诉他们,吃得好、睡得好,抵抗力很强,防护得很好。短暂是因为每天的8小时班次安排得紧锣密鼓,大家思想高度集中,丝毫不敢懈怠。在繁琐的工作程序中,白天黑夜就这么悄无声息地轮换着,一天,很快就在上下班的班车里划过去了。

工作的日子有艰辛也有成就。每天的消毒工作,简单却繁重,空气、物表,样样俱到。很多同事因为不适应挥发到空气中的高浓度84,角膜灼伤。轻者自医,用清水或盐水清洗,滴眼药水防止感染;重的当晚便睁不开眼了,送去了急诊。进入确诊病房,要戴双层口罩,穿双层隔离衣,加上护目镜,光这身行头便捆绑得人举步维艰,此时做事,还必须动作轻缓,防止引起气溶胶。慢动作下,可想而知,体力消耗有多大。部分同事不适应密闭和缺氧的内环境,纷纷出现缺氧症状,恶心、呕吐、眩晕……但这些暂时性的困难并没有打倒我们,小小

我们在微信群里互相总结经验教训,互相帮助提升工作能力,互相关心做彼此坚强的后盾。有人倒下,一定有人顶上。一周后的我们,已经逐步成长为新的主干力量。

时而会想家,会思念家里的老妈妈,梦里都是孩子太阳般的小圆脸。但工作时不想家,一是因为工作时需要精神高度集中,二是怕泪水顺着脸颊打湿了口罩,污染了护目镜,浪费了防护品。我们天天自嘲,从没有像现在这般奢侈,每天都能换上新的、价值不菲的服装。正是因为这身服装来之不易,所以倍加珍惜,物尽其用。

很多朋友会嘱托我们注意安全,保护好自己,才有力量护卫病人。我们回答:支撑我们干下去的动力有两点:一则我们是一支"来之能战,战之能胜"的队伍!二则是我们得到来自四面八方的关怀和祝福,有来自领导的、亲友的、战友的,还有不知名的那些"他们"。很多企业为大家送来物品,有一个爱心餐餐品里夹了一张企业员工给我们留的小纸条。我们看了后,鼻头一酸。鼻子虽然酸了,但心却越来越热了。

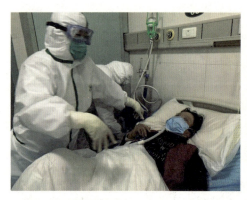 

我的战友们和孩子视频时,孩子会问:"妈妈,你的鼻子怎么破了?"战友回答:"那是妈妈战斗过的痕迹,是个光荣的标志!"孩子哭着说:"我不要你光荣。"战友说:"不能这样想,如果小朋友都不想让爸爸妈妈来战斗,中国怎么变得更强大?祖国的今天靠我们,祖国的明天靠你们!"

此刻,我又穿上了厚厚的防护服,透过护目镜和玻璃窗,隐约能看到院子里的树上有绿绿的新芽,春天快来了。

(作者系支援中国科大附一院(安徽省立医院)感染病院队员)

退掉年三十回家的车票
和母亲一起坚守在抗疫前线

章术

2020年2月8日 元宵节 小雨 天气阴冷

抗击新型冠状病毒已经有一月余,从腊月二十九开始,我到抗疫一线已有半月。

回想1月22号(腊月二十八)傍晚接到领导电话,要求第二天早上8点去医院报到,我当即退掉大年三十的火车票,打电话与父母家人告别。

父亲是老党员,支持我上前线,女儿由他照顾,让我放心。我知道,他内心是非常担心的,电话里,他反复叮嘱我注意防护,尽职尽责。母亲是一名基层的检验科医生,她也正和我一样,在一线值班。听说我要去隔离病房,她耐心地教导我怎样做好防护。妈妈一直是我心中的灯塔,有她和我并肩作战,我觉得心里更踏实了。三岁的女儿依依不舍地哭着跟我告别,我告诉她,妈妈去打病毒大王了,等打败病毒大王以后就回来陪宝宝。她似懂非懂地点点头,挥挥手。

作为新冠肺炎确诊患者的省级定点收治医疗机构,现在我们感染病院的隔离病房格外忙碌。尽管上班穿着密不透风的防护服,尽管脱下防护服满脸压痕、隔离衣早已湿了又干、干了又湿,尽管因为不能开空调夜里值班时很冷,尽管双手早已泡白发涨……但这就是没有硝烟的战争,战场上没有矫情,只有战士。冲锋号吹响,我们随时进入一线。

四病区隔离病房护理组有20位小伙伴,大家分工分区合作,争着进入病人病房,没有一个人退缩。穿防护服其实是个复杂的过程,我们一个盯一个,"你的手套还没戴好""你的头发漏出来了"……脱防护服时,一个看一个脱,因为丝毫的懈怠都意味着感染的风险。临危受命的护士长王媛莉每天都战斗在第一线,没有休息一天。截至今天,我们四病区已经先后有3名确诊患者治愈出院。出院时,没有握手,没有拥抱,但他们都向我们竖起大拇指,给我们大大的赞。

奋战在抗疫一线的日子

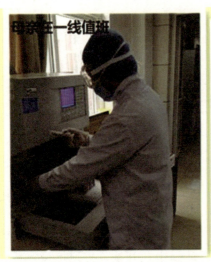

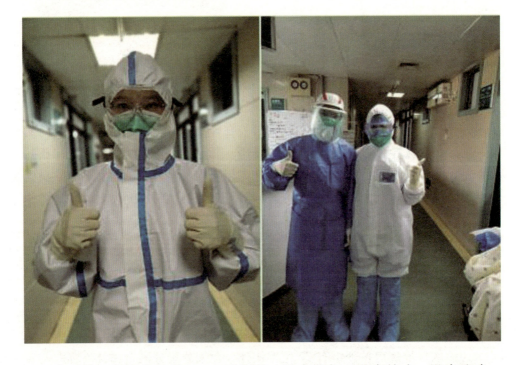

　　今天是一个特殊的节日——元宵节，没有花灯，没有焰火，没有聚会。经历这次疫情，相信我们会更加珍惜当下，珍惜我们所拥有的平安和幸福的生活，祈祷疫情早日消除。

(作者系中国科大附一院（安徽省立医院）感染病院医务人员)

等待是最长情的告白

傅晓霖

ICU 是我院最早接收新冠肺炎确诊患者的病区,从动员集结到整装待发收治患者,ICU 全员上下只用了一天的时间。在这些忙碌的身影中有一位特别的护士,她叫赵芳芳,是一位准新娘。

大年初五,原本是芳芳与未婚夫喜结连理的日子。1 月 26 日在接到任务的第一时间,还在老家筹备婚礼的她就买了车票回到医院,投身到抗击新冠疫情工作之中。

"结婚这事儿已经等了那么多年,也不差这几个月。但是如果我没回来和大家一起面对,那么我的这场婚礼也将毫无意义!"面对婚礼未知的延期,芳芳是这样告诉护士长的。

在这样特殊的日子里,芳芳依然坚守在工作岗位,而他的未婚夫董先生录下视频、送上鲜花给她加油打气!

等待,是每个梦里都有你的梦。

等待,是时间轮回给恋人的礼物。

等待,是四季更迭期待一个更美的春天。

恋人之间的等待，总是交织着喜悦和焦虑，就像我们也焦急地等待着疫情的结束。与洁白的婚纱一样，防护服也是洁白无瑕的，它能带给每个医护人员无上的安全感。在这些日夜奋战的日子里，恋人的等待、对家人的承诺都写在了防护服的背后，最终都成为了他们信仰的图腾。

（作者系中国科大附一院（安徽省立医院）感染病院医务人员）

一个都不能少

—— 一个非感染科护士支援隔离病房的那些日子

刘翠玉

午夜12点,在与同事进行交接班之后,穿过污染区、半污染区,摘下雾气弥漫的护目镜,脱掉早已湿透的隔离衣,经过重重消毒之后走进清洁区,一天的工作终于结束了。在穿戴8个多小时防护用品之后,终于可以放肆地呼吸着新鲜的空气,终于可以咕嘟咕嘟地畅饮着杯中的热水。感受着略有一丝凉意的春风,偶然间又看到了云层后披着薄纱的半轮明月,顿时全身上下都洋溢着幸福。

今天是我来到中国科大附一院感染病院区支援的第24天,也是进入四病区工作的第一天。四病区是我在感染病院区支援的第三个病区。在这24天的支援工作中,我亲身经历了二病区以及五病区的病人从有到无、两个病区得以撤销;亲自送走了在大家共同努力下由阳性转阴、健康出院的病人们,亲眼见证了院区内确诊患者从85人降至现在的个位数,心中有着满满成就感。

白天在手机上转载我们南区胸外科吴杲医生创作的抗击新冠歌曲《带你回家》后,一个高中同学在下面留言,说我胆子真大,躲都来不及,我却主动去一线。当时我就笑了,谁说不怕,我一直都怕,不管是刚开始决定去一线的时候,还是现在省内疫情将要结束的时候。

记得在1月22日合肥市出现第一例新冠肺炎患者时,我就开始注意这个疫情了。当时,全国确诊病例已有300多例。我的第一反应就是,难道这300多人都是因为吃野味被感染的? 这个病很可能会人传人! 果不其然,很快钟南山院士宣布新冠病毒可以人传人。在未来的十多天里,疫情迅速蔓延开来,科学界经过对新冠病毒传染能力的测定,给出了基本传染数R0值为3.8,远高于R0值为1.3,却让我们谈虎色变的流感。如此高的R0值,意味着这种病毒极难控制,与SARS基因组80%的相似度,也意味着这个病毒具有相当骇人的杀伤力。面对这样一种具有大规模杀伤性的病毒,我很担忧,早早地让家人购买了足够的口罩,让他们尽量不要外出。但是作为一名医务人员，我知道，未来的一段时间，抗击新冠病毒的第一线任务将十分艰巨，我应当做些什么。如果我们南丁格尔们不冲向第一线直面新冠病毒，不去做"逆行者"，不去用医学知识当好抗疫的"白衣战士"，前线怎么办，普通居民又怎么办？

当我把这个想法告诉男朋友的时候，他当时脸色一变，沉默了，手微微地颤抖着。好一会儿他才说："如果是我，作为一名共产党员，在碰到这样情况的时候，我会毫不犹豫地冲向第一线，因为国家需要我。如果是你去，我的本能是舍不得，不想让你去承担任何风险和代价。这个病毒传染性非常强，不亚于当年的'非典'，你仅仅八九十斤的小身板，万一有个闪失怎么办？但是如果你坚持去，我一定会支持你，不管你上大夜班还是小夜班，我一定会等你安全下班之后再休息，一直远远地陪着你，在你背后做你最强有力的支撑。"我想了一会儿和他说："我们现在医疗技术很发达，2003 年就成功地击退了'非典'，十几年过去了，医疗实力更强了，我相信国家能很快地制订出方案击退病魔。你看中国科大和省卫健委不是已经开始启动疫情科研攻关了吗？这些天，我也在好好地研究 SARS、埃博拉病毒以及新型冠状病毒的传播方式，你放心，只要我做好防护，应该是没有问题的。"

终于，在 2 月 6 日那天下午，我接到了正式去感染病院支援的通知。那天是男朋友的生日，但是我们并没有庆祝，阴霾的天空、幽幽的小雨、清冷的大街，像极了他当时的心情。他默默地用面粉做了我最喜欢吃的煎饼，还做了两道可口的菜，然后就在一旁不停地收拾了好几个小时，恨不得把一个家全部打包装进小小的行李箱中。也就在那一天，全国累计确诊 31161 例，安徽省累计确诊 591 例；也就在那一天，湖北传来噩耗，被称为"吹哨人"的李文亮医生生命垂危。我其实很害怕，我知道，未来随着确诊人数的增多，一线被感染的概率将大大增加，现在也还没有特效药。害怕就不上吗？不！我不会退缩，也不会表现出害怕，我相信党和政府很快就能解决这一难题，我相信经过科学的防护和救治，医务人员的感染率会大大降低，病人也会很快康复。前方需要一个勇敢的我冲锋陷阵，家人也需要一个坚定的我让他们安心。

进入感染病院区，我首先被分配到了二病区。初入病房，和培训演练时的感受截然不同。我不是感染科护士出身，在过去七年的护理工作中从来没有如此"高规格"地防护过。我们的病区，按照污染程度划分为清洁区、半污染区、污染区。如果使用防护用品的流程有一步出现差错，不仅仅自己会面临感染的风险，也会将这种风险转嫁至其他人。因此，每一天，在上班之前和下班之后，我总会不自觉地把手机打开，温习那背了一遍又一遍的《关于印发医疗机构内新型冠状病毒感染预防与控制相关流程的通知》，尽力将每一步流程都刻在脑海里，化成身体的本能。

  病情的特殊性，决定了病区是不能开空调的。二月的合肥大多数时间比较清冷，特别是夜间，室外温度常常低于零度。我们穿着一整套防护，刚进入病区时非常冷，工作量加上正常体温这两方面的需求，让我们必须要时刻忙碌着。常规输液、静脉肌注、口服药发放、血标本采集、体温测量、血压测量、血糖测量，一样都不少。由于疫情期间没有护工，对整个病区消毒、医疗垃圾回收的重任自然也就落在了我们身上。一系列的护理工作做完后，我们就会不停地对病区进行打扫、消毒，包括地面、玻璃、扶手……然而，由于防护设备不透气，最多半小时，躯干、面部就都会"下起小雨"——身上的汗水如同小溪一样一条条往下淌，衣服紧紧地黏在身上；口罩里积满了水，有些喘不过气来，稍微用力呼吸，冷凝的水滴就会吸进鼻孔当中；护目镜像浸润在海雾当中，工作时不得不"雾里看花"。我们没有时间歇，也不能歇，歇了就会因为汗液的存在而感到更加寒冷；我们也不能脱下防护服，一套防护服在脱下之后便会立刻报废。也正是为了节省为数不多的防护服，我们都会很自觉地在上班前两个小时就开始禁水，一直到下班，十一二个小时滴水不沾。

  交接班是每天最为开心、最为紧张、也最为痛苦的时刻。听起来似乎很矛盾，亲身经历过才能体会。最为开心，是因为看到交接班的小姐妹们，意味着终于可以自由地呼吸新鲜空气、尽情地喝水啦，那就是看到了久别重逢的亲人、那就是久旱逢甘霖呐！最为紧张，是因为每一步做错都可能会暴露自己。最为痛苦，是因为脱掉防护服、取下护目镜和口罩的那一瞬间，冷风会吹到贴着湿衣服的身上和早已被压红压肿的双颊上，身体不仅仅会感觉到痛，还会产生一种莫名的难受的感觉，无法言喻。

  在感染病院支援的日子里，虽然存在着面对新冠肺炎患者工作的危险，但又无处不洋溢着温暖。记得刚到二病区的时候，我们一行前来支援的小伙伴们还不甚熟悉。年轻的朝气、伟大的目标，让我们很快地打成一片，让我们得以松弛一下过度的紧张情绪，积极投身到抗"疫"事业当中。病魔虽可怕，真情永胜之。我们与所有的病人都是一个团队，我们是一家人。我们有信心，一定能够用浓浓的热情激励每一个伙伴、激励每一个病人，用心与心的交流让大家更加积极乐观。在二病区里，我们遇到过这样一位特殊的病人：身患阿尔茨海默病的老阿姨，时而清醒、时而糊涂，偶尔会不知道自己是谁、不知道为何自己需要滞留病房，有时脾气非常大，完全不听劝阻。我们一群小伙伴在充分研究了老阿姨的病情后，提出了"勤观察、勤交流、重点辅助"的"两勤一重点"护理方案：每隔几分钟就去巡视一次，每天尽可能和阿姨多说说话、多打打气，每天多说几次"加油，阿姨，你一定会很快好起来的！"让阿姨以更好的心态去面对病情。由于阿尔茨海默病本身的特点，我们有针对性地去锻炼阿姨的语言功能，多说说老人开心的事情，帮助她恢复记忆力。为了做到新冠肺炎治疗与阿尔茨海默病康复两不误，我们还有针对性地对阿姨进行了康复性训练，比如说，每天在一个固定的时间点提醒阿姨什么时候吃饭，多做手指运动等。在大家共同的努力下，阿姨渐渐地缓解了紧张的情绪，平时也会主动和我们说说笑笑，即使在糊涂时也再没有出现过激行为，最终顺利出院。

由于我省提出的"两并重一保障"的措施（即重症轻症并重、西医中医并重，强化救治保障）十分科学，医院与中国科大一同攻关的"托珠单抗＋常规治疗"新治疗方案的效果十分良好，每天感染院区都会有患者治愈出院。随着二病区最后一名病人顺利出院，按照上级安排，我和几名小伙伴来到了五病区。五病区是一个特殊的病区，收治的多为病情较重的患者。病区主任和护士长要求我们必须要时时刻刻待在污染区，不间断地观察病人情况。说句实在话，因为重症病人的传染性非常强，一天接近9个小时和重症病人在一起，着实让人紧张。我们的职责就是护理好病人，困难再大、危险再大，我们也必须冲在最前线。我们刚去支援五病区时，就从ICU转来了一位70多岁的重症女患者，行动不便，只要一活动就会喘粗气，而且情绪有点悲观。我们在详细研究病情之后，把她作为我们近几日护理任务的重中之重，设计出"七勤一注意"护理方案，即勤观察、勤打气、勤翻身、勤洗手、勤按摩、勤更换、勤整理、注意交接班。"七勤"当中，我们认为"勤观察、勤打气"是最为重要的。于是，我们很自觉地增加了对这位奶奶的观察频率，每隔几分钟就去观察一次。由于厕所距离病床有一定的距离，我们害怕她上厕所时摔倒，每次奶奶去上厕所都是我们搀扶着去的。在上厕所的过程中，我们发现氧气口距离厕所较远，必须要去掉氧气。可是一旦去掉氧气，奶奶就会立刻呼吸困难、喘粗气。我们商量之后，对吸氧管进行了改装，增加了一段延长管，完美地解决了这一问题。针对奶奶的悲观情绪，经过多次打气、多次沟通之后,我们找到了原因。原来,奶奶怕自己好不了,却还因为自己的病情给家里增添一笔不小的花销。我们耐心地向奶奶解释了国家的相关政策,也给奶奶分析了病情,终于成功地让奶奶放下了心中的包袱,积极配合治疗,成功出院。

随着五病区最后一位病人的痊愈出院,按照领导的指示,我前往了目前支援的四病区。也正是当天,省卫健委召开全省疫情防控电视电话会议,指出将在未来的十天内,彻底解决目前在院治疗确诊病例存量。恰好也就在当天,我接到了护士长的短信,告诉我将在3月8日,也就是我支援的第31天,进入休整阶段。看到护士长的信息,我心中感慨良多,默默地在当天的日历上写下"功成"二字。"犹记来时风雪肆虐,归时春光明媚可期。"数十天的坚守,数十天的战"疫",从疫情的迅速爆发到所有病人全部健康出院,离不开党和国家及时、科学的决策,离不开所有一线医务人员的逆行与坚守,也离不开全国上下居家隔离的坚持与牺牲。

在这段日子里,面对杀伤力惊人的病魔,我们恐惧过,但是我们没有退缩过。通过我们中国科大附一院(安徽省立医院)每一位成员的努力抗争,我们取得了辉煌的硕果。

在这段日子里,面对高强度的防疫工作,我们苦过痛过,但是我们没有示弱过。握紧拳头、暗下决心、勇往直前,每一个病人康复都让我们倍感快乐。

 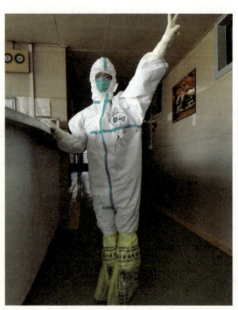

在这段日子里,面对远离家人的防疫阻隔,我们思念过,但是我们没有失落过。院区里每一个人都是我们的家人,"一个不能少"是我们的庄严承诺。

感谢有你,我的伟大祖国,是您给了我们一往无前的气魄!

感谢有你,我的亲密伙伴,与你们一同战斗让我倍感自豪!

感谢有你,我的暖心家人,你们在身后给了我无限的依靠!

三月,万物复苏、草长莺飞的月份,匡河边的垂柳静悄悄地吐露新芽、绿荫葱葱,南艳湖的湿地也迎来了百鸟回旋、莺歌燕舞。惊蛰之后,安徽抗"疫"胜利的春雷将响彻江淮大地,全线复工的春雨也将洒满皖江南北。在疫情解除的日子里,我们也将重新回归到自己的家庭,和心爱的人儿一起摘下口罩,手挽着手,十指相扣,走向郊外,在落日的余晖中,你依偎着我,我依偎着你,感受每一天的美好。

(作者系支援中国科大附一院(安徽省立医院)感染病院队员)

黑夜里的光与姑娘

刘凤

百余年前
那场叫克里米亚的战争
每一个夜晚
战场的后方
临时搭建的棚舍是病房
有个姑娘身着白衣
头顶燕尾帽
提着烛光步履轻盈
巡看受伤的士兵

夜已深
伤员们却很清醒
伴睡着等待姑娘
有甚者故意踢开了被褥
只为姑娘驻足片刻为自己盖上
伴随渐离的烛光之影
战士们开心地进入甜甜的梦乡
就是这样的光和这位姑娘
给战士们带来了温暖和生的力量

百余年后的今天
一种新型冠状病毒掀起了一场战争
它横扫荆楚大地
它蔓延华夏九州
感染者数以万计

没有烽火连天
没有硝烟弥漫
速建的火神山、雷神山,还有方舱
既是病房又是战场

夜深人静
有这样的一群姑娘
穿上一身白色的防护装
戴上手套、口罩、还有护目镜
藏起娟秀的脸庞
与百余年前提着烛光的前辈相比
她们手里握着的是一只轻便的手电
照射出强有力的光
穿梭于病房间
轻步在病床旁

新冠病毒狡黠又凶悍
使病情隐匿又凶险

黑夜里
患病的人们亟需更加细致的照料
于是姑娘
为喘气的大妈吸上氧气
为锁眉的男子送上抚慰之语
为酣睡的少年盖好被褥
为面戴呼吸机的老人做个加油的手势

黑夜里
观察病情尤为重要
于是姑娘
记录监护仪呈现的生命体征数值
检查各类仪器的运行状况
查看各类管道是否通畅
还有引流液的量和颜色是否正常
……

黑夜里
光划破了黑夜的孤寂与寒凉
光见证了姑娘的艰辛与繁忙
光照清了姑娘前行的方向

黑夜里
姑娘因光更加英勇有力量
姑娘借光拔刀亮剑刺向病毒的胸膛
姑娘用光照亮了患病的人们对生命的希望

百余年前的战场
百余年后的病房
生命因光照亮不会迷茫
生命因姑娘照护更加茁壮

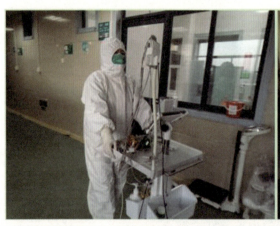
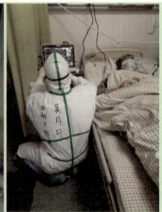
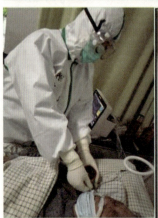

感谢黑夜里的光
感谢黑夜里的姑娘
感谢你们引领着生命走向阳光

(作者系中国科大附一院(安徽省立医院)南区儿科医务人员)

我的"抗疫"故事

廖一菲

这个冬日很长,
在那个冬季的夜晚,
集结号紧急吹响,
因为走得太匆忙,
来不及拥抱孩子告别爹娘。

女子本弱,为母则刚;
女子本弱,为"护"则强。
同是血肉之躯,怎会不怕生死;
同是父母之亲,却替国负重前行,
本是美丽红妆,却不输铁骨儿郎。

她们从容不迫,逆行驰援,
她们背井离乡,守护着他人健康;
她们额头上的汗珠像串起的露珠,
举起针管像女娲举起补天的石头。

超负荷的工作,连着疲惫的心身;
面对病患渴求健康的目光,
她们用鼓励的眼神传递力量。
看,护目镜下那一双双疲惫发红的双眼;
望,防护服后那一双双褶皱发白的双手,
那不是沧桑而是光芒。

她们不求褒奖,只求理解;
她们不怕苦累,只愿安康;
不平凡之事成就于平凡人之手,
人们脸上久违的微笑就是最好的褒奖。

这原本是一个美好的春天,
却仍不见莺飞草长;
但这依然会是一个美好的春天,
因为春已在不远的前方,
静待疫霾消散,
我们一起相约,共赏朗朗晴空下樱花绽放。

(作者系中国科大附一院(安徽省立医院)感染病院医务人员)

直击疫情　迎刃而上

—— 一位老党员在一线抗击疫情纪实

孙正勤

2020年1月，武汉"新型冠状病毒"疫情来势汹汹，1月17号全院召开紧急会议，要求筹备开设发热门诊，需要一位护士长来筹备、组建，并带领一支护理队伍做好新型冠状病毒肺炎患者的预检、分诊、护理工作，我主动请缨："我去。"因为疫情来了，需要医务人员，作为一名老党员和工作多年的护士长，有责任、有义务参与一线抗击疫情，救护病人。虽然当时我们对疫情了解并不深刻，不知道如何正确防护，而且传染途径不明确，存在诸多未知问题，同时存在被感染的危险，但是我没有退缩，没有考虑自己的年龄及身体状况，接下了这个光荣而艰巨的任务。一路走来，困难重重，但我冲锋在前，砥砺前行，完成了各项任务。

精心筹备

经医院部署决定将1号楼一楼作为发热门诊地点，可1号楼一楼闲置时间较长，几乎没有可以用得上的医疗物资。作为筹备组主要负责人，联系电话打了无数，从物资的筹备，如消毒隔离物品、防护用品，再到人员的配备，甚至用水供电，无不亲力亲为，每天不停接听电话。咽炎犯了，嗓子哑了，甚至到了无法发声的地步。从1号楼一楼组织安排，到9号楼三楼请领物资，到主体大楼每个科室借物品，再到后勤配备人员做好环境清洁，每天起早贪黑。在一次搬运物品过程中，我的腰部也扭伤了，此时我紧咬牙关，不敢表露出来，不让领导们担心，不能因为我的身体情况影响到发热门诊的工作，因为那时来自疫区的发热病人正在逐日增多，疫情在加重，发热门诊的工作刚步入正轨，我不能离开岗位。

照护病人

自发热门诊开诊以来，就诊人数与日俱增，为了做好病人的防护工作，我组织制订了众多规章制度及操作流程、工作流程。患者前来就诊，均发放外科口罩，为了防止病人交叉感染，制订相关的隔离措施，比如，在就诊区域张贴温馨提示，提醒患者之间间隔一米以上的安全距离；为患者提供无需触摸式自助设备，减少病人接触感染的机会；患者如果需要外出检查，均由专门的外勤人员护送，取药也由专业人员配送至发热门诊；患者就诊后发放居家隔离注意事项，做好回访工作，解决患者的后顾之忧，直到安全离院。对于在院留观患者，为其提供热水、盒饭、洗漱用品等必需品，做到时刻为病人着想。病人家属和社会爱心人士也多次以匿名的方式送来暖心的食物和水果。

作为第一批到发热门诊上班的医护人员，我们从1月19日到31日的两周时间内共接诊了856位患者，其中居家隔离805人，疑似病例51人，确诊病例11人，院内短时间留观患者21人，疾控采样患者102人。

关爱同事

发热门诊的同志们来自不同的科室，我要将人员配备完整，合理排班。由于对疫情尚不完全了解，大家多少都有恐惧的心理，担心被感染。于是，我经常和他们谈心，给他们心理上减压。每天，我要考虑到每个同事的衣食住行，想方设法地为他们提供工作和生活上的帮助。我每天总是像个家长一样，叮嘱他们："夜班记得在防护服里多穿点衣服，注意保暖；白天回家一定要和家人隔离，多喝水，增强体质。伙食上有没有什么要求？……"特别是在他们自身的防护上，我要求大家：抗击疫情救护病人是任务，保护好自己不被感染也是发热门诊每位工作人员的任务，只有我们自己保护好了，才能有能力保护患者。可喜的是，第一批到发热门诊上班的医护人员在结束支援后，通过相关检查无一例感染新型冠状病毒，圆满地完成任务的同时也很好地保护了自己。

坚定信念

"中国共产党人的初心和使命，就是为中国人民谋幸福，为中华民族谋复兴"，这是习近平总书记在党的十九大上的鲜明宣示，是全国各族人民前进方向的指路明灯，它引领我们蓬勃向上，奋发努力，以昂扬的斗志巍然屹立于世界民族之林，也是鼓舞我们新时代医护人员奋勇前进、砥砺前行的号角，更是我们新时代医护人员前行的指路明灯。

不忘初心，让我总有一股激情的血液在全身流淌；牢记使命，指引我人生的正确方向！让我们用辛勤的汗水浇灌出最美丽的花朵，为党旗增添最绚丽的一抹中国红！

（作者系中国科大附一院（安徽省立医院）门诊部医务人员）

发扬小小火柴精神,坚守发热门诊一线

孙中雪

即使做不成火把,也要当一根火柴;虽然微不足道,但也要发光发热。这几乎是我们每一名护理人员心中共同的信仰。

2020年1月25日大年初一,得到科室护士长紧急通知要求结束休假,第二天接受培训,前往发热门诊上岗。尽管我在年前主动报名时已做好思想准备了,但接到电话的一刹那,还是觉得一切来得如此突然,就如同黎明前的寂静。

作为一名党员,一名护士,我深知疫情就是命令,防控就是责任。新型冠状病毒肺炎疫情发生后,我院高度重视,迅速成立了综合诊疗中心。我也第一时间报名参加了志愿救护预备队,得到了同事们的关心和家庭的支持。我深知这次任务的特殊性:此次疫情是严峻复杂的,战"疫"是艰巨、凶险的。但是上下同欲者胜,风雨同舟者赢。为了广大人民群众的生命健康,我们作为医务工作者,必须冲锋在前,勇敢前进,决不能畏首畏尾,迟疑后退。

1月26日上午8点,我到达发热门诊,内心既有激动,又有些忐忑。见到鲍护士长,她告诉大家,目前疫情严重,但并没有失控;就医患者中有恐慌心理,需要进行疏导。我们要严格规范就医流程,科学救治,既要心细,又要胆大,做好患者心理安抚工作,打消他们的疑虑。

在简要地说明和介绍之后,护士长指导我们学习穿脱防护服。这是医务人员自我保护的重要环节。戴帽子、戴手套,还有口罩、护目镜,这些防护用品穿在身上非常笨重,脱下来也很麻烦。要求在工作时间——至少8小时内不脱下来。因此为了提高工作效率,穿防护服前需先上卫生间,穿好之后不能喝水。很快,我熟悉了自我防护事项,了解了工作流程,投入到工作中去。

穿上防护服的那一刻,就意味着与家人的暂时分离。脱下防护服的我,是母亲的孩子。有多少次,孩子一遍遍地问,妈妈你什么时候回来,而我却不敢轻易承诺，只好一遍遍说快了，快了。在视频里看见孩子的一刻，泪水就已经在眼眶里打转。瞬间我体会到了每一位发热门诊医务同仁们工作的不易。其实，在我之前，他们已经在岗位上坚守多日，他们也和我一样思念亲人，无法陪在亲人身边，但是依然认真工作，不怕苦累，战斗精神高昂。

其中有一件事情一直浮现在我的脑海中，1月28日我值大夜班，夜里2点多钟，我们接诊了一位年轻患者。一开始她对隔离治疗很抗拒，情绪也很激动。因为她觉得自己挺好的，怎么会被感染？"你们是不是弄错了？我没有发热的症状，就是有点干咳而已。我不需要隔离。"听完她的话，我就耐心地和她说，你还有其他不舒服吗？家里还有孩子在家吗？你现在暂时隔离一下，是对你及家人负责。万一是新冠肺炎，早隔离，早治疗，不但是对你及家人负责，也是对他人和社会负责。你说对不对？通过我们细心的劝导和沟通，她点点头，表示理解。之后她被转入感染病医院进行进一步治疗。临走时她深深鞠躬，说："感谢你们，你们辛苦了。"作为医护人员，我们何尝不知道患者想进院治疗的迫切心情？何尝不知道患者面对病魔的恐慌心情？这时候就需要我们每一位医护人员主动、热情、耐心地讲解和沟通，及时化解疑虑，使病人配合我们的治疗和护理。

2月5日，转眼之间我已经在发热门诊工作10天了，在我院领导高度重视和科学管理下，发热门诊工作有条不紊地进行，患者在这里得到最好的救治。这让我已经从最初的担忧中走出来。只要预防为主、防治结合、科学指导、及时救治，就没有什么可怕的。

天空不会永远阴暗，当乌云退尽的时候，灿烂的阳光就会照亮大地。青草照样会鲜绿无比，花朵仍然会蓬勃盛放。

我相信，在党中央的坚强领导下，在人民群众地积极参与下，在广大医务人员的共同努力下，我们一定能赢得这场特殊战"疫"的胜利。让我们携起手来，万众一心、众志成城，扎实做好各项防控防护工作，心往一处想，劲往一处使，一起打赢这场疫情防控阻击战。我是一名党员，我是一名普通的护士，我是一根火柴，这些记忆永不磨灭，向所有奋战在防疫战场上的"火柴"同仁们致敬。

(作者系中国科大附一院(安徽省立医院)胸外科医务人员)

发热门诊,筑起新冠防控的第一道防线

胡志伟

2020年注定是不平凡的一年,新年伊始,一场无情的病毒肆虐整个中华大地,当大多数人都在家中防护时,我们的医务工作者却冲在了抗疫的最前线,一批批白衣天使奔赴至武汉等疫情重灾区,与新冠病毒直面搏击。合肥的疫情防控同样形势严峻,作为新冠病毒诊治的定点医院,我院在第一时间组建了新冠筛查发热门诊,筑起新冠防疫的第一道防线。发热门诊由急救中心周树生主任、呼吸科胡晓文主任作为总指挥,一经成立,广大医护人员就积极响应,争相报名。作为一名党员,"我先上"依然是最响亮的口号,最豪迈的誓言,因此我在第一时间递交了申请,最终我被选中,作为第三批发热门诊上岗人员。我十分清楚这次的任务与自己以往参加的医疗任务大有不同,是在高度危险情况下和医学领域的新病魔搏击、抗争,这是一场没有硝烟的战争,更需要勇气、智慧和信心。

岗前培训,事无巨细

在期待中终于迎来了发热门诊上岗的日子,上岗之前医院组织了岗前培训,周树生主任、胡晓文主任向我们介绍了新型冠状病毒相关知识及影像学特征性表现,并培训了发热门诊接诊流程。感染办的穆燕主任向我们详细讲述了新冠肺炎防护措施,并演示了穿脱防护服及隔离衣。在培训中周主任的一句话让我印象特别深刻:我们不能放过一例疑似新冠肺炎的病人,但我们也绝不能让任何一名医护人员感染新冠肺炎。这句话像一股暖流涌进我们这些即将进入发热门诊的每一位人员的心窝里,就像一针强心剂,让所有的焦虑、恐惧烟消云散。此外,医院给我们每一位上岗人员进行了体检,主要包括核酸及胸部CT等检查,让我们健健康康上岗。

投身一线,砥砺前行

第一天上班,早上5点半就起床了,洗漱之后就早早地奔赴医院,穿越合肥城区时,原本熙熙攘攘的人群不见了,偶尔几个行人,也都戴着口罩,行色匆匆。到达发热门诊,我再次感到气氛十分紧张,有点手足无措,这时候林文风护士长出现了,他非常耐心地指导我穿防护服等防护措施,那种如沐春风的感觉让我紧张的心情一下舒缓许多。 就这样我开始了第一个发热门诊班。 刚开始非常不习惯,毕竟全身都是防护用品,很笨重,工作起来不方便,加上患者比较多,好多业务也不是很熟练,经常饭都没有时间吃,但是每次我都咬紧牙关,内心不断鼓励自己一定要坚持下去,一定不能放弃。 就这样经历了发热门诊的白班、小夜班、大夜班,我逐渐适应了发热门诊的工作。 发热门诊的工作是异常艰辛的,每次上班都要穿戴着密不透风的防护装备,接诊的患者能有30～40个,在这样的工作环境下要坚持8小时的工作,经常没有时间吃饭,甚至也没有时间上厕所。 我深刻体会到小伙伴们的不易,尤其是那些平日里看上去弱弱的护士们。 然而大家没有一个人叫苦,都是咬紧牙关,坚持再坚持,因为大家都清楚,我们必须守护好这道防线,如果这道防线失守,将会有更多人受到病毒的侵害。 作为我们坚强的后盾,周树生主任及胡晓文主任基本24小时在线,进行疑似患者的诊断及转诊,好多时候都是整夜不能休息,但他们也在坚持,因为绝不能放过任何一个疑似的病例。 因为这份坚持,让我们看到这场战役的希望和曙光。

高尔基说,感到自己是人们所需要的和亲近的人,这是生活的享受,不要忘记这个真理,它会给我们无限的幸福。 是呀,这些主动请战的医护人员,在这场疫情防控阻击战中,有的付出了生命的代价,有的被病毒感染,但他们

的内心是幸福的。每天和数字赛跑、和时间赛跑、和生命赛跑,这是另一场像"飞夺泸定桥"一样的战斗。把安全留给别人,把危险留给自己,在这个寒冬里,义无反顾地肩负起职责和使命,我们没有豪言壮语、没有慷慨陈词,这或许就是我们医护人员的真实写照,无愧于白衣天使的称呼,正如一句网络名言:从来没有什么岁月静好,不过是有人为你负重前行。

尽管打赢这场新冠肺炎疫情阻击战还困难重重,但是有一线的医务勇士们的不懈奋斗,共同努力,必将迎来柳暗花明。爱在左,同情在右,走在生命的两旁,随时撒种,随时开花,将这一径长途,点缀得鲜花烂漫,使穿枝拂叶的行人踏着荆棘,不觉得痛苦,有泪可落,却不是悲凉。人生譬如朝露,把奋斗的担当和情怀、干劲融进时间的分秒里,让一径长途温暖可人,让时间开花结果。用一首最喜欢的诗词《卜算子·咏梅》来结尾:"待到山花烂漫时,她在丛中笑。"这句诗词能让人感受到无限的希望和力量。淡淡梅花香欲染,丝丝柳带露初干。一切终将过去,总会春暖花开。同事们还在逆行,我们在守护。

(作者系中国科大附一院(安徽省立医院)肾内科医务人员)

驻村日志
——抗击新冠，百医驻村医生在一线

姜晓东

今年春节前夕，湖北武汉出现的新冠肺炎疫情引起了国人的关注。生命重于泰山，疫情就是命令，防控就是责任！身为党员医务人员，理应走在抗击疫情的第一线。与家人沟通后，在家人的一致支持下，我于1月28日驱车赶回黟县，主动向黟县卫健委请战，共同抗击疫情。

在县卫健委的安排下，我与其他百医驻村队员一起参加了新型冠状病毒肺炎指定救治医院（黟县中医院）的合理化建设讨论会，提供了规范建设参考资料。会议结束后返回了自己的驻村地——宏村镇稚山村，同时报名作为发热门诊后备力量随时接受县卫健委调配。

给乡亲们测量体温

回村后通过跟村干部沟通了解到，我负责支援的稚山村有21人自湖北返乡，其中有一人为密切接触者。因此，在宏村镇中心卫生院的总体部署下，我与卫生院同事、村干部一起配合政府对湖北疫区返乡人员进行居家隔离宣教、体温监控。针对部分村民防疫观念淡薄的现状，我利用专业所长，提供防疫素材，指导村委会利用便携音箱开展巡回广播宣教，同时利用绘制板报、发放宣传单、现场说教等不同形式进行多方位专题宣传来提高村民的认识。除此之外，我还继续做好村民基本卫生服务，重点做好村发热患者的初筛。

积极参与防控疫情工作及知识宣传

鉴于越来越多的证据证明无症状的病毒感染者也具备传染性，稚山村委会积极相应政府号召，在村子的2个出入口设立了工作站，我参与值守，劝返非本村人员，对出入村民进行体温监测并做好信息登记。

经过多方努力，目前稚山村整体稳定，未出现疫情传播苗头。由于目前对于新型冠状病毒的传播途径、潜伏时间等流行病学特点仍有许多需要进一步探讨的未知因素，因此我在接下来的工作中仍然不能松懈，继续坚守在疫情防控第一线。虽然防护物品极度短缺，但基于现状短时间难以得到改善的情况，我会尽可能利用现有可行手段加强自身防护，保持战斗力，立足于本职，履行职责，做好疫情监测、排查、预警等工作，切实做到早发现、早报告、早隔离、早治疗，为人民的生命健康竖起安全屏障，积极为打赢疫情防控阻击战做出力所能及的贡献。

村部交通设岗劝返非本村人员进入，检测往来人员体温

（作者系百医驻村医生）

带你回家

吴杲

2020 年,来得有些唐突
繁华的城市突然空空荡荡
熟悉的面孔都藏在窗户的那一边
守着电话
数着时间

2020 年,来得有些仓促
呼救的声音让人猝不及防
剪去了长发,你转身说了声再见
赴往一场
生死的约

我不管付出多少代价也要带你回家
落单的爱人啊
请不要害怕
你是否知道日日夜夜我们都在牵挂
心里的话
你听见了吗?

2020 年,过得有些平淡
喧闹的人群如今安安静静
口罩和酒精变成了难得的奢侈品
路程太远
夜晚好长

2020年，过得并不简单
封住的道路封不住的是人心
无情的风雪吹不散逆行的身影
爱是生命
真的意义

我不管付出多少代价也要带你回家
疲惫的爱人啊
请不要害怕
你是否知道日日夜夜我们都在牵挂
心里的话
你听见了吗？

我不管结局怎样都要你平安回家
勇敢的爱人啊
再坚持一下
你是否知道日日夜夜我们都在牵挂
寒冬过去
春天还会远吗？

寒冬过去
春天还会远吗？

（作者系中国科大附一院（安徽省立医院）胸外科医务人员）

篇三
飞鸿传书

写给全院同事们的一封信

亲爱的同事们：

展信好！医院第一批支援湖北医疗队10名队员在武汉问候大家！

1月27日，在新冠肺炎疫情防控战役全面打响的关键时刻，在祖国和人民最需要的时候，我们积极响应党和政府的号召，带着安徽人民的嘱托、领导同事的叮咛、家人朋友的牵挂，千里驰援湖北武汉，与全国各地几万名医疗工作者一起奋斗在这场人民战争的最前线。在这里，我们救治患者，收获感动，经受生理和心理的双重考验，也体会医学的无奈，更感悟生命的真谛、健康的重要。这是我们一辈子最珍贵难忘的经历。

疫情就是命令，防控就是责任。春节以来，全院7000余名同事放弃休假，坚守一线，全力做好新冠肺炎防控工作，全力救治患者，保障人民群众健康安全。听说有近千名同事递交了"请战书"，而在众多请战者中，我们10人有幸成为医院也是安徽省第一批支援湖北医疗队队员，这是医院党委的信任，也是全院同事的重托，使命在肩，我们义不容辞。来不及一一告别，我们迅速集结、奔赴武汉。

鲁迅先生说，"我们从古以来，就有埋头苦干的人，有拼命硬干的人，有为民请命的人……他们就是中国的脊梁"。做一回这样的人，在国家、人民最需要的时候，到战斗的最前线去为国家、为人民效力，这是我们的荣幸。

在武汉市金银潭医院、东西湖区医院和太康医院的重症病房，我们听从指挥、发挥专长、竭尽全力，与全国各地的同道们紧密配合、协同作战，严格按照规程参与医疗救治，全力做好防护工作，受到所在医院和安徽医疗队的充分肯定。重症、危重症患者好转并出院的好消息越来越多，护理过的重症患者在病床上亲笔为我们写下感谢信，出院后的患者发来信息邀请我们有时间一定要去家里坐坐，"安徽人好样的""安徽人挑大梁了"……这样的微感动，时刻激励着我们不断前行。患难时刻见真情，希望医患关系能一直这样和谐。

抗疫工作是辛劳的，我们夜以继日、争分夺秒，与时间赛跑，与病毒较量。6小时左右的工作下来，贴身的衣服早已全部湿透，镜子里的自己满脸勒痕，鼻梁、耳后淤青、磨破是常事，手上也起满了湿疹和水泡，但想起患者的康复和大家的关怀，这些又算的了什么。听说咱们医院收治的确诊患者超过90％已经出院，这个好消息令我们倍感振奋。两个战场，一样的心愿：患者早日康复，胜利早日到来……

鲜红的党旗在战疫的最前线高高飘扬，党员同志们冲锋在前，也激励感召着年轻同志积极向党组织靠拢。在院党委的关心下，在临时党支部书记谢少清和党员圣文娟的鼓励下，王叶飞、陈川惠子、王佳佳和唐海四名队员郑重向党组织递交了入党申请书，决心将自己的一生奉献给中国共产党。我们愿意在战斗中经受考验，这是青年成长最最闪亮的勋章！

历经一整月的高强度持续作战，考虑到身体和心理的多重因素，在金银潭医院工作的8人根据安排暂时从一线撤下来，进行休整，谢少清和朱守俊仍战斗在一线。8名队员有时间对之前的工作进行了总结和思考，明天我们又将重返工作岗位，回到金银潭重症病房继续战斗，经过这一周的休整与总结，相信我们会更有战斗力！

来到武汉，我们受到了武汉市民和社会各界的"最高礼遇"，工作生活都有保障，防护物资紧缺的状况也在逐步改善。医院是我们的坚强后盾，刘书记、鲁书记都来武汉看望慰问我们，院领导以及人事处、护理部、后勤保障和科室的同事们也常常打电话给我们，缺什么、还需要什么，都想方设法给我们送来寄来。得知这里鞋套短缺，有同事第一时间自己买了鞋套专门给我们寄来……心理关爱志愿服务队的多位老师全天都在线上，细心呵护着我们的每一个小情绪。

我们的家人也受到了医院和社会各界的关心帮助。打电话回家，家人都说医院领导和同事又去探望了，给家里带了很多东西，询问有什么困难，帮着解决，连孩子的功课都有科大的学生志愿者在帮忙辅导。还有社会各界爱心人士、不知名的志愿者、酒店服务人员、快递小哥，他们也是抗疫的战士，他们用行动支持着每一位前线的医务人员。虽身在异乡，远隔千里，但温暖感动一直伴随着我们！

召能战，战必胜。作为中国科大附一院（安徽省立医院）的一员、安徽支援湖北医疗队的一员，我们将继续谨遵"服从命令、听从指挥、勇于担当、不辱使命、团结一心、科学防控、消除病魔、众志成城，坚决完成任务"的出征誓言，也一定会用专业能力保护好自己！请领导和同事放心，也请家人和朋友们放心！

待春暖花开，我们定会平安归来，期待再相拥！

中国科大附一院（安徽省立医院）第一批支援湖北医疗队全体队员：谢少清、樊华、圣文娟、王叶飞、曹志敏、王佳佳、朱守俊、唐海、陈川惠子、张振伟

2020年3月3日

奋战在抗疫一线的日子

党。我们愿意在战斗中经受考验，这是青年成长最闪亮的勋章！

历经一整月的高强度持续作战，考虑到身体和心理的多重因素，在金银潭医院工作的8人根据安排暂时从一线撤下来，进行休整，谢少清和朱守俊仍战斗在一线。8名队员有时间对之前的工作进行了总结和思考，明天我们又将重返工作岗位，回到金银潭重症病房继续战斗，经过这一周的休整与总结，相信我们会更有战斗力！

来到武汉，我们受到了武汉市民和社会各界的"最高礼遇"，工作生活都有保障，防护物资紧缺的状况也在逐步改善。医院是我们的坚强后盾，刘书记、鲁书记都来武汉看望慰问我们，院领导以及人事处、护理部、后勤保障和科室的同事们也常常打电话给我们，缺什么、还需要什么，都想方设法给我们送来寄来。得知这里鞋套短缺，有同事第一时间自己买了鞋套专门给我们寄来……心理关爱志愿服务队的多位老师全天都在线上，细心呵护着我们的每一个小情绪。

我们的家人也受到了医院和社会各界的关心帮助。打电话回家，家人都说医院领导和同事又去探望了，给家里带了很多东西，询问有什么困难，帮着解决，连孩子的功课都有科大的学生志愿者在帮忙辅导。还有社会各界爱心人士、不知名的志愿者、酒店服务人员、快递小哥，他们也是抗疫的战士，他们用行动支持着每一位前线的医务人员。虽身在异乡，远隔千里，但温暖感动一直伴随着我们！

召必战，战必胜。作为中国科大附一院（安徽省立医院）的一员、安徽支援湖北医疗队的一员，我们将继续谨遵"服从命令、听从指挥、勇于担当、不辱使命、团结一心、科学防控、消除病魔、众志成城、坚决完成任务"的出征誓言，也一定会用专业能力保护好自己！请领导和同事放心，也请家人和朋友们放心！

待春暖花开，我们定会平安归来，期待再相拥！

中国科大附一院（安徽省立医院）第一批支援湖北医疗队全体队员：

谢少盾 樊华 殷文娟 孙叶飞 贾志敏 王佳佳
朱守俊 周娟 陈川皖 张振华

2020年3月3日

（作者见本文落款）

朱哥哥写给朱爸爸的一封信
——我们要各司其职做好自己的事情

朱爸爸：

  今天是您离家的第九天，昨天我们从医院的叔叔阿姨口中得知您的消息，也向家里其他亲人报了平安。我们慢慢地从失落中走了出来，已经开始正常的生活学习了。我每天按妈妈的要求背诵、书写、弹钢琴、阅读……好像时间会在忙碌中过去得快一些。妈妈告诉我，在灾难来临的时候，不是要人人自危，而是要各司其职地做好自己的事情，人的心和思绪不能乱。我不是很明白，但我想起您临行前对我的叮嘱，就觉得自己要坚强。

爸爸，家里近来一切都好，妈妈常常打电话给爷爷奶奶，关心他们的身体情况。外公外婆最近也挺好的。我和妹妹每天也还是和和睦睦地在一起看书、玩耍……您不在家，为了能让妈妈睡得踏实一些，我负责带妹妹睡觉。她很乖，也很想您。她闹情绪的时候就会喊"爸爸"，我怕妈妈听到会难过，都会小声告诉她要乖。妈妈每天把自己变得很忙，但是偶尔会看着一处发呆，我问她怎么了，她一愣，笑着告诉我"没什么……"

今天中午吃饭的时候，妈妈告诉我，我可以写一封信给您，老师可以把我的信寄给您。妈妈让我帮忙转达，她说："谢谢医院的所有叔叔阿姨给予爸爸的支持和帮助，谢谢！祝你们早日战胜病毒，与家人团聚。"

这几天，我预习了新的课文《找春天》和《开满鲜花的小路》，希望可以借着温暖的春风带去我们所有美好的祝福，祝福祖国、祝福湖北、祝福武汉，祝福所有战斗在一线的战士们，也祝福我的爸爸，平安！

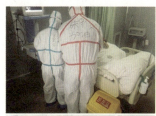

朱守俊在 ICU 里照护患者

上班途中，朱守俊向同事们交待注意事项

写完了信，收到您那边的好消息……看到您的文字及救治病人的身影，妈妈久违的笑容又回到了脸上。

此致

敬礼！

您的儿子：朱哥哥

2020 年 2 月 4 日

(作者为中国科大附一院(安徽省立医院)首批支援湖北医疗队队员朱守俊的儿子)

援湖北已然45天的你，知道吗？

志敏：

最近骑车去医院上班的路上总能感到扑面而来的春的气息，路边的大树开始发出了青芽，很怀念跟你一起骑车上班的日子，说说笑笑，谈论当天的美好。还记得每次小夜班只要你下班在家无论如何都会骑车来接我，同事问我你开车来的？我说你"马路杀手"的资格证都还没拿到，她开玩笑说，骑车来接你，你俩还一起骑车回家，多没意思……其实不然，我觉得真的很幸福。

你是个不太计较得失且善良的人，医院里你第一批报名出征武汉，在请战书上按下了红手印，这个压力我可想而知……踏上去武汉的列车，夜里九点才到达，你发短信说看到这个生病难受睡着了的城市，你的保护欲愈发强烈，你说你要拼尽所学来救治它，哪怕是生命……我哭了，虽然非常支持你但又特别害怕，担心你的安危，但是我知道如果需要，通知我上前线，我也会义无反顾第一个报名，我们是医护人员，我们更是党员，心里都有那么个坚定的

信念与美好的愿望，这个想法我们是不谋而合的。

后来得知去金银潭医院支援，我好紧张，本是对那边一无所知，看到新闻说那边是重灾区，我都快心跳加速了，你却安慰我：既来之，则安之。这六字无疑是给我打了一支安慰剂。虽然一开始物资紧张，但开工后慢慢都有了缓解，后来的后来，每天干的最多的就翻看手机的头条新闻，留意武汉的疫情、金银潭医院关于你们的消息，等待着每天下班后你跟我说一句状态还好，没有感冒。最大的期待成了你不感冒，不生病，保持最好的状态迎接新的一天的到来。

记得大学时辅导员送给我们的话是：耐得住寂寞，禁得住诱惑。感觉这应该是你们状态的真实写照了，45天了，除了上班，每个人都要"独来独往"，你是重症医学科的，科室里没有方舱医院里的欢乐，也没有普通病房的平淡，重症科室里，有些压抑，有些难过，还有些痛心，需要面对病人的死

亡,更有甚者这个病人就是陪我们一起奋斗的一线医务人员……如若有病人病情好转出院,你说还是会特别欣喜,替他们高兴。有时间听你说说病房、医院、武汉的点滴,我还是会很感动,感动的是有人愿意坚守那里,做个默默的志愿者,即使感染新冠病毒也不后悔;感动的是有人因为自己是武汉人,各处搜集物资无偿支援生病中的武汉;感动的是那些能处在这样环境中的病人们仍能以积极乐观的心态面对生活;感动的是医院领导心系不在身边的你们,隔三差五给你们寄去吃穿用的……太多太多的感动化作了一股坚实的力量,来共同应对这场战"疫"。

你最高兴的一天,应该是拿到了特警的签名照了吧,你说你不追明星不追兵,只爱人民子弟兵,你把美好的愿望写了下来,没想到真有特警小哥哥给你送来了他们的签名照,还有具有纪念意义的臂章,我能想象你的欣喜,特警是你从小到大的梦想,你说小时候的梦想是实现不了了,我想你错了,这梦想此时实现了。虽不能像特警一样真枪实弹的保卫祖国,但你们确实也是在"战场"上英勇"杀敌"了,就像你视若珍宝的臂章一样,你就是我心中的猛士,相信这臂章也将赐予你坚持到底的力量与决心,对这突如其来的病毒无

所畏惧。我为拥有你们这样勇敢的同行而感到自豪，希望你们能早日取得战"疫"胜利，平安归来。

已经45天了，现在还不知道何时归期，我想我真的想你了，一觉醒来的时候会关注你的下班平安短信，看看之前一家三口的那些合照，我心里有些难过。儿子太小，他不懂得什么叫想念，但是视频里你喊他，他突然猛地回过头来，惊喜地喊你一声"爸爸"，我想你心里已经融化了，这小家伙就是你的精神支柱，你笑了，上扬的嘴角表现出你有多爱他，多想他……我想，距离产生美，我们都相互挂念，时间长了，等我们再见的时候，才懂得更加珍惜彼此，更加懂得生活……

疫情来袭时，不仅仅是医务人员付出了巨大的努力，社区志愿者、社会媒体人、公共管理者、食品供应商、医疗废物处理者无不在默默付出，每一个坚守岗位的人都是新冠疫情的"逆行者"，是我们心中最可爱的人。愿你们都能早日平安归来，你要知道，想你们的人都在家里守着，等着你们呢……加油！

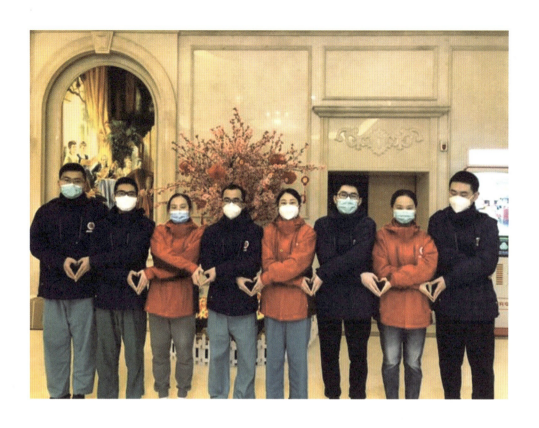

丁　金

2020年3月12日

(作者为中国科大附一院(安徽省立医院)第一批支援湖北医疗队队员曹志敏的爱人)

寄往武汉东西湖方舱医院的一封家书

阿伟：

  时间过得其实真快，距离上次给你写信竟已过去十年。那时，我还在远方的军营，而你是我心中的牵挂。

  时间过得却也太慢，我和咱们的儿子——乐乐，每天都在掰着指头数着日子，却发现距离你出征武汉竟然才过去短短的 28 天！

  每日的视频电话总是很匆忙，看着你疲惫的眼睛，特别怕耽误你本就不多的休息时间。这段日子以来，我一直想写封信给你，把家里大大小小的事情向"肖书记"汇报一下，这样你也可以少对家里牵挂一点，更专心地投入工作。

  首先，说说你最疼爱的乐乐。2月10号我就正常复工了，所以就赶紧把老妈接来帮忙，老妈膝关节置换手术才两个月，每天拄着拐杖在家带乐乐、烧午饭。我晚上下班回来会把家务都做好，让她休息休息。好在我们公司和你们医院的工会特别照顾，每周给我们送来生鲜，买菜的问题就没让我们发愁过。短短二十多天，我的厨艺大有长进，儿子吃饭也香，小脸看起来都长胖了。

  这段时间，乐乐好像懂事了许多，不再像以往那么淘气了。每天早上一睁眼，他一定先来问我：今天全国新冠肺炎的数据怎样了？武汉新增确诊人数多少？每天晚上 7 点，他会跟着我一起看新闻联播，关注新冠肺炎疫情进展情况。最近他听到数据连日下降，开心得不得了，拍手说："妈妈快回来了。"

  再说说我吧。这段时间，我也变了。以前，乐乐的学习都是你负责。你是知道的，我总是改不掉将"军营作风"用在教育儿子身上，经常用"稍息、立正"式的口令和不听话就受罚的方法教育儿子，因此总是被投诉。而这回必须得我上了，我从没想过辅导二年级的功课会这么难。我默默念叨着"耐心、耐心"。我知道你不在家儿子已经很委屈了，我必须有耐心，给儿子一些妈妈式的温暖。经过这段时间的锻炼，我回忆你的风格，慢慢摸索出窍门，多鼓励、多表扬，"业务"进步飞速。前天，我还被儿子点赞了，说我"像妈妈一样有爱心啦"！

与此相对的，是我再也看不得腾讯新闻里带着黑白照片的抗击疫情的消息了，总是忍不住心慌，手抖……以前那些平淡的日子好像那么遥远，而如今疫情却是这么近，近到你正和它们贴身战斗。我焦急，但却因空有一身力气却帮不上忙的无力感而沮丧。

再说说你吧。还记得今年春节值班时，你就已经报名前去援助武汉。在第二批队伍集结前，曹护士长给你打电话确认情况，说给你10分钟时间做出决定。你回答说："只要3分钟就行。"你的第一个电话打给了我。我知道，你是党员，是白衣战士，我明白集结号响起时你内心的澎湃，我的回答是百分之百支持你。你的第二通电话打给了你的父亲、我的岳父，他也是一名老兵，他也给出了一样的回答——"去"！

但是当天晚上你回来后，一夜无眠。别问我怎么知道的，因为我也一样。

面对凶险的疫情，我们都"怕"。但是身为战士，我们唯有战斗！

在我眼里，你从来就不是一个弱女子。你曾离开远在贵州的家乡外出求学，也曾坚定地嫁到安徽支持陪伴我。作为军嫂，你曾一个人上班带娃两不误，在工作岗位上不断地与病魔战斗。你能加入援助武汉的战队，就因为你有着顶得上、打得赢的坚定品格和过硬的业务能力，这么多年，我一直都很敬佩你。

到了武汉方舱医院后，你说你不怕了，因为你看到56岁的医院感染管理办公室副主任谢少清坚守前线，事无巨细地一遍遍给大家培训防护知识；因为你迎来了首批病人，他们的病情成为了你最牵挂的事情，你和同事们想尽办法宽慰那位揪心的老母亲，因为她的重症儿子就在一路之隔的金银潭医院里治疗；因为你看到夜里睡不着觉、担心自己病情的病人，而坐到他们身边，为他们"医心"……

这段时间，你非常辛苦。早上6点出发上岗，穿上防护服不吃不喝，连轴转地工作，直到下午四点才会回到宾馆。你把"安徽党员"的红标贴在防护服的胸口，在照片上，我看得到你正散发着熊熊的力量。

从面对未知时的"怕"，到投入工作的"忘我"，我看到了你的坚强，我为你骄傲，为你自豪！

再和你分享一个"秘密"吧。记得你出征那天,我和儿子开车送你去医院。出征的大巴还有两三个小时才发车,你却急切地"赶"我们走。我明白,你是怕分别的那一刻自己会控制不住感情。于是我带着儿子"走"了,我们父子两人,就坐在停车场的私家车里等了两个多小时,直到目送你坐的大巴车从我们眼前驶离。那一刻,有一种莫名的感受涌上心头。我的鼻子很酸,眼泪在眼眶中打转却没有流下来。我努力告诉自己:不能哭,不能让乐乐看到。

在你离家的这些日子,我曾无数次地想象:在你战胜归来,为你接风的时刻。我会带上你最爱的百合、爱吃的德芙巧克力,和儿子一起在送你离去的地方等你。回家后,我会做上几道你爱吃的川菜,补上一顿春节没吃到的团圆饭。然后和你一起休假,回你那心心念念、两年都没有回去的家乡,好好与牵挂的亲人们团聚。

今天,儿子问我:"五月是妈妈的生日和护士节,那个时候妈妈就会回来了吧?"我回答他:"一定可以,因为那个时候已经春暖花开,繁花似锦,生机盎然。"

惟愿安康,家里有我,勿挂念。

丈夫:吕达友
2020年3月2日

(作者为中国科大附一院(安徽省立医院)第二批支援湖北医疗队队员肖伟的爱人)

我们终将等到春暖花开

亲爱的妈妈：

在此之前，我一直以为新冠病毒、湖北疫情离我很遥远。

直到载你的抗疫医疗队专机起飞那一刻，我才发现，它近在咫尺。

一开始，我们也只是和众多家庭一样宅在家里，很少出门，平时在医院工作繁忙的你，难得获得了一次小小的休假。我看视频课学习，爸爸用"钉钉"处理工作，你做做饭、看看书，有时也会看看电视。其实我们都知道你很爱看那些长长的电视剧，我休息时看一下你，常常都是目不转睛地盯着电视，一动不动，那时，我总会笑着说你是"沙发土豆"，你也不恼，笑笑便继续看电视了。

午后一个电话，使你瞬间收起了悠闲的姿态，接着就是去找了我爸，正当我纳闷之时，老爸也表情凝重地走出来，我正准备问发生了什么，就看见你拖出来了一个行李箱。

我有些疑惑，问我爸说："爸，我妈去哪？"

"去武汉。"老爸一边快速地说，一边翻着柜子。

"什么？愚人节还早呢，开什么玩笑？"我显然是不信，打趣说："老妈，记得给我带武汉鸭脖回来。"

"没跟你开玩笑"，老爸从找到的证件包里翻出你的护照，对我说："你妈妈紧急抽调去武汉抗疫前线，半小时后就出发。"

我愣住了，一时间很难相信这是真的。

我难以置信地看着你，你却忙得连头都抬不起来，长发遮住了你的侧脸，你都没时间盘起来。

转眼间已经收拾好了一旅行箱的生活必需品，让我确信这一切已成事实。

我一直觉得白衣天使的白衣像和平鸽一样，现在，妈妈就是一只承载着信念与希望的鸽子，飞向武汉。

一晃二十多天过去了，我们过得还好，生活一直在继续，但我总觉得缺少了什么。

每当我下了网课,头一偏看向沙发,下意识想喊一声"沙发土豆",想再看看你的反应,却只见空荡荡的沙发和关着的电视,心里莫名地失落。

前几天视频电话,你瘦了,脸上护目镜和N95的压痕很重,满脸疲惫,我仿佛被人抓住了心脏,一阵阵的绞痛。我明明笑不出来,却只能想逗你开心而努力笑出来。你原本飘逸的长发没了,只剩不到下巴的短发。已经很累了,但你还是装作轻松让我们不要担心……

其实,当你走后,我就开始关注疫情的消息,每当看到记者们拍到因为隔离服宝贵,你们上班连厕所都不能上,因此还得控制喝水的量,明明很缺水,却只能抿一口润润发白的嘴唇和干燥的喉咙,我都会特别心疼;而每每看到抗"疫"一线的医护人员被感染甚至牺牲的消息,我更是特别担心。

妈妈,你辛苦了,请你一定要平平安安的,保护好自己!我和爸爸会一直在你身后,做你最坚强的后盾!

在那个英雄的城市里,我知道还有很多和你一样战斗在最前线的逆行者,守得云开见月明,疫情终将过去,我们,等你们回来!

武汉加油!中国加油!

儿子:潘云飞
2020年2月13日

(作者为中国科大附一院(安徽省立医院)第三批支援湖北医疗队队员谭先红的儿子)

致敬我的逆行妈妈

我是合肥市和平小学五(5)班的一名学生,我的妈妈陈璐是中国科大一附院普外二科的一名医护人员。在新冠肺炎疫情期间,她与支援湖北的其他医护人员一起在抗疫的一线拼搏着。

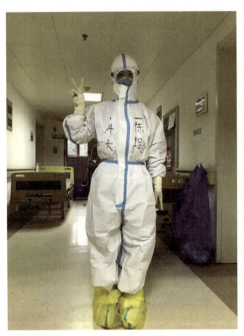 

我的妈妈现在在武汉华中科技大学同济医学院附属协和医院肿瘤中心,她所在的重症病区有64位病人,有重症的,也有轻重症的,然而平均每日都会有一两位病危病人。妈妈作为小组组长在病区主要负责患者的感染控制、治疗(口服、静脉、雾化、高流吸氧)、监测生命体征、病情观察及观察记录、消毒隔离(病房消毒、不同症状患者的隔离、组员防护检查),在做好以上实际工作后还要给予患者做相关的心理护理,帮助患者排解恐惧、焦虑情绪。同时为患者做好健康教育,宣传促进疾病康复的相关内容。

听妈妈介绍,她每次上班需提前一小时到岗,穿着防护服及其它防护装备,交接班后开始工作。从进入隔离病房到下班每次需要八九个小时,这期间她不能喝水、吃饭、上厕所,所以在上班前必须做好相关的准备,比如上班前不喝水、不吃主食,为了保持体力只进食少量高热量食品。下班时在脱掉防护装备后,面部有佩戴护目镜留下的勒痕、水泡,双手发泡脱皮,全身被汗水浸湿,因佩戴护目镜时间太长还导致了眼睑发炎,在经过将近1个多小时的消毒和清洗后才能返回驻地。

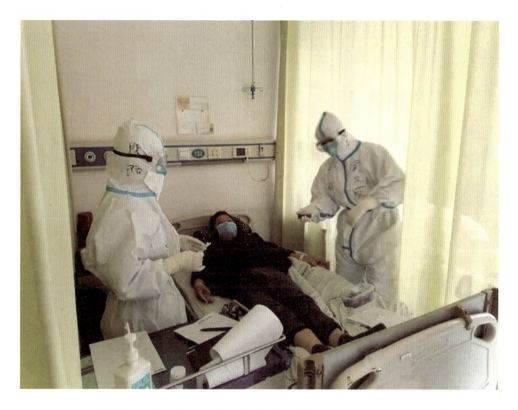

妈妈此次赴鄂医援,我们全家人都非常支持她,但是也很担心她,我们每天都会用微信、电话、视频鼓励她、激励她。我知道,她担心我的学习生活,也放心不下患病的外公。可作为一名医护工作者,在穿上白大褂进入病房的那一刻,妈妈就把自己的小家放下,把一切都奉献给了人民和国家。

今天是二月的最后一天,我坐在书桌前,思念着妈妈,也盼望着疫情早日结束,决定给我最美的抗疫妈妈写一封信。

亲爱的妈妈：

　　见信好！一眨眼，您离开家前往武汉进行医疗援助已经半个多月了，我对您甚是想念！不知道您在武汉工作期间休息得好不好、吃得好不好、工作辛不辛苦？您在休息的时候有没有想我和爸爸？我有好多关于你在武汉工作和生活的问题想问问您，我现在恨不得化作一只小鸟，立即飞到您的身边，把心里的话一股脑儿说给您听！

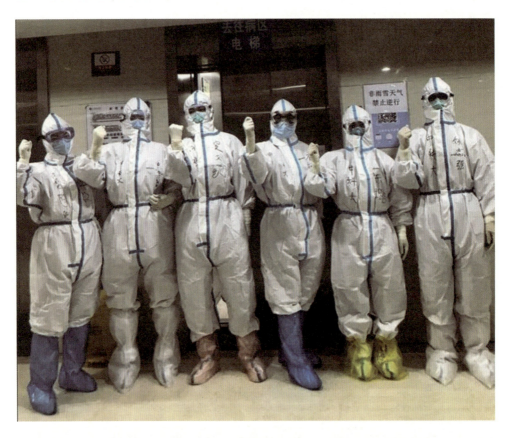

　　由于新型冠状病毒突如其来地向我们袭来，您向单位写下"请战书"，不顾个人安危，奔赴疫情第一线。在我得知您即将前往武汉进行医疗援助的那晚，我怎么也睡不着，我在想——妈妈为什么要去医疗援助？因为每天新闻上都在说武汉感染了新型冠状病毒的患者特别多，非常危险，有一些人因染上新型冠状病毒而死亡，我心里有说不出的担心和害怕。我每天都关注新闻，当我在新闻画面上看到你们穿着密不透风的防护服，戴着口罩和护目镜，不分昼夜、废寝忘食、奋不顾身地与死神抢人的场面；当我听到你们喊着"这里危险，让我来！"的时候，我被深深地感动了。多么惊心动魄的场面，多么朴实无华的话语，多么英勇无畏的精神！妈妈，您是新时代最可敬的人！我要向您学习，我要向您致敬！面对这次新型冠状病毒疫情，我学会了很多疫情期间的防护知识，懂得了生命的宝贵，理解了活着的意义，更明白了什么是责任，什么是担当，什么是爱国！亲爱的妈妈，您是这场没有硝烟的战争里的一名伟大的战士，是您和许许多多战斗在抗疫一线的叔叔阿姨，让我深深地感受到中国这个大家庭的温暖；感受到中国人民在灾难面前团结一心所凝聚的伟大力量；更让我明白了一个道理——虽然我年纪还小，没法像您一样奔赴前线贡献一份力，但是我也可以用自己的行动来支持这次抗疫行动。我会在家照顾好自己，照顾好爸爸，让您把后背放心地交给我，这是现在的我能为您做到的。

亲爱的妈妈，在您去武汉医疗援助后，爸爸告诉我："没有一个冬天不可逾越，没有一个春天不会来临。让我们期待春暖花开，战士们平安归来！"妈妈，您永远是我心中最美的妈妈！我要向全世界大声的说："妈妈，我爱您！"亲爱的妈妈，愿您平安归来，早日凯旋！

此致
敬礼！

儿子：张锴淇
2020 年 2 月 29 日

（作者为中国科大附一院（安徽省立医院）第三批支援湖北医疗队队员陈璐的儿子）

来自武汉抗"疫"一线的一封家书

我亲爱的老爸:

展信佳!想想我们很久没有见面了。自我从医以来,"常回家看看"基本上没有兑现过,好在现在通信发达,视频也能唠唠家常。本来是打算春节回去看望你们的,可疫情来临,我们便没有离开过岗位。现在来到武汉快两周了,我还记得我那天得到通知后给您打电话,您并没有迟疑,对我说:"明儿,我想你已经做好了充分的准备,去吧,好好工作,平安回来,勿念!"小时候,我妈喜欢我留长发,您想让我剪掉,最后做了好多年"假小子",直到大三暑假回家,您说快把头发留起来吧,我说难道你是担心我找不到男朋友吗?您笑而不语。真的过去好久了啊,时间都去哪儿了?现在短发了,我妈没有说难看,倒是您外孙说好像有点不好看,但他觉得我还是最漂亮的,还说想我了,我问他哪儿想,他说哪都想,因为心想了,所以上、下、左、右哪都想了,您说说这小人儿,真是最会哄我开心了。

昨晚看到您发来亲笔书,见字如面,看完我竟热泪盈眶。您要求我平安回家的同时也对我提出了殷切希望。我亦师亦友的爸爸啊,您放心,女儿身在抗疫一线,不管在工作中还是在生活中都很认真地做好防护,定会平安回家!刚来的时候,因为不能开空调,又需要保持通风,睡觉有些冷,领队就想尽办法给我们买被子,各种生活用品也需要到各超市去"秒抢"。现在物资短缺、交通不便等问题基本解决,大堂还添了微波炉、电饭锅,让我们下班有热乎的食物可以吃。 所以不用担心啦!

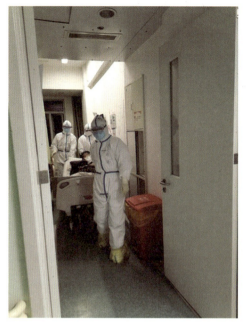 

　　前几天,一对夫妻出院了,我们很开心,还给他们唱了《夫妻双双把家还》,真的很激动,那张鞠躬照不仅温暖人心,更加鼓舞和激励着我们。 我们不是一个人在战斗,病区里,患者配合治疗,每次查房后都对我们说谢谢,一起加油! 本院的职工对我们的到来表示感谢,他们真的坚持了很久很久,付出了很多很多,仍然在坚守。 酒店的工作人员、志愿者们,不分昼夜,时刻为我们的工作和生活提供保障。 我们这个集体也是一个大家庭,互帮互助,团结友爱,情同家人,真的很感动! 我相信一切都会好起来的!

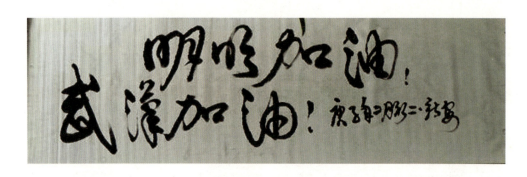

妈妈仍在护士岗位上,您就做好后勤保障吧,不知道您最近做菜有没有进步? 不过听说你老两口这段时间没有因为鸡毛蒜皮的小事吵吵闹闹,我很欣慰,继续保持哦! 哈哈哈……好啦,最后再告诉您一个秘密,毛笔字写的真的很不错,不是我说的,圈里一致好评哒! 回想起上次看您写毛笔字还是国庆节,我唱您写的,"我和我的祖国,一刻也不能分割",还有"爱我中华"! 这次是"明明加油,武汉加油"! 情真意切,一起加油吧!

爱您的女儿:明儿
2020 年 2 月 26 日

(作者为中国科大附一院(安徽省立医院)第三批支援湖北医疗队队员费明明)

愿你像十二年前一样平安归来

小颖：

你还记得吗？2008年，我还是合肥市公安局特警支队的一名特警队员，你是解放军第三军医大学附属新桥医院的一名护士，汶川地震发生后，我们各自接到命令奔赴救灾现场，就这样，我们两个人生轨迹毫无交集的人，在四川阿坝州理县相遇了。

这一相遇，就再也没有分开。

2009年，我们组建了小家庭，2010年，你从重庆来到合肥进入中国科大附一院（安徽省立医院）工作。2013年、2018年随着两个女儿的降生，我们的小家变得越来越完整，越来越幸福。

2020年的春节，一场突发疫情牵动了亿万国人的心。

那一刻，我知道，你一定会义无反顾赶赴一线，就像十二年前一样，因为你就是那样一个人，我太懂你。

果然，在看到医院发出组建援鄂医疗队通知的第一时间，你就报名了。

那一天是2月12日，晚上九点，你接到了通知：作为安徽省第四批援鄂医疗队（中国科大附一院第三批医疗队）明日启程前往武汉。

当天晚上，我默默替你收拾好行李，一遍又一遍检查有没有遗漏，反复地叮嘱一定要注意自身防护，最后我问："还要带什么？"

你想了想，从相册里拿出一张我们的结婚照，放进了箱子，说："带着这个，我就不怕了。"

小女儿才两岁，她还不知道妈妈要去一个很危险的地方，可大女儿已经七岁了，是个敏感细腻的姑娘，当知道妈妈要去武汉的时候，她抱着你一直哭一直哭，重复着说："妈妈，你别去，行吗？"

抱着大女儿，你擦着女儿眼里不断涌出的眼泪说："在武汉，有很多小朋友生病了，他们需要妈妈的帮助，他们的妈妈也需要妈妈的帮助，等他们都平安了，妈妈就回家陪着你，好吗？"

大女儿懂事地点点头，却依旧止不住眼中的泪水。

你说，身为母亲，这样的分别，你真的无法承受，所以第二天没有让女儿去送行，不想孩子心里留下这场分别带来的伤痛。

到达武汉，已是深夜，你和队友们顾不上劳累，抓紧时间整理物资，熟悉工作环境，以最快速度接管了华中科技大学同济医学院附属协和医院肿瘤中心 Z6 重症病区。

你说，当穿上防护服的时候，才知道那是多么难受，说话多了喘不过气，走路快了喘不过气。为了保证工作期间不去洗手间，往往十几个小时不能喝一口水、吃一口饭。

要做的事太多太多了，一个早上至少要抽 200 多管血，护目镜经常起雾到只有一个小角能模糊看见；给病人打水送饭，给重症病患喂饭，安抚患者的情绪，清理楼层垃圾……

"我们在和时间赛跑，在有限的时间里，想救治更多的人，想照顾好更多的人，想让他们知道，别怕，我们都在。"

当你和我视频的时候，满脸的压痕，可你却还笑着说："你看，我多勇敢"，那一刻我红了眼圈，第一次知道心被刀割了是什么感觉。

有一天，在结束了一个大夜班之后，你脱下两三层手套，发现自己的双手红肿发烫，上面全是压力性出血点和疹子，火辣辣的疼，那一刻，你说，你难过地哭了，不是为自己，而是为这场疫情里所有正在受苦难的人们。

你说："我真心希望这场疫情快点过去，所有人都要好起来，等到那一天，我回到家，度过了隔离期，最想要做的事，就是抱抱我的家人，抱抱我的老公、我的女儿，就是特别想要紧紧地、好好地，抱抱他们。"

是啊，这何尝不是我最大的心愿呢，这场疫情既折射出人类的局限和渺小，同样也照射出更多人世间的美好：逆向前行，大爱无疆，中华民族众志成城，万众一心。你在前线救死扶伤，我在后方保驾护航。我们的小家也在这场疫情的洗礼中，经受住了考验，你实现从医时的铮铮誓言，我细心呵护着孩子和家庭，女儿更从你身上看到了什么是责任担当，更加坚定了继承你衣钵的决心，我们的小家因为这场疫情更加坚不可摧。

没有一个冬天不会逾越，没有一个春天不会来临。我们一定可以战胜疫情，取得最后的胜利。待到春暖花开时，我会在送你出征的地方等着你，像十二年前一样，等你平安归来！

丈夫：陈志昊
2020 年 2 月 20 日

（作者为中国科大附一院（安徽省立医院）第三批支援湖北医疗队队员刘颖的爱人）

我很渺小，但我不会退缩

亲爱的爸妈：

你们好！

请原谅我又把视频挂断，我见不得你们为我担心流泪。原本以为我会很坚强，但看到你们哭，真的碰触到了我内心最脆弱的部分，我怕我也会忍不住哭，我更不想让你们看到我流泪，这样只会让你们更担心我，再次请你们原谅。

我知道这次我任性了，没有和你们商量就直接报名来支援武汉，但是我没有后悔，我明白你们不是不支持我来，只是因为我是你们的女儿，所以更担心我。但疫情如此严重，而我作为一名医务人员，此刻必须站出来。在这之前，已经有很多优秀的兄弟姐妹站了出来，他们的父母也会像你们担心我一样担心他们，但这时候，他们并没有退缩，一路披荆斩棘，勇往直前。请你们放心，我们一定会好好保护自己，平安回家。

每天吃饭的时候我都会和你们连线，我想让你们知道，我在这里穿得暖，吃得好，这里的领导真的非常关心我们，水果、营养品乃至生活用品从来没断过，今天又发了牛奶、坚果和我爱吃的麻辣食品。每天上班都有专车接送，护士长也都会陪着我们，提醒我们要注意安全，医院同事们也在不断分享经验，提高我们的安全系数。

武汉人民非常热情，对我们也充满了感激，今天上班的时候，一位老爷爷主动和我打招呼说："你又上班了啊，太辛苦了，谢谢你们来支援武汉，你们安徽人真好。"而我只是给他打了个留置针，抽了管血气。前两天发了几篇微博，里面有好多人给我加油打气，真是太感动了。

从小你们就培养我吃苦耐劳、乐于奉献的精神，虽然你们没有那么多大道理跟我讲，但是一直在默默影响着我，邻居家有事你们肯定会出来帮忙，而这次是我们安徽的邻居病了，我也要尽自己的努力帮助他们。我很渺小，但我不会退缩。

爸、妈，你们辛苦了，在担心我的同时还要帮我照顾笑笑，你们一定要照顾好自己，我好想念你们烧的红烧肉，等我回去的时候一定要给我烧一大碗，我很快就会回去的。

你们的女儿：程义飞

2020年2月17日

（作者为中国科大附一院（安徽省立医院）第三批支援武汉医疗队队员程义飞）

爱出者爱返，福往者福来

亲爱的爸爸：

　　展信好！女儿来武汉工作已经20余天了。原谅不善表达的女儿只能用书信的方式来表达对您的爱和歉意。每次与您联系都是用电话和微信，视频里的您拖着病痛的身体，调皮的小二宝在您身旁用幼嫩的口音说着"妈妈加油，武汉加油，中国加油"，而您一遍遍地叮嘱我好好工作，照顾好自己，每每想起都觉得愧疚。作为女儿，我很抱歉，在您生病时，未能在您身边照顾您，却让您替我担起了照顾两个孩子的责任。今天我将借着这封家书，将我内心深藏的满满的爱和深深的歉意大声喊出来：爸爸，我爱您！您辛苦啦！

　　2月12日的夜注定是个不眠之夜，正哄着小二宝睡觉的我接到医院电话：明天紧急驰援武汉。我对支援武汉是有心理预期的，但当这一刻真的来临时，还是有些忐忑，毕竟二宝才2周岁多，大女儿乔乔在上小学，爱人单位也恢复正常上班了，最让我放心不下的是您肝肿瘤术后复查的日子已经因为疫情推迟一段时间了。原计划2月17日前一定带您去复查，可是突然就要出征武汉，那只能再耽误了您了，请理解并原谅女儿。我和爱人悄悄商量着，考虑您身体的状况，我们决定出发时再告诉您，可是在隔壁房间做作业的女儿听到了我要去武汉抗击疫情，并偷偷地告诉了您，尽管当时已经十一点半，您立即起床从房间出来对我说："听乔乔说你要去武汉了，你是一名党员，又是护士长，还有ICU工作经验，报名去武汉支援是你的本职工作，现在国家疫情这么重，我也是一名老党员，我帮不上什么忙，但也不能拖你后腿，你放心去武汉，家里有我和乔乔爸爸。"爱人和女儿在帮我收拾东西，您在旁边叮嘱这个、叮嘱那个。

　　夜深了，我们都休息了，但我知道，您一定无法入眠。出发的时候，您给我做了菠菜猪肝面，煮得特别烂，端到我的面前。我笑您，我都这么大人，孩子都这么大了，我哪还吃这个。父亲说，你小时候最喜欢吃了。爱人帮我提着大箱子出门，两个孩子拿了您做的卤鸡蛋让我带着，也闹着要跟着去送。您站在门口,依然习惯性地捂着腹部,对我说:"江萍!好好工作,千万注意防护!"我转过身,挥挥手,眼泪从脸颊滑落。

爸爸,您也要加油,自从 2017 年您查出来肝脏肿瘤至今,三年时间过去了,我知道您很辛苦,哪怕左肝叶切除、介入手术再痛苦,您从未在我和妈妈面前叫过一句疼痛,手术并没有压垮您,您并没有沮丧过,一直以积极的心态做着治疗。特别是您年纪大了,伤口愈合不良,切口液化,形成了切口疝。每日用加压腹带包裹着伤口,走路的时候也习惯性地捂着腹部,您也总是说着"我可以的"。当别人问起您的病情时,您总是乐观自豪地对别人说:"没事,是我这个在医院工作的孝顺的女儿带我体检发现得早,让我多活了这几年。"爸爸,当科室的领导知道我的顾虑,您的复查时间到了,安排您去复诊,得知结果无大碍时,我这颗高高悬起的心才终于放下了,在武汉能更全身心投入抗疫工作了。

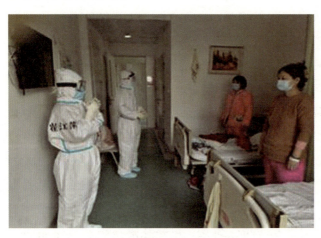

爸爸,我们医院整建制接管了华中科技大学同济医学院附属协和医院肿瘤中心 Z6 重症病区,作为第一护理组组长,我义不容辞带领小组队员于 2 月 15 日首战进仓,收治重症患者,偷偷告诉您:进仓前我真的有些紧张,对新冠肺炎患者的传染性担心,害怕自己不经意被感染上,更担心队里的小姐妹们有什么差池。但第一眼看见收治的患者进入病区后,这之前的各种顾虑全都抛到九霄云外了,他们不是可怕凶猛的怪兽,他们就是我们的叔叔阿姨、兄弟姐妹,一个个鲜活的生命。病情重一点的是坐着平车轮椅来的,轻一点的是步行过来的,我和组员立即进入工作状态,亲切地迎接患者,把他们送到床位,进行心电图、输液、抽血等工作,一切都得心应手。爸爸,您相信女儿是可以的。这几天,当看着一个个患者经过我们精心护理,病情得到好转,脸上露出久违的笑容，我心里的小太阳也终于从这个疫情的阴霾天中露出头啦。

这20多天来，遇到了很多感人的事情，有一次当我迎接一位走路不是很方便的老太太时，她情绪不太好，不说话。我就握着她的手说："奶奶，我们来自安徽医疗队，是来给您治病的，您安心休养，一定会康复的，别怕，有我们在。"奶奶黯淡的眼神忽然就亮了，她和我说道："姑娘，你们是安徽的？谢谢你们，我没事，我都78岁了，你们还年轻，都有父母，有孩子……"91床和92床住的是一对夫妻，出院那天给我们鞠躬感谢；还有171床大姐出院那天特意写了感谢信，和我们合影……这些都令我格外感动。迄今我们团队已经接诊了70余位新冠肺炎患者，已经出院18位了。

爸爸，来到武汉，我们受到了武汉市民和社会各界的"最高礼遇"，武汉市委人民政府和一千多万武汉市民对我们医务工作者的到来，给予了很高的评价："白衣执甲、逆行出征，武汉保卫战的中坚力量，展现了新时代医务工作者医者仁心的崇高精神，感动了武汉，感动了中国，感动了世界！"可是，我要说："武汉感动了我，武汉人民感动了我，祖国让我自豪！"在这20余天里，我们与武汉人民心手相连、生死相依，我们与死神搏斗、与时间赛跑，我们用使命带给病人生的希望。我们已经和武汉融为一体了，志愿者的爱心后勤保障，医院作为我们的坚强后盾，社会各界人士的爱心捐赠，都让我们知道我们不是在孤军奋战。虽身在异乡，远隔千里，但温暖感动一直伴随着我们！

爸爸，因为有全国各省市医疗队的到来，武汉的患者得到了及时有效的救治，武汉才这么快地迎来了疫情防控斗争胜利的曙光。在武汉能尽一份医务人员应尽的努力，帮助到新冠病人，尽管防护服穿戴繁琐，有时候闷热，汗渍浸透衣背，但我心里真的很开心，很骄傲。尽管有很长一段时间我将见不到您和两个宝宝，我也知道，您一直在为我担心，但请放心，我一定保护好自己，平安归来。愿这次新冠肺炎疫情早日结束，愿所有人都身体健康，平安归来。爸爸，您说爱出者爱返，福往者福来。没有一个冬天不可逾越，没有一个春天不会来临。待疫情过后，春暖花开，我再带您去看看祖国的山河美景。

爱您的女儿：江萍
2020年3月5日于武汉

（作者为中国科大附一院（安徽省立医院）第三批支援湖北医疗队队员崔江萍）

来自"小恐龙"妈妈隔空的爱

我亲爱的小恐龙晗晗：

你好！

因为你那么地喜欢小恐龙，就让妈妈喊你一声"小恐龙"吧，妈妈现在是在武汉给你写信，对于五岁的你来说，还不懂信件的含义，但是在这特殊的时期，特殊的地点，妈妈写封特殊的信件给你，希望你长大以后可以读懂妈妈的心思，可以理解妈妈短暂的离开，也记住这段特殊的时光。

记得走之前妈妈跟你说的故事吗？妈妈当时正在带你做小恐龙游戏，突然接到第二天集结去武汉的通知，妈妈睡觉前跟你说了新型冠状病毒的故事，告诉你妈妈作为白衣天使，现在成了一名战士，只有去打败病毒，才能让小朋友可以出门尽情地玩耍。你很乖，答应妈妈会听姥姥、姥爷的话，第二天妈妈临走前你也没哭，故作坚强，但我知道，你是个内敛的孩子，把不舍压藏在了心底。

转眼到武汉已经 20 多天了，妈妈想跟你说说这里的故事和感受。妈妈刚到这里，觉得天空是灰蒙蒙的，灯光是黯淡的，街上没有一个行人，这座城市就像生病了一样，没有生机。妈妈支援的是华中科技大学附属协和医院肿瘤中心，收治的都是危重症病人，有的病人来了就得抢救。妈妈每天都要提前一个多小时到病区，穿上隔离衣、厚厚的防护服，戴上帽子、口罩、护目镜、手套，就跟美少女战士变身一样，一步都不能少，每一步都要小心翼翼，百般注意，防止防护服破损。进舱前，妈妈作为小组组长和感控人员，还要反复检查小组成员的防护是否到位，确保每一位组员的安全。因为防护服不透气，戴着双层口罩，我们一进舱就一身汗，而且闷得喘不过气，进舱工作时间一般 6 个小时，为了节省物资，6 个小时不吃、不喝、不能上厕所，所以上班前除了不能进水，还需要戴尿不湿，妈妈总算体会了你小时候戴尿不湿的感觉了。不论在舱内有多累，出舱时我们都要打起十二分的精神，更加谨慎，每次出舱都像一次考试，从进舱到出舱、消毒、沐浴整整需要将近十个小时。虽然做了保护，但防护镜和口罩还是将妈妈脸上压得伤痕累累，我认为这是这场战役留下的最美好的印记。从第一天上班，妈妈就不断调整心态，调整呼吸，让自己慢慢适应，因为这是一场战役，只有自己先去适应才能有信心去打败病毒。说不害怕那是不可能的，病房里那么多的病患，空气里夹杂着病毒，穿着厚厚的防护服，一不小心可能衣服就会被门把手或利器刮破，就会被暴露，所以我们的行动都很小心、迟缓。穿了防护服就是一名战士，只有把病患当成我们的家人就不会再害怕。经过两周的调整，妈妈已经适应了这里的工作流程、工作环境、工作系统，虽然困难重重，但是我想跟你说的是：无论以后遇到什么困境，记得只要用心，慢慢调整，逐渐适应，不断努力，不忘初心，最终定能战胜困难。

这里的病人病情都很重，有的需要高流量吸氧，有的需要无创呼吸机，有的缺氧严重拿掉口罩大口喘气，有的干咳明显、痰很多，我们不仅要帮助他们咳嗽、咳痰，还要协助他们大小便，做好排泄物的终末处理，还要做好病房病室的消毒，最重要的是要抚慰病人的情绪。

奋战在抗疫一线的日子

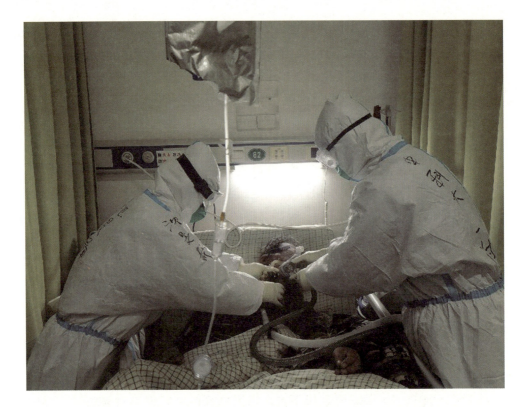

有一位叔叔，是从方舱医院转到我们重症病房的，转来时病情很重，用高流量吸氧，妈妈不仅要随时观察他的病情，监护，还要协助他进食、咳痰、大小便，还要处理他的排泄物。在他焦虑、恐惧的时候，妈妈在一边鼓励他，

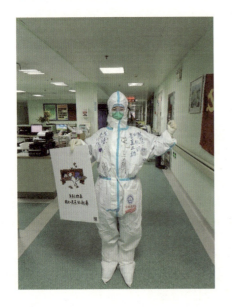

为他加油鼓劲。终于，在妈妈和战友们的护理下，叔叔的病情明显好转，吸氧、监护也顺利去除了，他说他最要感谢的就是我们医务人员，因为我们是不计生死、最美的逆行者，把他们当亲人一样护理，他才能这么快康复。听到他说的话，再苦再累妈妈觉得也是值得的。在我们医院驻扎协和医院肿瘤中心以后，已经康复出院十几人了，妈妈真的很高兴，虽然和你离别那么久，但是看到疫情在慢慢退去，感觉天空特别蓝，外面的阳光特别灿烂，窗外的小鸟也叽叽喳喳地唱歌，武汉

的春天已经来到了，小恐龙，我们离胜利不远了！

　　小恐龙，妈妈还得告诉你，做任何事，靠自己的力量是远远不够的，要靠团队紧紧联系在一起。妈妈所在的安徽医疗队第三小组护理团队，在鲁朝晖书记、王锦权院长的协调下，在李从玲护士长、吴丹丹护士长的带领下，虽然来自不同的院区、不同的科室，但我们非常团结，相互照顾，齐心协力，一起奋战。我们还创新性地动手缝制了各种便携式的小包，以便舱内使用，上面我们还亲手绘制了我们医院的院徽，代表我们安徽医疗队为武汉加油，希望一切美好的日子尽快来到！

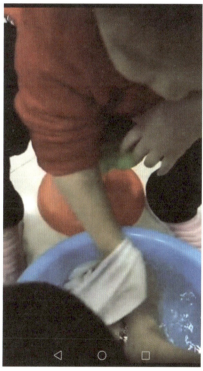

　　当鲜红的党旗在我们抗疫一线高高飘扬，妈妈郑重地向党组织递交了入党申请书，并宣誓将这一生奉献给党，这是非常光荣的时刻。

　　小恐龙，妈妈无时无刻不想你，但又不敢去想你。妈妈看到"三八"国际妇女节你唱的《我爱妈妈》的歌曲，蕴含你对妈妈的爱与思念，妈妈看到你为姥姥洗脚，觉得你突然长大了，懂得感恩了。孩子，你知道吗？只有懂得感恩的人才会传递爱心，帮助别人，我们要感恩国家让我们看到希望，感恩政府对我们的帮助，感恩这个时代让我们成长，感恩父母养育了我们，感恩老师教育了我们，感恩兄弟姐妹的陪伴，感恩朋友的关怀，感恩所有的困难锻炼了我们的意志，让我们更加坚强！ 妈妈知道，爸爸为了缓解你的思念，带你在家用各种乐高玩具模拟着救援武汉的游戏，希望你能从游戏中理解妈妈的工作，原谅妈妈的离开，等疫情结束，妈妈一定尽全力去弥补这段时间缺失的母爱。 因为我和你爸爸都在抗疫的一线，把家庭的重担交给了姥爷、姥姥，虽然他们很支持我，但是我知道他们把对我的牵挂都蕴含在为我作的诗中，感谢你们默默地为我加油，希望我们都能永生铭记这一段难忘的记忆！ 加油小恐龙，加油武汉，加油中国！

爱你的妈妈
2020 年 3 月 5 日

（作者为中国科大附一院（安徽省立医院）第三批支援湖北医疗队队员沈旻静）

你在武汉的第 22 天

——写给武汉抗疫前线妻子的一封信

晓熹：

  见字如面！

  自 2 月 13 日你随安徽省第四批支援湖北医疗队出征武汉到今天已经有 22 天了，虽时常联系，但受制于双方工作时间、女儿作息等方面原因，心里还有很多话没有来得及告诉你。在"三八"国际妇女节来临之际，我郑重地写下这封信，表达敬爱之意，请你宽心，盼你早日凯旋！

  其实，生活中你不是一个特别勇敢的人，甚至有些胆小。记得以前住在皖西新村，小区房龄老、楼层低、昆虫多，一天从阳台爬进了一只蟑螂，你看到后吓得嗷嗷大叫，慌忙后退，还踩坏了垃圾桶。当时我笑话你："蟑螂又不要人命，在医院工作胆子还这么小。"但这次新冠肺炎疫情发生后，你明知病毒多"狡猾"，现场多凶险，还是克服种种困难主动请战，逆行前往疫情最严重的武汉，以命相搏战疫魔，让我诧异也让我敬佩。基辛格在《论中国》中说："中国人总是被他们之中最勇敢的人保护得很好。"在这场疫情大考中你和同事们就是这么一群最勇敢的人。

  虽说主动请战，但临行时你最放心不下的还是一岁零四个月大的孩子。你担心从未离开过你的她，晚上见不到妈妈会彻夜哭闹不愿入睡；你担心双方父母不在，我和阿姨带不好孩子。但是，除了你临行整理包裹时，她似有预感地缠着你不愿离开之外，22 天以来她的表现一直很好，没有彻夜的哭闹、没有哭喊着要妈妈，不知她是突然忘记了你，还是她也在"克制"自己的情绪，默默支持你，让你安心工作。反倒是你，在离开第十天才和她视频，还在视频中抹眼泪，那一刻我看她好像有点手足无措，想靠近画面中的你，但又挣扎着往后退，也许是她不知仅有的词汇储备中哪句话可以安慰你吧！

  你是个"爱折腾"的人，在武汉亦是如此。听说在武汉救治工作中，你和同事们为了便利医护患沟通，缓解病人焦虑情绪，制作了《医－护－患常用对话（武汉方言版）》小词典。 着眼在院和出院病人康复，你和大家一起根据中国康复医学会2019新型冠状病毒肺炎康复指导意见制作了《新冠病毒肺炎患者康复护理指导》手册及康复训练视频，得到了病人的高度赞誉，为新冠肺炎患者康复出院贡献了"省医智慧"。 你们医疗队还有同志在"疫"线经受了考验，火线加入了中国共产党。 虽说你是"90"后，但你已是有着10年党龄的"老党员"，一定要发挥自己的先锋模范作用，干出样子，给新党员和党外同事做表率。

今天是你在武汉的第22天，22天里合肥经历了寒潮降温、大雪纷飞、阳光明媚、北风劲吹，仿佛四季在这段时间里来了个轮回。 与天气无常变化相反的是各级领导对我们家一如既往的关心关怀。 医院的领导们送来了蔬菜、牛奶等生活物资，鼓励我们有事情及时反映，做我们全家的后盾。 安徽省妇联和省妇女儿童发展基金会送来了口罩、酒精等防护用品和其他生活物资，你的同事们给朵朵送来了玩具、饼干。 我单位的主要领导得知你去了武汉后，专门叮嘱相关部门做好支持，给我下了"强制休息令"，让

我把更多时间放在照顾孩子身上，做你的坚强后盾，让你安心工作，早日凯旋。 你不在家的这段时间，我也有很大的变化，我养成了每日早起后查看湖北、武汉疫情态势和确诊人数的习惯，学会了像你往常一样斜靠着床头抱着哭闹的孩子一起入睡，直到被冻醒。 不知你休息的时间有没有关注安徽省和合肥市的疫情数据？ 你不在安徽的这段时间，你的同行冲锋在救治"疫"线，与各个战线上的战士一起努力，我们省先后有多个市"清零"，连续多日无新增确诊病例，无死亡病例。 疫情防控工作取得阶段性成效，疫情防控形势积极向好的态势正在拓展。 你所期盼的山河无恙、人间皆安形势正在加快形成。

3月是草木蔓发、春山可望的时节。 你说在网上看"武大"的樱花开了，其实你不知道小区里的各色花卉也在竞相盛开。 往日里，你喜欢徜徉在花丛

中，你说鲜花会给生活添彩，让人积极向上，你始终拥有发现美的眼睛。现在你在武汉保卫战的一线鏖战，不能像往年一样赏花踏春，但请你不要遗憾，包括你在内的安徽白衣军团本身就是一簇怒放在荆楚大地的生命之花。你们的医者仁心、济世情怀山河可鉴；你们的勇毅担当、美丽前行世人皆知；你们也像一朵朵花开在了江淮儿女的心坎上，留在皖鄂人民手足相亲、守望相助的历史长河中。

我相信所有的困难都压不垮中华民族，所有的困难也都难不倒敢于逆行亮剑的你，最终的胜利肯定属于所有人，胜利的凯歌也将在不久的将来奏响。

女神节快乐！我们都等着你回来！

丈夫：高魁

2020 年 3 月 6 日

（作者为中国科大附一院（安徽省立医院）第三批支援湖北医疗队队员戴晓熹的爱人）

写给奔向春天的宝贝

亲爱的苏苏：

  此刻你一定睡了吧，窗外的小雨淅淅沥沥，三月的武汉依然春寒料峭。屋内的灯发出柔和的光，温暖着每一个角落，仿佛就在传递春的召唤。妈妈睡意全无，还没有从刚才和你视频的快乐中平静下来，满脑子都是你兴奋而不舍的眼神：通话时的活泼明亮，说再见时的黯淡无光……呵呵，妈妈和你一样，期待一会儿在梦中见到你。

  一转眼，妈妈随安徽省第四批支援湖北医疗队来武汉战"疫"已经快一个月了。回想我接到紧急通知的那天夜里，你被我收拾行李的声音所惊醒，得知第二天我即将奔赴武汉参加抗"疫"的消息，一脸震惊地拉住我的手："妈妈是我一个人的妈妈，能不能不去？什么时候才能回来？"一连串的问题让我红了眼眶，我强忍着即将涌出的泪水，笑着对你说："宝贝，现在武汉生病了，妈妈是一名护士，要和许许多多叔叔阿姨一起去给武汉治病，等病治好了，我还会回来陪你一起看书，一起笑，一起玩游戏，还和爸爸一起带你去武汉大学看樱花。"你默默地听着，没有再说话，只是紧紧地抱住我，我知道你是个懂事的好孩子，即使有再多的不舍，你也能够体会到妈妈决心已定，正如爸爸妈妈平常对你教育的那样，从小就要立志，长大要做一个对国家有用的人！现在国家面临这么大的灾难，妈妈应该以实际行动来告诉你，当祖国需要的时候就必须毫不犹豫地站出来，这是我长久以来的梦想，也是义不容辞的责任。

  现在，妈妈每天和很多医生护士们一起工作，在我工作的"重症病区"里住了很多病人，我们大家拧成一股绳共同和新冠病毒这个"怪兽"战斗。随着妈妈对工作的逐渐熟悉，已经没有了第一次的陌生和紧张，看着被病魔折磨的人们，我和其他医生、护士一样，既心疼又着急，大家每天非常忙碌，几乎完全忘记了劳累。这些天来，妈妈深深体会到这份工作的意义和肩上的责任，同时也对你的成长道路寄予更多的祝福：宝贝，妈妈对你的期盼并非一定要大富大贵,希望以后你能多读书多学习,健康快乐地成长,精神富足,担当有为,保持坚定的信念和责任心,在遇到困难,遇到挫折时,有支撑你前行的意念。

宝贝你看,这是妈妈上班的样子,在密不透气防护服的包裹下耳朵、鼻子会疼,会有各种不舒服,走路一摇一摆,是不是像只大白熊呢,可妈妈一点儿也不觉得这是煎熬,因为这里有和妈妈一起并肩作战的战友,还有齐心协力和病魔做斗争的患者。我们都渴望着期盼着早日打败"怪兽",每当看到患者从这扇门走出去时,妈妈都感觉非常地开心和自豪。

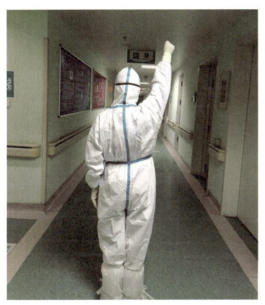

亲爱的宝贝,虽然妈妈很累很苦,但很珍惜这次来武汉的机会。妈妈很久没有体会大家为了一个共同的目标、梦想而努力奋斗的感觉了,在这间大房子里,妈妈感受到了这种氛围。当大家一起喊"武汉加油,中国加油"的时候,妈妈还有其他的叔叔阿姨,都热泪盈眶。每个人的爱国情感都情不自禁地迸发出来,妈妈此刻为自己的祖国感到骄傲。

这几天妈妈在网上看到一篇文章,是这样写的:"乙亥年,庚子春,荆楚大疫,染者数万,众惶恐,举国防,皆闭户,南山镇守江南郡,率白衣郎中数万抗之,且九州一心,月余,疫尽去,国泰民安。"这篇仿古文代表了此时全国人民的期盼,也体现了中国传统文化的魅力,妈妈也盼着你长大了学习更多的文化知识,写下优美而又内涵丰富的文章。

奋战在抗疫一线的日子

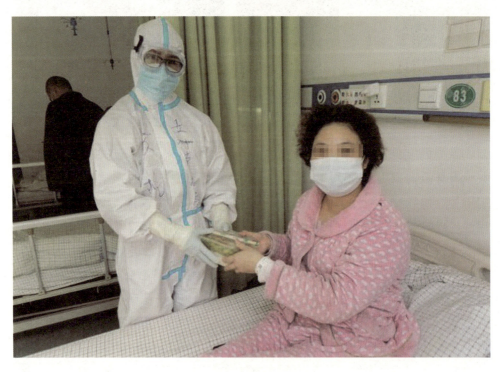

亲爱的宝贝,妈妈现在最牵挂你。妈妈不在你身边的这段时间,你一定要听爸爸的话,好好吃饭、好好睡觉、好好学习,等妈妈回来看到一个快乐的宝宝。

新的一天到来了,阳光正好,芬芳吐绿,窗外的植物重新焕发出勃勃生机。妈妈昨晚真的梦见你了:你兴奋地拉着我的手,唱着欢快的歌儿,奔跑在洒满鲜花的小路上。宝贝,去尽情地拥抱春天吧,妈妈的心永远和你在一起。

爱你的妈妈

2020 年 3 月 9 日清晨于武汉

(作者为中国科大附一院(安徽省立医院)第三批支援湖北医疗队队员苏杭)

给妈妈的一封信

亲爱的妈妈：

  您好！

  我想您了，我已经快两个月没有看到您了。我想，当您看到这封信的时候，可能也是深夜吧，爸爸说您给他微信留言，从来都是在半夜。

  年前，当传来新冠肺炎已经出现人传人现象并在武汉以外其他地方也出现病例的消息时，我们正商量着回老家过年的事情。您跟爸爸说疫情估计比较严重，看样子是回不去了。我心里非常难过，直接喊了出来：我恨这个病毒，就是这个病毒，让妈妈不能回去，不能陪我。

  从我记事起，我的幼儿园毕业典礼上没有您，上学、放学路上没有您，和爸爸出去旅游的时候也没有您。我希望您能换个工作，能有时间多陪陪我，但爸爸总是对我说，妈妈是要去救人的，她救活了很多患者。

  2020年的春节对我们来说，和往年不一样，街道上空无一人，家家房门紧闭，到处一片死寂，高速封闭了，有的村里都封路了，不能去超市，不能出去玩……新冠病毒给大家带来了很多麻烦，原本好好的生活，全部被打乱了。

  爸爸经常给我看新冠肺炎相关的新闻、病例，也给我看您治疗的病人已经治愈出院的消息，我慢慢理解了您的工作。爸爸在过年的时候给我看了您接受中央电视台采访的新闻视频，您戴着口罩，我看不清您，您说："这个关键时刻，我们要贡献自己的力量。"我觉得您好伟大，但是妈妈，您可不可以保护好自己呢？我真的害怕您受伤。您为了救治病人，经常忘记了吃饭，忘记了睡觉，深夜也总在加班，我不敢给您打电话，打了您也经常接不到。我知道，您可能此时此刻正在病床边守护着患者。

妈妈,作为医生,您要救治患者,可作为我的妈妈,希望您也能保护好自己,早日战胜病毒,平安回家。

您的儿子:王睿宸

2020 年 3 月 6 日

(作者为国家医政医管局抽调支援湖北专家、中国科大附一院(安徽省立医院)感染病院 ICU 主任杨云的儿子)